本项目是国家社科基金青年项目（13CZW080）"华文文学的跨语境传播研究"成果

华文文学的跨语境

传|播|研|究

颜敏 著

中国社会科学出版社

图书在版编目（CIP）数据

华文文学的跨语境传播研究/颜敏著. —北京：中国社会科学
出版社，2021.6
ISBN 978－7－5203－7915－1

Ⅰ.①华… Ⅱ.①颜… Ⅲ.①华文文学—文化传播—研究—
世界 Ⅳ.①I106

中国版本图书馆 CIP 数据核字（2021）第 027821 号

出 版 人	赵剑英
责任编辑	郭晓鸿
特约编辑	杜若佳
责任校对	师敏革
责任印制	戴 宽

出 版	中国社会科学出版社
社 址	北京鼓楼西大街甲 158 号
邮 编	100720
网 址	http://www.csspw.cn
发 行 部	010－84083685
门 市 部	010－84029450
经 销	新华书店及其他书店

印 刷	北京明恒达印务有限公司
装 订	廊坊市广阳区广增装订厂
版 次	2021 年 6 月第 1 版
印 次	2021 年 6 月第 1 次印刷

开 本	710×1000 1/16
印 张	18
插 页	2
字 数	218 千字
定 价	108.00 元

目　录

绪论　基本概念、问题及研究方法

　　科学技术的飞速发展，让距离不再是问题。从事文学活动的人和文学作品都可以在不同空间迅速流转，一位作家上午还在广州购书中心举行新书发布仪式，黄昏时候已经漫步在吉隆坡的大街上接听读者来电；诗人躺在多伦多自家庭院里写成的诗歌，手指轻轻一按，已经传到世界各地的诗歌爱好者眼前。文学传播的速度之快，方式之多，让很多人产生了文学可以跨越一切疆域，进入大同世界的幻觉。然而，只要稍加注意，就会感觉到文学跨语境传播的复杂性。比如为什么安徒生的作品在全世界被广泛翻译和接受，而丹麦其他优秀作家的影响却难出国界？为什么西欧国家的汉学家更青睐中国古典文学而不是现当代文学？为什么在中国曾大量译介的俄苏文学，在改革开放后转入传播低潮？不同的国家、不同的区域、不同的文化构成文学传播的不同语境，在文学的跨语境传播中，阻力和动力同在，随之生成的新现象、新问题层出不穷。这些问题促使研究者穿越文学文本的层面，去思考文学与传播媒介、现实语境的复杂关系。

　　在跨语境传播的视野中，我们回望 20 世纪 80 年代以来华文世界的互动交流，也会感知到这一双重化的进程。一方面，随着世界格局的变化，华文世界的内部通道不断拓展，不同区域的文学传播与交流加速，华文文学的整体化进程与共同体意识不断被强化；另一方面，因历史经验、社会制度、区位文化等因素的影响，在中国大陆和台港澳、东南亚、北美等区域间的华文文学流播具有跨语境性，差异与歧义、纷争与困扰仍在。面对华文文学跨语境传播中出现的各种现象和问题，研究者却显得有些迟钝，在已成体系的文本和诗学研究中，文学传播研究并未占据更多空间。但不容忽视的事实是，正是区域华文文学跨语境传播的过程和经验，激活了世界华文文学、汉语新文学、华语语系文学等新的概念及新的研究范式——限于单一区域得来的狭隘思路与理论观点开始遭遇挑战。目前，有关华文文学的比较研究、整体研究和诗学研究方兴未艾，对华文文学跨语境传播过程和经验的清理，将敞开文学汇流过程的诸多问题和规律，有利于在世界性视野中重建华文文学研究范式，实现新的跨越。

　　本书所要尝试的是，在媒介与文学的关系视野中，搜集、整理、分析有关华文文学跨语境传播的现象、问题，并将这些现象与问题嵌入当下文学发展语境之中确立其价值，进而为当下的华文文学创作与研究提供某些启思。

一　为什么是"华文文学"

　　当我们试图将全球范围内，形形色色的汉语写作纳入某种话语体系时，各类总体性的命名方案也随之出现。20 世纪 80 年代以来，从"台港澳及海外华文文学""世界华文文学""汉语新文学"到"华语语系文学"等①，每一种命名，其合理性在被反复言说与论证

---

① 此外还有跨区域华文文学、世界华人文学、华语比较文学、世界汉语文学等说法，但影响力不如这四种。

之时，质疑与反对的声音也从未间断。在此，我试图在对几种总体性命名分析比较的基础上，选择更合适的一种命名，以确立本书的研究对象和研究视野。

无论是较早的台港澳及海外华文文学还是世界华文文学，作为一个学术用语，其命名遵循的都是我国大陆学者对本土以外汉语文学的发现逻辑。从 20 世纪 70 年代末 80 年代初期开始，研究者发现疆域与研究对象不断拓展，命名便通过学术共同体的讨论不断作出改变，从港台到台港澳，从台港澳到海外华文文学，从台港澳暨海外华文文学到世界华文文学，历经十多年的研究，在 1993 年的庐山会议上确立了世界华文文学的合理性，并进而成为学科的名称。显然，这里的"华文"和"世界"都隐含着海外视野。"华文"沿用了由海外华人、华裔演化而来的东南亚华人对汉语的命名，"世界"一词则是从"海外"一词延伸演变而来的。故而世界华文文学最初未将我国大陆的汉语文学包括在内，当时也并未引起太多争议①。但随着时间的推移，一些学者顾名思义，发现了概念与所指对象之间的裂缝——世界华文文学本应包括全世界所有的华文创作，怎能将数量众多、影响甚大的我国大陆的汉语文学排斥在外呢？更何况，在我国台湾和东南亚华人圈，"世界华文文学"的概念早已通行，指代的就是世界范围内的华文创作②。以上争议，反映在研究实践中则是，我国大陆的汉语文学逐渐以"包括在外"的方式处在世界华文文学的体系之中，位置尴尬且独特。然而，就算悬置有关大陆汉语文学的位置问题，将世界华文文学作为语种文学的总称，是否就合适呢？一些学者遵照国际惯例，认为

---

① 在 20 世纪 80 年代末至 90 年代初，中国流行"走向世界"的口号，这意味着中国因各种原因还处在落后状态，被抛出世界之外，故而世界并未包括中国，"世界华文文学"这一术语的即时用法与这一背景有关。

② 在他们以"世界华文文学"命名的组织和活动中，我国大陆的汉语创作也处在模糊不清的边际，有时甚至是在边缘位置。

"世界"两字纯属多余，如陈思和认为它造成了"帽子大脑袋小"的问题，"不如去掉世界两个字，用华文文学来替代，像英语文学，法语文学之类的命名一样更合理更自然"。①

如何处理台港澳文学、海外华文文学与中国现代文学的复杂关系一度成为我国大陆学者的争议热点，由朱寿桐先生提出的"汉语新文学"② 一词试图超越这些纷争，实现整合的目的，在他看来，这一概念不但可以有效整合"中国现代文学""中国当代文学""中国现当代文学""台港澳文学""海外华文文学"等区别于传统文言作品的汉语各体新文学概念，而且"汉语"一词凸显了"言语社团"因素，在一定意义上可以弥补单纯从"政治社团"界定可能带来的概念狭隘的欠缺，有利于形成汉语文学共同体意识。③ 但是，在具有连续性的文学传统之内，将汉语文学分为新旧两个世界，造成了没有必要的对立；而用汉语新文学一统世界各地形形色色的华文写作，则可能重新陷入以我国大陆文学为重心的困境，此外，"汉语新文学"这一术语内在的症结还在于，从语种出发进行整合，忽视了世界各地的华文文学是不同生命形态和文化特质的表达，是具有多元飞散品格的文化共同体，语种的一统性不过是表象。④ 这一术语虽然在两岸三地学者群体中产生了一定影响，并落实在由广东人民出版社出版的多卷本汉语新文学史之中，但要成为跨越国际的学术用语，得到学术界的真正认可并非易事。

---

① 陈思和：《跨区域华文文学之我思》，《江苏社会科学》2004 年第 4 期。在其他文章里，陈思和还谈到了对世界华人文学、华语语系文学等命名的理解，是对学科总体性命名有较多思考的学者，在学术界影响较大。

② 2008 年，澳门大学中文系和澳门中国比较文学学会联合召开第一次汉语新文学会议，在此之前，朱寿桐已经发表有关汉语新文学的论述，并在澳门大学开设汉语新文学大讲堂，但这一命名在学术界正式亮相应从这次会议开始。

③ 参见朱寿桐《汉语新文学：概念建构的理论意义与实践价值》（《学术研究》2009 年第 1 期）；《汉语新文学：作为一种概念的学术优势》（《暨南学报》2009 年第 1 期）。

④ 王富仁：《新国学·文化的华文文学·汉语新文学》，《学术研究》2010 年第 8 期。

华语语系文学（sinophone literature）① 是最近十多年内国际汉学界的热门术语，由美国华裔学者史书美提出，原初意义上的华语语系突出语言社群的构想，以反中国中心为基点，带有强烈的价值论导向，在此基础上，所谓"sinophone literature"指的是中国本土之外，在世界各地以华文写作的华语文学，我国大陆的汉语文学被排斥在外。② 史书美的表述，在中国作为大国崛起的背景之下，颇能引起某些人的共鸣，但作为语种文学的总体性命名，其合理性和影响力极为有限，它更像是一种偏颇的价值预设而非文学研究实践的升华。该术语在华文世界真正形成辐射力，成为有一定普适性的术语，进入文学现象和作家作品的分析之中，源于著名学者王德威先生的翻译、解读、调试和转换。王德威将 sinophone literature 翻译成"华语语系文学"，认为它指的是中国内地及海外不同华族地区以汉语写作的文学所形成的繁复脉络，中国大陆的汉语文学是包括在内的重要一环③。王德威既反对史书美以华语语系对抗中国的二元对立思维，也不赞同我国大陆学界隐含的中心与边缘思维，故而通过对"华语语系文学"的重新演绎，"试图打破原有对立，整合世界范围内的华文文学论述，从而为相关研究提供新的学术视野和论述方式，让世界性的华语文学得以众声喧哗"。④ 然而，被改造后的华语语系

---

① 史书美在 2004 年率先提出 sinophone literature 的概念，被学术界广为知晓是 2007 年在哈佛举办的华语语系文学研讨会上，这次会议由王德威教授组织，两岸三地的学者都有参与，之后，王德威又在我国大陆发表数篇相关论文，引起争议，从而使得"华语语系文学"变成了一个学术界需要正视的重要概念。

② 参见史书美《反离散：华语语系作为文化生产的场域》（《华文文学》2011 年第 6 期，总第 107 期）以及论著《视觉与认同：跨太平洋华语语系表述·呈现》（联经出版事业股份有限公司 2013 年版）。

③ 参见王德威的若干文章，如《华语语系文学：边界想象与越界建构》（《中山大学学报》2006 年第 5 期）；《华语语系的人文视野与新加坡经验：十大关键词》［（台湾）《华文文学》2014 年第 3 期］；《"根"的政治，"势"的诗学——华语论述与中国文学》（《扬子江评论》2014 年第 1 期）；《华夷风起：马来西亚与华语语系文学》［（台湾）《中山人文学报》2015 年第 1 期］。

④ 参考刘俊《华语语系文学的生成、变异、发展与批判——以史书美和王德威的论述为中心》，《文艺研究》2015 年第 11 期。

文学，作为总体性命名的位置也不稳定，在批判声中，黄维梁和朱崇科指出它最根本的问题是，"若排斥其后的意识形态诉求，从翻译的角度来说，它与华语文学、华文文学本质上并无区别，根本没有必要再造一词"。①

通过对以上术语的考察，不难发现，带有强烈建构意图的术语，反而容易与真实的文学历史产生疏离；若想回到事物本身，不如选择最贴近事实的、较为自然的命名方式。在本书中，我酌定选择的是"华文文学"，这是一个运用时空比较广泛，相对而言较少出现争议，并隐含了上述术语合理成分的总体性命名。为了进一步凸显其作为语种文学总体性命名的合理性，我试图对"华文文学"这一术语从历史（经验）、美学（艺术）和方法（思维）的维度做出初步阐释和梳理。

一是历史（经验）的维度。"华文文学"这一词语，"早在20世纪60年代初的新马华文报刊，就已频繁出现这个词，后来流行于东南亚各国"。② 它所牵引的其实是数千年尤其是近三个世纪内文学生活的主体——华人③——从漂泊离散到落地生根的历史经验，故而"华文文学"的"华"，应该理解为"华人"的"华"，其中活跃着华人历史和现实的经验机制。但文学是语言的艺术，我们关注以华文作为表达工具的文学现象，以语种来界定文学的性质更符合文学的内在逻辑，若转化为"华人文学"之类的命名，所涉及的对象及其背后的理论机制、问题意识便截然不同了。因此，选用"华文文

---

① 参考黄维梁《学科正名论："华语语系文学"与"汉语新文学"》，《福建论坛》（人文社会科学版）2003年第1期；朱崇科《再论华语语系（文学）话语》，《扬子江评论》2014年第1期。

② 陈贤茂：《海外华文文学的前世、今生与来世》，《华文文学》2017年第2期。

③ "华侨华人"说法的最早出处，是在晚清郑观应、黄遵宪等人的相关著述之中，后来经过民间和官方的双重路径的演绎发展，华侨华人所对应的地理空间逐渐专指海外，与中国本土无关。

学"这一命名，以"华"来保留华人生存经验的多样性①，以华文替代汉语、中文以避免汉族中心主义与中国中心主义意识，既认可了华文创作与生活经验的天然联系，又凸显了与主流汉语文学的联系与区别，是比较符合历史事实与现实经验的一种选择。而由事实的层面出发，我国大陆的汉语文学只能以"包括在外"的方式存在其中②。

二是美学（艺术）的维度。从美学的维度来看，选用华文文学而非中文、汉语文学，意味着它所呈现和倡导的并非单一的汉语诗学，而是繁复多样的表述形式和美学形态③。为了表达在地经验和个人情志，华文文学发展出了多样化的语言形态，语言多样化的形成机制，可借用后殖民文学理论中的移置与挪用策略加以理解。在后殖民理论看来，移民及后裔为了表达鲜活的在地生存经验，必须将殖民者的原初语言加以转化，拓展出带有颠覆性的有关文学语言的"移置"和"挪用"策略，从而使单数的大写的语言转变成为小写的复数的语言。④ 从汉语到华文，正是文学语言通过"移置"和"挪用"走向多样化的过程。从这个意义上来看，所谓华文，强调了一种随华人生活经验和生存语境变化的文学语言形态，这种复数的文学语言形态与在地生存经验融合，丰富了华文文学这一带有想象性的共同体的美学内涵。因此，选用"华文文学"这一术语，也意

---

① 毕竟，非华人用华文写作还是极少数，20 世纪之前，以非华人作家为主体的海外汉文学较多，20 世纪后逐步趋于消失，代之而起的是以华人作家为主体的华文文学，未来如何，还难预料。

② 当大陆汉语文学流播到本土语境之外，成为一种具有流散性质的文学存在时就可纳入华文文学的视野之中，也就是说当它成为跨语境性的文学存在时，就称之为华文文学，反之则称为中国文学。是否可以解决关于华文文学命名的某些论争？朱双一也有相似观点。（《世界华文文学：全世界以汉字书写的具有跨境流动性的文学》，《华文文学》2019 年第 1 期。）

③ 文学创作离不开传统，绵延了数千年的中国文学成为华文文学取之不尽的源泉，是不容忽视的大传统，在此之外，还有围绕在地经验而形成的小传统，对于作家个体而言，只有在大小传统的融合中才能形成自己的文学表述。"华文文学"这一术语，也意味着确认了双重传统的主体性。

④ ［澳］阿什克洛夫、加雷斯·格里菲斯、海伦·蒂芬：《逆写帝国：后殖民文学的理论与实践》，任一鸣译，北京大学出版社 2014 年版，第 9 页。

味着认可了建立在语言移置与挪用策略上的美学多样性，有利于发现、维护和建构多样化的文学生态。当然，为了还原华文文学美学多样性的生活之源，必须超越后殖民理论有关中心与边缘的迷思。因为在华文创作中，并不存在所谓的标准语，它总是具体的、在地的，正如王安忆在比较台湾和大陆的文学语言后发现，大陆作家的文学语言是方言化的，而台湾的文学语言则更有书卷气。① 进一步说，就算同是大陆作家，莫言的山东风味和苏童的南方情调也形成了鲜明对比。

三是思维（方法）的维度。华文文学的生成背景，是人、语言和文化的流动旅行过程，它是建立在跨区域经验和世界性视野之上的术语。故而这一术语指引下，研究的基本思维必然是比较。在实践中，这一思维已被众多不同学术背景的研究者贯彻、发挥，甚至上升到方法论与研究范式的高度。如饶芃子早在 20 世纪 90 年代中期便倡导将"跨文化和比较方法"作为海外华文文学研究的基本方法②；进入 21 世纪后，黄万华在越界与整合视野中对华文文学新的现象与诗学话语的发现与阐释是以整体的比较意识为基础的。美国华裔学者王德威提出的"台湾鲁迅、南洋张爱玲"的视野以及对华文世界内部创作现象与作家进行的整体把握，也贯穿了纵横对比意识③。新加坡学者王润华提出了四种比较批评的模式以及将之运用于老舍、鲁迅等人的批评实践中，生成了华文文学的跨界研究方法④。

---

① 王安忆：《大陆台湾小说语言比较》，《上海文学》1990 年第 3 期。

② 参见饶芃子的《九十年代海外华文文学研究的思考》（《香港文学》1994 年第 2 期）；《海外华文文学与比较文学》（《东南学术》1999 年第 6 期）；《拓展海外华文文学的诗学研究》（《文学评论》2003 年第 1 期）以及《海外华文文学在中国学界的兴起及其意义》（《华文文学》2008 年第 3 期）。

③ 王德威做的一些研究是对华语语系文学理念的实践，如台湾鲁迅、南洋张爱玲的视野，以及将不同时空的华文作家与创作现象进行的纵横对比等。

④ 王润华：《文化属性与文化认同：诠释世界华文文学的新模式》，《深圳大学学报》2006 年第 23 卷第 2 期。

朱崇科在王德威和王润华等人的理论资源的基础上直接提出了华语比较文学的概念及其操作模式等。这些学者的研究实践说明，若要在研究中真正确立华文世界之内诸多文学现象的意义，必须立足世界性的视野，对华文文学进行不同层次和角度的比较。而在本书中，选择华文文学而不是汉语文学、中文文学，也强调了研究思维的转变——从重视多元流动的文学存在到倾向跨区域文学经验的比较分析或者比较性综合。

各类总体性命名的背后尽管有不同的立场或意识形态诉求，但它们的出现①，说明了面对世界范围内繁复多变的华文创作，寻求整合研究成为必然的趋势。而在整合研究中，如何突破中心与边缘的二元对立话语，变得至关重要，无论是世界华文文学、汉语新文学还是华语语系文学的提出者和演绎者，都不得不面对术语可能导致的问题而在研究中采取更为灵活机动的开放性视野。故而术语本身并不重要，重要的是术语在运用中是否实现最大程度上的包容与超越。同样，"华文文学"与其说是一个有固定所指的用语，不如说是一个需要不断演绎和论证的对象。本书中，对华文文学跨语境传播现象的考察实际也在敞开术语的生成演绎机制。

二 现象与问题："华文文学的跨语境传播"

语境原本是指言语活动的上下文，随着后现代哲学对语境论的重视及演绎，语境的所指越来越宽泛，包括了影响人类认知与实践活动的外在生存空间与内在心理空间，可细化为情境、言语、区域、国家、社会或文化语境。所谓不同语境，则是上述某个层面表现出

---

① 纵观命名之争，比较集中的时段是 21 世纪初至今，可见经过二十年的交流互动，华文世界出现了很多新现象、新问题，迫切需要建构新的研究范式进行系统化研究。

来的差异以及由此带来的边界。从这个意义来看，跨语境传播就是跨越差异和边界的社会互动过程，这一过程意味着转换、建构和融合，也伴随着隔阂、误解和冲突。在文学领域，翻译等活动是跨语境传播的重要形式，但本书试图通过华文文学在国家内部、区域与区域、国家与国家之间的流播过程来考察华文世界的内部循环机制及其影响，故华文文学翻译成其他语种被传播的现象不在考察范围内。

从 20 世纪 80 年代初至今，华文文学的跨语境传播到底改变了什么？建构了什么？意味着什么？对此，多数学者着眼于文学本身，从文学疆域的拓展、研究方法的转变、文学史观念的重建等方面进行了直接或间接的描述，鲜有超越文学边界的宏观视野，故而游走在台湾与大陆的知名学者龚鹏程所做的总体判断颇值一提。在《世界华文文学新世界》里，他认为，华文文学是区域互动形成的以文字符号和文学作品组建成的新世界，这个世界既不属于国内法律秩序，也不是国际的自然秩序之空间，"在这个空间中，允许多样性的存在，并透过跨国组织与资讯网路表现出新的形态"。[1] 这一新形态的形成与新媒介集团的传播活动有关，"就像企业传播网已经塑造了一个全球电子信息流空间那样，新媒介集团正在创建一个全球图像空间，也是一个传输空间。它作为一个有自己主权的新地理存在，无视权力地理、社会生活地理，而自行界定了它自己的国籍空间或是文化空间"。[2] 通过数十年的区域华文文学流播过程，"目前华文文学也可说已经建立了一个全球的华文书写空间，形成了一个有自主性的领域。在这个领域中正传播着新的空间感与体验，是不容忽视的"。[3] 在此，龚鹏程将华文文学的跨语境传播现象放在全球资讯

---

① 龚鹏程：《世界华文文学新世界》，《世界华文文学》2010 年第 1 期。
② 同上。
③ 同上。

结构裂变的视野中加以审视，认为由此形成的符号性的文学共同体应该具有独立自主性，这是过于乐观的想象，但他将华文世界的整合与外部秩序的变动联系起来分析，在全球化的大语境中思考华文文学跨语境现象的结果及意义，无疑开拓了新的思维路径。

全球化进程已持续多年，在全球一体化加剧的同时，新的差异与阻隔也不断出现，各种地方性话语与诉求随之兴盛。这正是华文文学的跨语境传播现象持续存在的大语境，有关华文文学的大同想象和差异话语都与之相关。我们进行华文文学跨语境传播的研究也离不开对这一双重化进程的了解与思考。在一体化和地方化的双重进程中，华文文学的跨语境传播已经出现复杂多变的流向与结果，故而在提出诸如龚鹏程先生的整体理论构想之前，最重要的是对现象和问题进行梳理分析，以史实化的描述、概括、分析化解纯粹理论演绎的可疑之处。这一具体化过程，一些研究者早有所警觉、有所探索。2007 年刘登翰先生提出华文文学具有"打破疆域"的性质①，也是"跨域建构"的结果②，提出的"华文文学的大同世界"与龚鹏程的华文文学新世界有着相似的愿景，但刘强调的是这一愿景的过程性，凸显"在共同语言、文化的背景上肯定差异和变化的建构、多元的建构"③的过程。另一学者刘俊也注意到了华文文学内部流动——旅行导致的复合互渗现象，提出"跨区域华文文学"的设想，启迪研究者关注华文文学在区域流播中出现的新现象、新问题④。王列耀先生则在"汉语传媒与海外华文文学"的关系视野中，

---

① 刘登翰：《华文文学：跨域的建构》，选自《跨域与越界》，人民出版社 2016 年版，第 9 页。
② 同上书，第 10 页。
③ 同上。
④ 刘俊：《复合互渗的世界华文文学：刘俊选集》，花城出版社 2014 年版，第 253—257 页。

将对这一流播过程的思考落实到具体个案的研究之中，较为全面地探寻了传媒运作与华文文学的诗学话语、流派思潮之间的内在联系①，而当他提出"越界写作"② 这一海外华文创作的新模式时，已经注意到跨语境生存对作家写作思维的影响。上述研究对华文文学区域互动流播过程的探索，为我们系统梳理华文文学跨语境传播的具体现象与问题提供了借鉴。

要注意的是，华文文学跨语境传播所涉及的现象，如路径、动力、过程、规律和影响等，与一般跨语境传播现象既有共性，也有区别。对于研究者而言，要重视的是在华文文学领域之内的独特现象，它们将构成研究的入口，产生需要深入探讨的问题。在路径上，除传统的出版、评奖和教学机制外，学者的游学、作家的游散等以人为重心的文学交流活动非常重要，这些以人的流动为中心的跨语境传播活动怎样运转，对华文文学的跨域融合起到了什么样的作用？动力方面，除了商业、意识形态和学术推动，私人交往和情感抒发需求也不容忽视，那么，私人与情感诉求如何融入华文文学的想象疆域之内，具有怎样的推动力？在过程的梳理上，若时空的线索与媒介的线索要兼顾，宏观的鸟瞰与点的聚焦需同在，可否做出更有针对性的选择，从媒介或个案入手来对过程进行人类学似的厚描？在规律的探寻方面，诸如区域不对等性，求同和存异的微妙滑动，社会需求与文学自律间的矛盾等看似普遍的跨语境传播规律，立足于华文文学这一特殊对象时如何融入更具体的问题中去分析？如区域华文文学创作在主题、形象、文类、题材方面有无关联？有无演变？如何演变？华文文学经典如何跨疆域生成？文学思潮、流派、

---

① 王列耀等：《寻找新的学术空间——汉语传媒与海外华文文学研究》，中国社会科学出版社 2016 年版。

② 王列耀：《越界书写：熟悉的陌生人》，选自《华文文学的文化取向》，花城出版社 2014 年版，第 168—177 页。

诗学话语的旅行在华文世界是怎样进行的？在判断华文文学跨语境传播产生的影响时，存在着截然相反的观点，如结果是文学繁复还是同一，是边界的消失还是重建秩序，是导致回环衍生的重复美学还是激发作家创新创造的潜在可能，这些都需研究者在把握现象的基础上对问题做出深入思考。

概之，本书的基本研究思路是，在对华文文学跨语境传播现象的梳理中提出有意味的问题，并尝试分析和解决这些问题。

三　媒介作为入口

华文文学跨语境传播现象的研究，处在文学研究和传播学研究的交叉处，以传播学的思路、方法，开拓文学的视域，解决文学的问题成为一种选择。其中，传播学中有关媒介的思想和研究对文学研究已形成冲击力，媒介作为文学第五要素的观点打破了自艾布拉姆斯以来的围绕文学四要素而进行的文学研究范式，借助媒介视野重新思考有关文学的种种问题已经进行，基本的看法是媒介不但在一定程度上决定着文学生产的思维方式、传播方式和接受方式；同时媒介要素的增加，还将使我们对文学活动要素之间的结构关系、存在态势的认识发生根本性变化。故而本书选择以媒介为入口来梳理华文文学跨语境传播的现象与问题。

传播学视野中的"媒介"，有不同的定位与所指。在传统的传播学研究中，研究重心是媒介传递的信息与内容，媒介则被视为传递信息的载体、渠道或工具，涉及的媒介类型也相当有限，主要指的是报纸杂志、广播电视等凸显物质实在性的功能性媒介。后起的媒介环境学派跳出将媒介视为中介的框架，对媒介进行了全新定位，极大地拓展了媒介的所指范围，对媒介与人、社会的互动关系进行了深入探究。如加拿大学者麦克卢汉认为媒介是人的延伸，本身就是信息，新媒介的出现改变着人的感知结构；在传统的大众媒介之外，他列出了游戏、货币、数字、文字、住宅、武器等30多种媒介形式。① 之后，美国学者梅罗维茨提出了媒介情境论，媒介被看成是影响人行动的场景，不同媒介构成了不同的行动语境，它重建人的角色意识，改变人的行为方式。② 在我看来，媒介的两种定位思路并不冲突，媒介集传播渠道和关系重构于一身，传递信息的过程也是以人为主体开展的社会互动过程。当前，在新媒体的崛起和媒介融合的背景下，媒介的平台性、综合化和人性化的趋势愈加清晰，媒介形态更多变化，我们对于媒介的理解必须综合化、动态化，媒介既是中介，又可能是信息、关系、情境、公共空间和实践区。媒介具体所指既可以是物质场所，也可以是虚拟空间；既可以是外在于人的实体，也可以是人本身。

华文文学的跨语境传播，是一个持续的流变过程，包含了众多复杂的现象，媒介所处的位置也摇摆不定，故而对于媒介的定位与形态也采取综合化的理解，强调其多面性。从功能定位来看，媒介在华文文学的跨语境传播中，既是中介，也是信息、平台、过程、情境和网络，其中，媒介的综合性功能如过程、情境和网络更为重要。从表现形态来讲，华文文学跨语境传播的媒介可略分为三类：第一类是一般意义上的传媒，报刊、影视、网络等；第二类是组织与机构，如学会、大学、学术会议、评奖机构、研究机构、作家协会等；第三类是人，处在流动状态的学者、作家、编辑和新闻工作者。这些不同类型的媒介既有交叉互渗，又各具特点，构成了华文

---

① ［加拿大］马歇尔·麦克卢汉：《理解媒介》，何道宽译，商务印书馆2000年版。
② ［美］约书亚·梅罗维茨：《消失的地域：电子媒介对人类行为的影响》，肖志军译，清华大学出版社2002年版。

文学跨语境传播的媒介网络。在由媒介网络建构的传播场中，媒介作为具有关节点意义的集结点，如一面镜子，凸显现象与问题；也如文学肌体上的细胞，携带了文学的 DNA，牵一发而动全身。本书尝试选取具有重要关节点意义的媒介，进行观察、整理和分析，在此基础上再深入研究华文文学的跨语境传播现象及相关问题。此外，研究者及其所从事的研究活动本身也是华文文学跨语境传播的重要媒介，它们以一种不起眼的方式嵌入了华文文学的生态重建过程，影响之大小取决于研究者在场域中的位置，对此研究者也应有足够的警醒。

在本书中，以媒介为入口，华文文学跨语境传播研究涉及三个层面。第一是立足媒介过程论，从主导型传播媒介发生变化的视角梳理从 20 世纪 80 年代至今华文文学跨语境传播的流变趋势。从纸质媒介、影视、网络、融合媒介到手机移动媒介的变化视角去选择华文文学跨语境传播的媒介文本进行细读，从而梳理出可供借鉴的现象与规律。第二是立足媒介语境论，从文学本体出发，分析在跨语境传播及其结果已成为华文文学生存语境的情势中，华文文学创作和研究中所面临的新问题、新现象，如主题固化、跨域想象等，进而阐明跨语境传播对华文文学的深层影响。第三是立足媒介网络论，分析作为关节点的媒介与其他社会要素交织而成的场域里，华文文学的跨语境传播是否有利于良好的文学生态体系的形成，中心与边缘的问题是否被弱化，从而敞开华文文学跨语境传播背后的文学与诗学生产机制。

值得注意的是，以上三个层面的研究有不同的方向与目标，但不可截然分开，需要研究者在占有足够丰富的材料的基础上，分层介入，逐步推进，万不可先入为主，将媒介材料变成已有观点的佐证方式，让自己的研究成为重复性的研究。

四　个案法的运用策略

个案研究法在本书中是最重要的研究方法，但个案法在人文社会科学研究中被广泛运用的同时，也不断遭到质疑，时见响起"走出个案"的声音。在质疑者看来，个案研究的问题之一在于个案是特殊的，而特殊要走向普遍有难度；问题之二是个案具有微观性，存在宏观与微观之间的关联困境。这两大问题的提出，是将个案研究放置在科学—实证主义的研究逻辑之内，使之成为获取普遍真理的支点。然而，从建构主义的视野来看，所谓普遍真理的存在本是执念，个案研究应属于质的研究方法的范畴，它最为根本的目的并不在于为科学—实证主义研究积累量的和类型学的样本，而是要为理解社会的多样性和复杂性提供案例。① 在理论层面上分野格外鲜明的这两种立场，在实践层面上并无高低之分，需要方法运用者根据研究目标和具体情境进行取舍定位。

在传媒研究中，个案法是作为定量的研究方法（样本—总体关系）还是作为质性研究方式（特殊具体的传播现象的描述）而存在呢？长期以来，因热衷于总体的理论构造，个案往往是作为样本出现的，研究者都试图从某一个案中概括出普适的理论，忽视个案的特殊性和变动性，得出的结论往往大而不当。为了避免这样的结果，个案法的运用越来越凸显其质性研究的特性，个案的真实性和特殊性成为研究者所要着力发现和描述的对象特征，以方便从传媒现场和传媒实践中发现问题，探究对象的特殊性和实践的复杂性，记录活生生的传媒经验。但即便个案法在传媒研究中的质性特征得到强

---

① 吴毅：《何以个案为何叙述——对经典农村研究方法质疑的反思》，《探索与争鸣》2007年第 4 期。

化，研究者也不能放弃概括和理论提升的内在诉求，否则，研究成果应有的借鉴和推广作用就无从立足，研究的意义也大打折扣。因此，我们有必要参考个案法实现超越的理论，将其理论支点灵活运用于本书的研究实践之中。

在人类社会学领域，有三种思路试图面对个案法概括与理论提升的困境，并取得了相应的成绩。那就是费孝通的"类型比较法"、格尔茨的"深描说"和布洛维的"扩展个案法"。费孝通的类型比较法是通过一一呈现并比较不同类型的中国社会结构，最终得出对于中国社会的整体理解，被认为是超越个案进行了概括。格尔茨的"深描说"立足于对个案进行详尽的描述，在此基础上再进行阐释和分析，得出关于特定现象的理论思考，被归纳为"在个案中概括"的方法。布洛维的"扩展个案法"将研究"扩展"到四个层面：一是从单纯的观察者向参与者拓展；二是向跨越时空的观察拓展；三是从微观过程向宏观力量的拓展；四是理论的拓展。① 这样，他透过宏观俯视微观，经过微观反观宏观，从双向维度对研究对象进行考察，最终生成了较为可靠的理论认知。总之，这几位著名学者对个案法的运用，为个案走向理论提供了方法论的指导，对传媒研究中个案法的运用具有多方面的指导意义。

首先，面对纷繁复杂的传播现象，个案选取成为棘手的问题，研究者可借鉴费孝通的类型比较法。费孝通为了探寻中国农村的发展道路，在早期的乡村研究（除了大家熟知的江村研究外，还拟定对具有对比意义的禄村、易村和玉村进行研究，因时局变动未能完成）基础上，后拓展到小城镇研究，通过对全国各地的调查比较，他先后总结出了"苏南模式""温州模式""珠江模式""民权模式"

---

① 唐本予：《个案研究法》，《中国社会科学报》2013 年 8 月 30 日，第 B02 版。

"侨乡模式"等多种模式，并且指出：小城镇的道路，是有中国特色的独特的城市化道路①。费孝通对个案选择的类型化思维，使其概括变得更有说服力。同样，在传媒研究中，研究者应选择若干个具有相关性或对比性的个案，在长期观察、记录、反思这些个案的基础上，达到对现象与问题的全面了解，并概括出以资借鉴的理论观点。其次，在传媒研究中，个案法着重呈现的传媒事件和现象，正是一种场景化、过程化的叙事，接近人类学的深描方式。虽然这些传媒事件与现象可能是局部的、细微的存在，但研究者在客观呈现、如实叙述的同时，也需对叙述结果进行分析、评价和理论思考，实现从个案到概括的转化。此时，格尔茨的"在个案中进行概括"的实践是值得重视的。在格尔茨看来，深描的目的不是超越个案进行概括，而是尽量通过小的事情来进行广泛的阐释和抽象的分析，通过对19世纪巴厘岛政治生活的考察，他从中概括出了"剧场国家"的概念，与我们习以为常的国家观念形成了鲜明对比，具有了"他者"的意义。格尔茨的研究过程也确证了个案法从微观走向宏观的可能性。同样，在传媒研究中，面对具有特殊性和地方性的传播个案，研究者除了应深入传媒现场，持续了解和考察传播过程，形成场景化和过程性的研究思路外，也应学习格尔茨从个案中进行概括的研究思路，在比较的视野中，获得特殊个案所具有的学术启迪，形成具有人文关怀的具体知识。再次，在传媒研究中，理论的先导作用是必然存在的，但当我们运用个案法时，关于理论的位置则出现不同声音，那些强调个案法质性特征的人认为"事实决定一切，反对理论在个案法中的先行介入"，但问题是，任何研究者都是带着理论先见进入研究现场的，与其拒绝理论的指引，不如正视理论的存在，

---

① 卢晖临、李雪：《如何走出个案：从个案研究到扩展个案研究》，《中国社会科学》2007年第1期。

合理运用理论。在这方面，布洛维作为"将理论带入田野"的人类学学者的个案研究实践具有指导意义。在布洛维的工厂民族志书写中，他高度认同理论的力量，强调了理论之间、理论与事实之间的对话过程（以现有理论来考察田野事实，以田野事实来校验、修正现有理论，最终形成新的认知与理论），从而实现四个层面的拓展，取得了卓有成效的理论成果。他的思路是，从微观的工厂内部（个案）理解宏观的历史和社会结构的"大转型"，对赞比亚的去殖民化过程、苏联及其卫星国的兴起与解体过程，以及美国向组织化资本主义的重构过程进行了理论总结。同样，传媒研究者对于个案法的运用，也应增强这种自觉的理论参与意识和对话意识，将个案研究拓展到较高层面，实现四个层面的拓展运动，最终得出有推广价值的理论。

　　当然，在华文文学的跨语境传播研究领域，研究者对个案法的运用，可以综合以上理论视野和方法，进行灵活的处理并加以创新。在本书的研究实践中，对个案法的运用会将工具性和本质性研究结合起来①，在论述过程中会注重实证法和阐释法的融合。

---

　　①　一般的个案研究可分为工具性（instrumental）和本质性（intrinsic）两大研究类型。工具性的个案研究是"我们有一个要研究的问题，一个疑难的问题，一个需要对其建立一般性理解的问题。并且感到可以通过研究特殊的个案深入地认识这个问题。这种个案研究是对一些事情的理解。在这里个案是作为完成任务的工具，所解决的问题不是这个特殊的个案本身"。而本质性个案研究是针对一个特殊的样本（如一个个体、一个班级或一件事情）所存在的问题进行深入研究，以此解决个案存在的问题。显然，两类个案的地位是不一样的，前者是样本、范例，后者是具体事实、研究对象，它们所对应的分别是实证主义和建构主义的研究理念，进而所采取的研究方式也有所不同。

第一章　媒介作为过程：华文文学跨语境传播的流变趋势

华文文学的跨语境传播现象，起始时空的追溯，不可太早。虽然一些文学史在建构海外华文文学的起点时，总会提及源远流长的华人移民历史，但华文文学的真正发生并开始区域性互动，要等到19世纪中期后知识分子群体的出现以及华文教育与华文报刊的蓬勃发展。近现代以来，在数量不断增生的海外华人移民群体中，华文报刊成为沟通海内外现实（包括文学）的重要空间，促进了以华人—华文为纽带的想象共同体的形成。进入20世纪80年代之后，随着国际政治气候的变化和各国文化政策的变动，世界各地的华文媒体进入第二次发展高潮①，本土和本土以外的华文传媒构成了互动性的传播场，华文文学的跨语境传播成为常态，这一跨语境传播过程对华文文学创作、出版、评论与研究产生了持续影响，并呈现一定的阶段性和流变性。

如果把主导型传播媒介作为梳理跨语境流变的切入口，媒介变化的过程也就与华文文学跨语境传播的流变趋势具有一体性。由此

---

① 参见任贵祥《中国改革开放以来海外华文报刊研究》，《中共福建省委党校学报》2009年第8期。

略分,20世纪80年代以来华文文学的跨语境传播便可简分为以下几个阶段①。20世纪80年代到90年代初,以纸质媒介为中心的跨语境传播,促成了区域华文文学的交流、互动与融合,华文文学的世界性理念与想象初具形态。从报刊来看,这方面比较有自觉意识的有中国大陆的《华文文学》《台港文学选刊》《四海》—《世界华文文学》《海峡》,中国香港的《香港文学》,中国台湾的《联合文学》《联合报》《中国时报》,中国澳门的《澳门日报》②《澳门笔汇》,马来西亚的《蕉风》《椰子屋》《星洲日报》③,新加坡的《新华文学》《联合早报》,北美的《美华文化人报》④等。20世纪90年代中期到90年代末,影视媒介的力量有所凸显,被改编成电视剧、电影的华文文学作品在华文世界获得普遍性认同,其中一些作家作品由此被经典化。如白先勇、严歌苓、张翎、六六等人的作品通过影视改编形成了更大更广的辐射面。20世纪90年代末期到21世纪初,网络超越了纸质影视传媒,成为华文文学跨域生长的平台,华文创作、评论的区域互动性大大加强。进入21世纪后,华文文学的跨语境传播进入全媒体时代,呈现多种媒介共同介入,媒介之间互为平台、相互融通的趋势,即媒介融合的趋势⑤。紧接着,智能手机形成的移动互联网将全球华文创作连接成了一个可以即时互动的网络,各种社交软件的介入为华文文学提供了更好的跨语境传播的平台。随着多元互动的媒介场的形成,华文文学的跨语境传播变得极度频

① 需注意的是,除主导媒介之外,其他类型的媒介依然存在并发挥作用,因而这种阶段性的划分只是相对的。

② 文学副刊:《新园地》和《镜海》。

③ 文学副刊:《星云》和《文艺春秋》。

④ 20世纪70年代美国的《星岛日报》《世界日报》《侨报》《明报》等也有部分副刊作为文学园地,但1995年黄运基创办的文学杂志《美华文化人报》影响更大些。

⑤ 一般认为,媒介融合,从表层来看,是不同媒介的一体化运作;从深层来讲,是以开放协作为特征的平台思想对抗以封闭竞争为特征的传统思想。但媒介融合不仅是针对媒介运作层面的经验总结,它也是我们当下生存经验"多媒体化"的表征。

繁且难以觉察，对创作与研究产生了更为微妙复杂的影响。

概之，自20世纪80年代至今，主导媒介从纸质形态到影视、网络、融合媒介、手机移动网络等形态的转换中，华文文学的跨语境传播不断出现新的现象和问题，衍生出一系列的文本反思与诗学反思。本章尝试在各类媒介中选取具有典型意义的个案，梳理近30年来华文文学跨语境传播的流变趋势及其中涌现的新问题、新现象。

第一节　期刊篇:《四海》—《世界华文文学》①与华文文学的跨语境传播

文学期刊一向被认为是文学作品的发表园地，是文学史家自由出入的资料库，是一个载体性的因素，但越来越多的学者借助"媒介即信息"的理论视野，发掘到了文学期刊与文学之间的深层关系。人们发现，文学期刊通过有选择地呈现文学的鲜活历史，书写了特定时代的文学思潮与文学观念，成为文学历史的结构性因素。正如应凤凰在回顾台湾1984年创刊的《联合文学》的历史时所言:"从这些文艺杂志一家接一家前仆后继、起落兴衰之际，发现这些杂志的变迁图，其实正是另一种形式的文学史导览图，因为，杂志既是文学作品发表的地方，因此这几十年的文学潮流起伏同杂志的兴衰起落，完全是合拍的。"②

然而，文学期刊的存在历史作为另一种形式的文学历史，它的特点在于"像是一片新鲜的处女地，因未经爬梳而混沌一片，可又

---

① 《四海》丛刊全名为《四海:港台海外华文文学》，从1986年到1990年间陆续出版了10期，共发表港澳台及海外华文文学作家135人的187篇作品，从形式到内容，都初具期刊的规格，为1990年在北京正式创刊的《四海》期刊提供了众多的运作经验，从编辑、主管部门和运作方式来看，丛刊与期刊之间有着明显的一致性，1998年后《四海》更名为《世界华文文学》，故可作为一个整体来探讨。

② 应凤凰:《人与杂志的故事——文艺杂志与台湾文学主潮》，台湾《联合文学》2001年总第200期。

处处饱含着生命，期刊式的文学历史不呈任何线型的态势，一本一本，就是一个块状的结构，而且无清晰的边沿"①。确实，作为文学与社会的扭结点，文学期刊在时间上的延续性与空间上的杂生性使得它构成了鲜活流变、杂语共生的文学现场，在看似光滑整一的表面之下，往往还涌动着无数具有颠覆力的波涛暗流，它本身就是充满张力的文学文本。

所以，文学期刊不仅是一个资料库，一个话语空间，也是一个具备多种阐释可能的文学文本，它构成了充满内外张力的、历史化和动态化的文学现场。在 20 世纪 80 年代到 90 年代中期，文学期刊在文学传播体系中仍处在比较关键的位置，循此现场来爬梳华文文学的跨语境传播，是合适的。

《四海》被称为大陆有关"华文文学"的文学期刊中的四大名旦之一，但是相比其他三本杂志，它的步履有些迟缓。《海峡》、《台港文学选刊》和《华文文学》分别在 1981 年、1984 年、1985 年相继创刊，而它尽管在 1984 年就开始酝酿②，却出于种种原因，直到 1986 年才以丛刊的形式面世，到 1990 年才获取正式的期刊刊号。不过，作为后来者的它，却在视野方面超越了这些专门性文学期刊，具备自己的特色。

当时国内不少文学期刊对于"华文文学"的传播秉着"拿来主义"的思想，更着重于大陆的读者需要和文化市场，而《四海》却试图超越大陆视界，面向全球华人③。"四海"取宋人黄山谷诗"四海一家皆兄弟"之意，意在世界范围内发挥期刊的文化纽带作用，

① 吴福辉:《作为文学（商品）生产的海派期刊》,《中国现代文学研究丛刊》1994 年第 1 期。

② 1984 年，秦牧、曾敏之、陆士清等学者在广州白云宾馆曾商议有关《四海》的筹办事宜。

③ 从第 2 辑开始丛刊就有了英文名，并强调了面向世界的立场。

促进"华文文学"的发展，显得名正而言顺。丛刊主编秦牧在第 1 辑中更是开宗明义，亮出了"世界性"的旗帜。他认为，华文文学已经成为一种世界性的文学现象，大陆出版界有必要对其做系统全面的引荐，而《四海》丛刊便是这一使命的积极承担者①。与这一设想相呼应，《四海》期刊的主编刑沅在 1990 创刊号上继续呼吁"为发展世界华文文学而努力"，指出华文文学作为一种文化现象，拥有约四分之一人类的直接参与，遍布四海五洲，它所具有的世界性和世界意义，不需赘述②。《四海》时期，期刊自觉树起"世界性"的旗帜，以传播华文文学为己任，在海内外造成一定影响。

1998 年，针对"华文文学"的自身的发展状况，在学术力量的直接影响与推动下，《四海》更名为《世界华文文学》③，由双月刊改为单月刊，刊名凸显了作为刊物主导思想的"世界性"，刊物口号也演变成为：荟萃世界华人人才、文才、风采，展示世界华人热点、焦点、动态，具备了更为宏阔的文化视野与世界意识。

2000 年，《世界华文文学》因执行主编白舒荣退休等原因，出版了六期后便宣告停刊，转为综合性的时政类"华人世界"杂志，这本由中国文联主管、中国文联出版社主办，先后延续了 14 年多的文学期刊退出了传播"华文文学"的舞台。

在长达十多年的历史中，由于《四海》与《世界华文文学》这两本一脉相承的期刊举出了"世界性"的鲜明旗帜，在传播"华文

---

① 秦牧：《打开世界华文文学之窗》，《四海》丛刊第 1 辑，第 1—2 页。

② 刑沅：《为发展世界华文文学而努力》，《四海》1990 年第 1 期。

③ 执行主编白舒荣在 1998 年第 1 期的"编者记"《任重道远——从四海到世界华文学》中指出："中国八十年代初，人们对于大陆以外的华文文学的认识与理解，主要停留在港台文学的层面，由港台文学到世界华文文学，十多年后概念的这种转化，来自于华文文学自身发展的现实，为此，《四海——台港澳及海外华文文学》杂志顺应天时，经国家新闻出版署批准，更名为《世界华文文学》，并改作月刊。但期刊命名的改变，实际也与大陆学界对于整合性文学观念的普遍认可有关系。"

文学"的文学期刊群体中占据了一个独特位置。它的运作策略，为探讨纸质传媒在华文文学跨语境传播中的位置及现象提供了一个重要范例。

一　拓展的美学："世界意识"下的跨语境传播

（一）地理与文化空间的着力拓展

《四海》杂志是作为"中国大陆唯一的专门发表香港、澳门、台湾以及海外华文文学的大型期刊"出现的，而《世界华文文学》更是宣称为"全国唯一刊登全球华文作品的大型刊物"。类似的定位在《海峡》《台港文学选刊》《华文文学》杂志上也经常见到，如《海峡》认为自己是"祖国大陆第一份刊载台湾、香港暨海外华文文学作品的大型文学期刊"，《台港文学选刊》自认是"专门刊载台湾、香港与海外华文文学"的文学期刊，《华文文学》也自认为是大陆唯一刊载"台湾、香港与海外华文文学"的专门性刊物。为什么作为后来者的《四海》还敢声称唯一呢？这里或许有通过打出口号以确立刊物的学术地位与市场优势的考虑，但同时也体现了《四海》试图超越类似杂志的良苦用心。《海峡》留出很大版面给大陆文学，且以台湾文学为主要对象，《台港文学选刊》受到刊名限制，主要刊载台港文学，《华文文学》也主要以东南亚华文文学为主，这些期刊传播重心的选定都受到其所处地理位置的影响，或者说它们本身就是地缘传播学的最好例证。在这种情况下，《四海》则试图兼顾各地区，强调对中国台湾、香港、澳门和海外华文文学的全面重视，不出现任何区域偏向，表现了更高的起点与视野。由此，通过对各区域华文文学的扫视，期刊的"世界意识"首先突出表现在文本来源在地理空间上的世界性。

　　《四海》文本来源的地理版图相当辽阔，从港台到澳门，从美洲、欧洲、澳洲到非洲，几乎没有忽略任何国家地区的华文作家和作品，对于边缘地区的华文创作也在有意展现。鲜为人道的越南和苏联的华文文学，早在 1990 年第 3 期就被关注①。相对被忽略的澳门文学也得到了足够重视，从 1986 年到 2000 年间，刊载了共计澳门 35 位作家的作品约 55 篇，包括诗歌、散文、微型小说和评论等体裁，并设有澳门"五月诗社"专辑（1990/2）、"澳门作家作品选"专题（1995/6）、"澳门之窗"专栏（1998），还有澳门文学专号（1999/12），对于文学创作相对滞后的澳门给予了持久而强有力的关注。在 1998 年后，《世界华文文学》每期以国家、地区为单位刊载专辑专题，系统展现各区域华文文学的最新动向，相继有加拿大、法国、澳大利亚、美国、丹麦、新西兰、巴西、菲律宾、新加坡、马来西亚、香港等专号专辑，同时融杂了诸如洪都拉斯、厄瓜多尔等人们较为生疏的区域华文文学作品。遍及五洲四海的作者和文本资源，成为《四海》—《世界华文文学》具有鲜明"世界意识"的最佳见证。尽量在不同区域华文文学之间求得数量与地位上的均衡，则体现期刊对"世界意识"的独特理解与把握。与《特区文学》《海峡》等地方性文学期刊相比，《四海》—《世界华文文学》的这一特色十分明显（参见表 1-1）。

　　表格显示，从作品数量看，《特区文学》和《花城》中香港文学作品都占绝对优势，《台港文学选刊》和《海峡》中台湾文学作品占绝对优势，而《四海》—《世界华文文学》中，各区域华文文学总体差距不大，既重视了海外华文文学，也注意了台港澳地区，显现出"兼爱天下"的风范。

───────────

　　① 有越南陈大哲的小说《婚外情》（1990 年第 3 期），苏联沈冬明的诗歌《回忆江南春景》（外一首）（1990 年第 3 期）。

表1-1　几本期刊中各区域华文文学作品数量对比（1979—2002）　单位：本

区域期刊	台湾	香港	澳门	海外华文	各区域作品比例
《特区文学》	27	190	14	33	2：14：1：2
《花城》	20	57	1	27	20：57：1：27
《台港文学选刊》	2135	585	43	470	50：14：1：11
《海峡》	439	109	12	86	37：9：1：7
《四海：世界华文文学》	239	300	55	634	4：6：1：10

《四海》之所以能够对区域华文文学作全方位的扫描，主要源于其独具特色的编辑制度。相对大陆作者的稿源而言，在 20 世纪 80 年代中期到 90 年代，"海外华文文学"的稿源获取是难度较大的，尤其是一些华人数量相对较少的国家，更是不易发掘；为了克服这一障碍，《四海》组建了队伍庞大、相对专业化的编委会。1986 年《四海》丛刊首发时，其顾问、编辑和编委共达 18 人，1990 年，白舒荣主持业务之后（第八辑），又跃升为 37 人，大陆以外的编委数量从 5 个增加到 18 个，这些编委来自五湖四海，从台港到澳门、从美国到东南亚等各地区皆有代表人物，同时，大陆编委皆为"华文文学"研究领域的拓荒者和领头羊①。总之，《四海》的编委都堪称文学传播中的"意见领袖"，他们不但与海内外文学界有广泛深入的联系，也执着于"华文文学"的传播与研究，为期刊提供了更权威和更广泛的稿源。20 世纪 90 年代中期后，编委会的组成人员还做了小规模的调整，以适应文学创作不断变化的状况。到 20 世纪 90 年代末，期刊又改设办事处和通讯员制度，在北美、香港、深圳等地设立办事处，由特邀的众多通讯员征集稿件。因此，长期以来期刊稿源的区域范围就得到了最大限度的保证与拓展。

---

① 包括秦牧、毕塑望、萧乾等大陆知名作家，也包括曾敏之、云鹤、李鹏翥、骆明、聂华苓等世界各地的"华文文学"作家，还有饶芃子、白少帆、陆士清、武治纯、封祖盛、陈贤茂、刘登翰、方修等知名学者。

　　如果说区域的拓展是期刊"世界意识"在地理空间上的外在显现的话，那么文本的具体内容则将世界意识演绎成内在的文化广度。这种文化维度上的世界意识，在期刊刊载的游记散文中得到了集中展现。

　　游记是一种源远流长的文学体裁，也是一种极为常见的文学体裁，它显现了写作主体生命的多种可能和多重轨迹，具有浓郁的生活气息和深广的文化内涵。在"华文文学"创作界，由于漂泊流走的生活印记更为显著，导致了游记散文的兴旺，作家作品之色彩纷呈，蔚为大观。然而，有意识将游记作为传播重心的大陆文学期刊只有《四海》—《世界华文文学》。确切地说，游记类文章是《四海》—《世界华文文学》的一大特色。《丛刊》第 6 辑开始，就零散刊载了不少游记类散文，而到《四海》期刊正式创刊之后更是相继开设了带有游记性质的多个专栏，如"文化寻根——我的大陆行""游记""缤纷世界""看世界""移民足迹""地球村行脚""环球视野"等都主要刊载游记类文章。此外，还设有游记专号（1998/5，放眼地球村专号）以及新马游记散文名家尤今、戴晓华等人的多次专题和专辑（尤今一人就有 27 篇，两次专题，3 篇评论文章）。1992 年，与中国友好观光年和亚细亚旅游年相配合，"期刊"还举办了首届台港澳与海外华文文学游记征文徐霞客奖，影响广泛，大大提升了游记散文在大陆和全球华人中的创作与传播热度。

　　《四海》—《世界华文文学》刊载的游记文章具有一些共同特性，对期刊所宣扬的"世界意识"作了演绎。从文本内容上看，游记散文集中在"异国风情"的展现和书写上。从《丛刊》第 6 辑西班牙华文作家叶子的《长情默默》和《希腊六音》，第 9 辑尤今的《汪洋里的风帆》（外一章）到《四海》中於梨华的《印度、印度人、印度女人》、张宁静的《天方夜谭之旅》（1991/5）、尤今的《墨西哥旅游记趣》（1992/2）、《缅甸纪游》（1994/4），再到《世界华文文学》中张宁静的《布布巴布》（1997/1）、尤今的《尼泊尔之旅》（1998/3）等，无一不以"新奇的风俗、人物与文化"取胜，展现的是缤纷多姿的异国镜像。如期刊的基本作者、"游记"栏的主要撰稿人、法国华文作家张宁静在游记散文《布布巴布》（1997/1）中展现了荒诞不经的另类世界："撒哈拉沙漠深处的地穴人，千奇百怪的宗教与生活仪式，突如其来的沙漠少女，从天而降的爱情表白……"

此外，这些游记往往以个人环球行走的观看方式，通过展现文化差异及其唤起的震撼与新奇感，营造了一个个童话般的远方意境。在"游记"栏的重要作者尤今那里，这类童话式的叙事方式尤为彰显，她的游记中，充满好奇心的"我"行走跋涉于异国他乡，一路走去，只见令人目眩的奇景、充满奇异的邂逅、无关性命的挫折，在"我"带着怜悯的观看与叙述中，一个充满了梦幻色彩的童话世界被建构出来。正如有论者所言，她的游记已经成为"世界风景里的成人童话"。①

游记中的异国风情体系和充满梦幻色彩的童话式展现，也显现了"期刊"所具有的环球文化视野以及对于他者文化的积极心态——好奇、包容与接纳。这种视野与心态应是《四海》—《世界华文文学》能够对于不同区域的华文文学给予平等待遇的思想根基。

（二）开放的编辑理念与文学观念

《四海》—《世界华文文学》所具有的开放性编辑理念与文学观念，也是其运作有着世界性视野的根基所在，主要体现如下。

第一，超越文学的雅俗对立。20世纪90年代以来，尽管通俗文

---

① 郝明工、胡明蓉:《行走的歌吟——对于尤今童话的解读》,《世界华文文学》2000年第5期。

学与纯文学的壁垒被打破，但坚持"纯文学"立场的文学期刊与通俗化的文学期刊之间仍进行着紧张的角力①；《四海》—《世界华文文学》却选择了在雅俗之间自由穿越，呈现出某种混杂的味道。它既不时以梁凤仪的财经小说、尤今的游记散文、冯湘湘等人的武侠小说作为重头戏，以专题头条的形式推出，又常在主题专辑、名作回眸、专栏主持等上，以"评介加作品"的形式对严肃文学作出深度全面剖析，一些风格相差甚远的文本，常被随意放置于同一栏目之下，雅俗杂居成为一大风景。诸如亦舒与李黎（1990/2）、严沁与姚紫（1990/5—6）、华严与王桢和（1991/2）等奇特组合，集中体现了期刊杂糅的刊载风格。之所以这样，自与编者对于通俗文学的定位有关。从1998年第7期的通俗小说专号中的编者按语中，我们可以清晰看到编者的立场。对地位不高，很少为文学期刊青睐的武侠小说，编者认为，"武侠小说是'通俗'家族的重要成员，地位'低微'自不待言，但有些武侠小说，尤其金庸作品取得的巨大思想成就和艺术成就，其在华文世界的广泛影响和攻入英文世界的新发展，很值得心存文学偏见者深思"②，大有为通俗文学扬名之意图。可见，编者非常重视通俗文学的价值与地位，已经超越了雅俗对立的习俗立场，其文学观念是与时俱进的。

第二，原创与转载的并重。出于种种原因，大陆文学期刊对"华文文学"的传播以转载为主，原创作品较为少见。但《四海》—《世界华文文学》一开始就强调"既着重推出当代新作，也发表历史上的代表性作家、不同流派的代表性作品"③。在大陆文学期刊中，它

---

① "纯文学"的立场，有利于文学期刊以在市场竞争的劣势中保持某种道德上的优越感。

② 在1998年第10期扉页的《编者语》中编者作了如此表白。此外，从1991年到1998年间期刊还连载了几部长篇武侠小说，包括美国肖逸的《鹤年堂》（1991年第5期—1992年第6期），加拿大冯湘湘的《剑侠悲情》（1998年第3—5期）等。

③ 《编者的话》，《四海》丛刊第1辑，中国文联出版公司1986年版，第190页。

是较早自觉面向当下，为"华文文学"提供发表园地的期刊之一。尽管在20世纪90年代一些文学期刊也显现这种趋势，但传播立场并未如此清晰明确，就是《华文文学》等专门性期刊也对新人新作的刻意培养不够。《四海》—《世界华文文学》在适当转载一些较为经典旧作的同时，更强调以"发表新作，培养新人"为主要目标。这样的刊载策略，在即时展现"华文文学"创作动态之时，更是为海外华文写作者提供动力，鼓励其继续创作。执行主编白舒荣在总结期刊的编刊思想时强调了这一动机："感念在海外谋生的华人能坚持用汉语写作，非常难得，为给予鼓励和支持，所以也编发了少量艺术性不那么高的作品。"[1] 如白所言，鼓励性的刊载、培养型的传播使得《四海》刊载的文本整体质量偏低，可读性并不太强，在经济收益上也严重受挫[2]；但对于"华文文学"的再生产来说，它却意义非凡。陈若曦在谈到海外华文文学的发展时曾经指出，"作品发表园地与读者是难以突破的瓶颈"[3]，其实，香港、台湾和澳门文学如果失去了最大的消费市场——大陆的支持，其生存空间也颇受制约。因此，这一刊载策略无疑体现了期刊编辑对于特定时期的"海外华文文学"在世界各地艰难处境的敏锐洞察与深刻理解，是具有包容性与开放性的传播理念的体现。

第三，鲜明的性别意识。一般而言，刊物往往是主编意志的集中体现，《四海》—《世界华文文学》也不可避免会染上主编的某些个人印记。从1988年起，白舒荣就一直是期刊的实际负责人和主要策划者，每一期杂志都浸染着她的努力，也活跃着她的身影。身为女性，她对女性作家有着自觉的关怀与倚重，从而使期刊中呈现

---

① 《编者的话》，《世界华文文学》1998年第12期。
② 《四海》—《世界华文文学》基本是赔钱的，前期靠出版社的财政补贴，后期靠社会赞助来支撑。
③ 陈若曦:《故土与新土》，《四海》第五辑，中国文联出版公司1989年版，第7页。

出鲜明的性别意识①。对于女性作家创作的关注，集中体现在以性别为纬度的专辑、专号的策划上，期刊先后共设立 6 次女作家专题专辑②，在同类期刊中别具一格。这应是编者试图凸显独立的华文文学女性写作空间的一种尝试。或许有人会认为，对于一本专门介绍"华文文学"的专门性刊物而言，这样的举措缺乏意义，因为"华文作家"本就女性居多，并非"弱势"群体。但实际上，在 20 世纪80 年代中期到 90 年代，学界对于"华文文学"中的女性写作问题并未有足够的意识。人们更关注"华文文学"如何在故土与新土、东方与西方夹缝中书写民族的寓言，重视发掘"华文文学"的整体诗学意义，却很少将女性成为"华文文学"创作主体这一现象作为问题来探讨，进入 21 世纪之后，以女性主义或者女性意识对华文文学创作进行研究的力度才逐渐上升，而期刊自 20 世纪 80 年代创刊起，就有意识地将女性作家的作品以各种方式集结在一起，不断强化这一群体存在的重要性与独特性，唤醒人们对这一现象的正视与重视，本身已经构成了一种初步的研究与探索。

开放前沿的编辑理念与文学观念，其实都服务于期刊欲显"华文文学"之大观、尽可能拓展传播内容的总体目标。一本视野宏阔、胸怀天下的世界性文学期刊的形象也就在此基础上得到了呈现与建构。

放眼其他区域，那些自觉进行跨语境传播活动的华文文学期刊，如我国香港的《香港文学》，我国台湾的《联合文学》《印刻》，马

---

① 有意思的是，《选刊》和《华文文学》等期刊显现出某种典型的女性气质，作为"她"而存在，但《四海》—《世界华文文学》反而显出爽朗大气、刚柔并济的风格特征，这或许与主编个人的爽朗气质有一定的联系。

② 女性的专辑专题分别如下：1993 年第 4 期的《女性作家的小说专辑》；1995 年第 3 期，为庆祝世界妇女大会在京召开开辟的《女作家专辑》；1996 年第 4 期的《世界华文女作家专号》；1998 年第 3 期的《女作家专辑》；1999 年第 4 期的《台湾 90 年代青年女作家作品选》；2000 年第 6 期的《新加坡女作家专辑》。

来西亚的《蕉风》，北美的《红杉林》，等等，也具有相似的编辑理念和文学观念，视野比较开阔，世界性意识较为清晰。

二　本土语境对华文文学跨语境传播的限定与指引

作为传统传播媒介，纸质文学期刊的创办、运作和发行更能体现时空的限定。不同区域的文学期刊，创刊的程序、运作的方式、发行途径等有相似之处，但也因地域特色，呈现各自的特点和问题。《四海》—《世界华文文学》是乘我国大陆政治、政策之利而开办的专门性期刊，它之所以能够拥有众多的作者和文本资源，具有世界性的视野，也与之有关。这本位于北京，由中国文联主管的期刊有着众多优势和自觉意识去建设"世界性"的文学图景和文学观念。但是，也因位于中国政治文化中心的"北京"，刊物的地缘意识往往等同于中国意识，这种中国意识未必全是政治中国的直接体现，却难以超越文化中国的话语规训。在这本期刊中，我们能看到，世界意识是处在中国意识的指引与规范之下。正如主编白舒荣在回顾《四海》展望《世界华文文学》时所言：

> 很显然，从历史和现状看，华文创作之所以有如此广泛的世界性，是与华人的足迹密不可分。但总的看来，无论是这些作者们移自何地（大陆还是台港）、移往何方（亚洲抑或美洲），移居他乡的时间短长（是第一代还是二三代）和观念发生了哪些变化，其作品所表现出的思想内容，无不深深烙着中华文化的印痕。
>
> 割不断的中国情结，拔不掉的中华传统文化的根，使生活在世界各地、政治信仰和经济状况千差万别的华人作家，总能

心有灵犀相通。①

那么，期刊在具体运作中，通过何种方式确立了中国意识的主导地位呢？从其栏目设置与征文评奖活动中我们不难辨析出这一过程及特点。

（一）专栏设置中的"中国意识"

期刊专栏，尤其是具有连续性和稳定性的专栏往往是期刊特色和风格的集中体现，反映出传播主体的主要价值取向②。《四海》——《世界华文文学》的特色专栏主要有"留学生文艺"及"留学心影"等③（是前一栏目的延续）、"我的大陆行：文化寻根"④ "游记散文"⑤ 等，在这些专栏文章中，一方面体现了期刊面向世界各地、反映文化差异的开放性视野；另一方面，中国意识也无所不在，以极为直接的话语方式反映着主流意识的某种召唤。

1990 年在"中国留学生纪实文学专辑"前，附加了一篇名曰"海外学子献给母亲的歌"的编者文章，文中热情洋溢地赞美了游子们在异国他乡却时刻思念祖国的深情：

从莱茵河航船上飘扬的五星红旗，到富士山麓篝火晚会上齐

---

① 白舒荣：《任重道远——从四海到世界华文文学》，《世界华文文学》1998 年第 1 期。有意思的是，同样标举"世界性中文文艺杂志"的《香港文学》，主编刘以鬯也有类似白舒荣的表述："因为中国文学刊物是华文文学的组成部分，而任何地区（包括香港在内）的华文文学都是中国文学的组成部分，基于这种理解，我们决定在被某些人称为文化沙漠的香港创办一种'世界性中文杂志'。"（见《香港文学》1986 年第 13 期）可见世界意识与中国意识之间的这种基本关系在"华文文学"传播中的普遍性。

② 李频：《期刊区域市场与文本分析方法问题》，见《中国期刊产业发展报告——市场分析与方法求索》，中国社会科学出版社 2005 年版，第 334 页。

③ 这一专栏持续的时间从 1990 年到 2000 年终刊，因受学术界对其命名变化的影响，专栏名 1994 年改为"新移民文学"栏，后又设立了"新留学生文学"栏。

④ 这一专栏从 1991 年持续到 1992 年。

⑤ 这一专栏以多种变体出现，在本节第一部分已经做了梳理，故不再重述。

声高唱的中华人民共和国国歌;从牛津学子们大声疾呼"黄土地、我爱你"到纽约街头美国青少年学雷锋做好事,我们何等强烈地感受到中华民族优秀子孙眷念故土、矢志报国的热诚……这组纪实文学的篇章还生动描绘了海外留学的艰难、异邦的风光情调,在浓厚的思亲、思乡的情怀中浸透着自尊、自强、自信以及对生活的热爱,对理想的追求和对未来的向往。留学生虽远赴重洋、远离家国和故人,但他们无时不刻不在用无尽的情思所编织的歌,献给我们伟大的母亲———祖国![1]

接下来,编者还呼吁留学生们学成应归来,为祖国的四化建设作出贡献,文学传播与政治导向简单而自然地贴合在一起。但同是对"留学生文学"的重点传播,位于上海的《小说界》的话语方式却有所不同,它更强调文本自身所反映的思想与艺术特征,以"边缘性"概念对留学生文学进行了理论提升[2],所选文本多反映在中西文化夹缝中挣扎的留学生生活,如查建英的《红蚂蚁》(1987/1,1987/2,1988/2)、易丹的《卜琳》(1988/4)、王周生的《陪读夫人》(1992/6,1993/1)等都是具有一定艺术水准的个性化作品,与《四海》大张旗鼓赞美"中国心"的话语构成了强烈对比。

"文化寻根———我的大陆行"也是具有鲜明导向的专栏,从其专栏命名来看,就已限定了文本所能涉及的维度———"我热恋的故乡",编者也主要向那些频繁回归大陆探亲访友者约稿,所刊载作品便难以远离"流离在世界各地的游子,重回故土(主要是祖国大陆),追忆往事、寻找文化与心灵的归宿"之类的心灵絮语。

---

① 编者按语:《海外游子献给母亲的歌》,《四海》1990 年第 2 期。
② 参见曾镇南《"边缘人"的视界和心音——关于留学生文学的通信》,《小说界》1989年第 1 期。

"游记散文""缤纷世界""世界之窗"栏展现了令人目不暇接的"异国风情",但写作者多采用"面向中国"的叙述方式,向国人介绍着"他者"的奇观,建构和凸显了"中国人"的主体姿势与观者立场。

《四海》—《世界华文文学》专栏中浸染的中国意识,不只直接显现在期刊运作与编辑过程中,还对创作和阅读也起到一定的规范引导作用,从而可能建构出文学生产与消费中的"中国向心力"逻辑。该期刊的作品,自由来稿很少,基本上是约稿、组稿或编委推荐①;在这种编辑路径下,编者授意或请求作者就某专栏而写作,专栏主旨就是其写作的可能尺度,编辑意图也就先行植入了创作者的思想里。而对于读者而言,也可能在编者话语的指引与规范之下,有意无意间将文本内容与"中国意识"连接起来。如有读者在阅读中发现,"文化寻根——我的大陆行"和"留学生文艺"演绎的都是游子的乡愁,一种是回归时的酸楚,一种是漂泊时的思念②,而《四海·新移民小说》则集中体现了海外华人对母土的情结③。事实上,各专栏中的文本不止于这种单一的指向,其中不乏意蕴丰富之作,如在"文化寻根——我的大陆行"栏下,香港作家也斯的《时空的漫游——访问上海》便描摹出了有关上海的一幅悬想联翩、寓意深刻的画传(1991/4)。读者的反馈意见很可能受到了专栏命名与编者按语的诱导,从而与编辑意图不谋而合。同时,对于这些读者意见的刊载,不但体现了期刊编辑对此观点的认同,也进一步固定栏目的主旨和读者的阅读指向。

(二)征文评奖中的"中国意识"

文学期刊的征文评奖活动,一向是吸引读者注意力、扩大期刊

---

① 主编白舒荣在与笔者的电子邮件中曾经强调指出这是期刊稿源获取的主要方式。
② 祝勇:《乡愁乡愁——读四海的两个栏目》,《四海》1992年第2期。
③ 苏文整理:《〈四海〉印象谈片——苏州大学师生谈〈四海〉》,《四海》1994年第6期。

影响力和赢得作者与文本资源的重要举措，20世纪90年代末以来，在大陆文学界有愈演愈烈的趋势。《四海》自1986年面世以来，也一直在呼吁举办全球性华文文学大奖，以拉动"华文创作"的发展、扩大"华文文学"的国际影响以及树立大陆作为"华文文学"发源地和重心地带的权威性①。尽管种种原因未能达成这一宏愿，却也频繁地举办或参与过数次全球性的征文评奖活动，在同类期刊中首屈一指。不过，《四海》—《世界华文文学》的征文活动，其鲜明特色就是有鲜明和雷同的主题倾向，那就是"中国意识"。

1989年《四海》丛刊参与的"龙年征文比赛"，主题为"我心目中的中国"，其获奖作品的来源尽管涵盖了世界各地，但缠绵不尽的都是思乡念国之情。正如编者在选登其中8篇作品②时所作"按语"中表述的那样：

> 龙在奔腾。四海之内，皆有龙的传人，无论是鬓染霜雪、历尽沧桑的老者还是生长在异国他乡的青年才俊，他们无不怀念龙的故乡。她的锦山秀水、她的改革开放后的新貌，都在他们深深的热爱与关切之中。③

1992年《四海》期刊与国务院侨办和新加坡文艺协会举办的

---

①　1986年秦牧在《四海》丛刊第1辑的《打开世界华文文学之窗》以及《港澳台及海外华文文学评奖的盛举》等文中强烈呼吁设立"华文文学"的大奖，1990年《四海》期刊主编在发刊词中也提出将举办首届四海——港台与海外华文文学奖，1998年《世界华文文学》又呼吁举办"世界华文短篇小说公开奖"，都有着文中所述的种种意图。

②　获奖文章包括法国周绍德《想念您，龙的故乡》、美国翁绍裘《龙年谈民族感情》、瑞士张泳琴《龙的传人》、厄瓜多尔林植璜《龙——百兽之至尊》、泰国杨菁菁《长城行》、澳门刘少泉《龙年观中南海》、加拿大邓华征《沧海情——我心目中的中国》、泰国吴舜娟《我与中国》。

③　编者"按语"：《"我心目中的中国"龙年征文选登》，《四海》丛刊第十辑，中国文联出版公司1990年版，第174页。

"首届台港暨海外华文文学徐霞客游记有奖征文"活动,获奖作者也遍及 8 个国家 2 个地区,具有区域上的世界性特征,但多数作品的中心线索仍是"我的中国情",抒发的是对"文化中国"的缤纷想象。从文章的题目可略知一二,如美国许以淇《乡情的联想》、新加坡陈美华《大理的风花雪》、中国台湾郑明俐《把我的根种在九寨沟》、瑞士赵淑侠《当我万水千山走遍》、泰国梦莉《人道洛阳花似锦》、马来西亚戴小华《松花江的神奇》、中国香港曾敏之《诗情画意记阳朔》、菲律宾柯清淡《离骚又添一新页》等。

1996 年的举办"四海华文笔汇"征文,明确要求"以文学笔法反映当代华人的事业、追求和思想感情、眷念故土情怀和民族传统精神以及中国大陆的山光水色、民俗民情和建设开发"①。

1998 年《世界华文文学》承办了由中国文联举办的面向世界华人的"爱我中华"征文比赛,主题的设定,已经限制了作品所能涉及的范围与话语方式。

2000 年,《世界华文文学》主办的盘房杯世界华文小说奖落下帷幕,来自 7 个国家 3 个地区的 15 篇作品获奖,涉及面较广,这一次评奖也以"弘扬中华文化"为出发点②。

此外,期刊还参与了中央人民广播电台对台部与有关单位合办的第一至九届"海峡情"有奖征文的活动,不遗余力为之宣传呐喊,不断刊登相关征文来稿,成为征文活动的主要阵地之一③。但"海峡情"征文强调的也是"民族团结、国家统一和文化亲缘"的主题。

---

① 编者:《"四海华文笔汇"征文》,《四海》1996 年第 3 期。
② 正如评奖活动的主要评委与组织者之一邓友梅先生所言:"如今世界几乎是有居民处就有华人,有华人处就有中华文化,其重要组成部分之一就是华文文学",《世界华文文学》2000 年第 1 期。
③ 如第四届"海峡情"特等奖作品一并刊登在 1992 年 5 期的《四海》杂志上,1995 年间还特意设置连续性专栏"海峡情"。

征文评奖活动对于创作而言显然是一种重要推动力,很多写作者通过对这类活动的参与赢得了文坛的认可,获得了进一步发展的空间;《四海》—《世界华文文学》这种专门面向大陆以外地区的征文评奖也作出了同样的努力,编者联合相关部门在活动开展、奖金设置、宣传鼓吹方面可谓不遗余力。但遗憾的是,由于主题过于明确,导向过于鲜明,大大影响了作者参与的广度和获奖作品所能达到的意义深度,这些评奖活动没有达到如马来西亚的花踪文学奖和中国台湾的联合文学奖、中国时报文学奖等那样的影响力①。同时,很多没有直接凸显"中国意识"的优秀之作,也无法通过这一类文学征文与评奖进入大陆视野,因而对于"华文文学"创作的促进作用并不显著。

　　概之,20 世纪 90 年代中期以前,纸质媒介在华文文学的跨语境传播中承担重要角色,但相对新型媒介,作为实体形式存在的媒介,无论是报纸、期刊还是书籍的发行、出版与流通都存在时空的局限,故而在纸质媒介为中心的阶段,华文文学跨语境传播的广度和深度都有一定限度。《四海》—《世界华文文学》的运转模式正是凸显了纸质媒介在华文文学跨语境传播中所受到的在地影响以及突破在地因素的限度。20 世纪 90 年代中期后,一方面是文学期刊自身面临新的媒介的挤压,出现生存危机②;另一方面则是华文世界的文化交流日益便捷频繁与多样化,文学期刊在华文文学跨语境传播中的地

---

　　①　这些奖都是世界性的华文文学奖,并不拘泥于某一地区,且持续时间较长,评选标准重艺术性,在汉语文学界影响更大。

　　②　如中国大陆有关华文文学的四大期刊都面临困境。1998 年起,《世界华文文学》与出版社在经济上完全脱钩,实行自负盈亏,发行量也不过几千册,主要靠拉企业赞助维持日常开支,2000 年宣布停刊。《海峡》发行量也逐年下滑,从 1990 年中期开始基本依靠与企业、文学团体合作来填补经济黑洞,2003 年脱胎换骨,不再保持华文文学的特色;《台港文学选刊》从 20 世纪 90 年代中期开始,发行量急剧下滑,2002 年走向时尚读物类,淡化专门化色彩;《华文文学》则在 1998 年转型为学术刊物。

位开始发生改变，逐渐边缘化，部分文学期刊开始调整传播策略，融入更为多元的传播格局之中。

第二节　影视改编篇：海外华文文学①的影视化传播及其影响②

20 世纪 90 年代前后，华文文学通过影视改编进入大众视野的现象逐日增多，已引起众多研究者的关注。从白先勇、严歌苓、曹桂林到张翎、艾米、六六、桐华等诸多作家及其作品，影视改编都是其进入公众视野的重要途径③。这种借助影视的力量形成的文学传播现象，可称之为影视化传播。处在社会、经济、艺术和学术之交叉点上的影视化传播，既关涉两种艺术形式间的转换与互动，也敞开了华文文学跨语境传播的复杂性，诸多值得关注的新现象和新问题浮现了出来。在此，通过海外华文文学在中国大陆艺术场的影视化传播个案的分析，思考影视传媒在华文文学跨语境传播中的位置及影响。

一　影视化传播中的语境适应现象

文学的影视化涉及选择与改编，选择哪些作品，如何改编，需遵循不同艺术形式转换的基本规律，也需特别注意影视改编中的语境适应现象，就是那些声称以如实再现原著为宗旨的影视改编，也受到现实时空和接受语境的制约。一方面，导演、演员等参与影视

---

① "海外华文文学"一词是中国以外华文文学的统称，本节是为了论述的便利而提出来，并非中心与边缘的先验性偏见。

② 曾发表于《华文文学》2016 年第 2 期，但标题与内容均作修改。

③ 除开篇所提及的新移民作家之外，另有虹影、顾晓阳、石小克等也在内地频繁触电。

制作者本身的当代性会不知不觉地进入影视之中;另一方面,审查制度、受众心理与票房收入等更为显在的因素会规训着影视的内容与形式。因此,海外华文文学在内地的影视化传播过程中,语境适应问题也被凸显出来。

由于作者的多重生活及文化背景,"异域"风味往往成为海外华文文学作品的重要标识;但引发内地影视界关注的作品,往往在其异域风味之后还显现出"共同感"——那些涉及中国历史或与内地当下现实建立关联(可称为"中国相关度")的作品更易成为影视改编的对象,如张翎《余震》(2007)和严歌苓《金陵十三钗》(2005)的影视改编都体现了这种审美选择。两篇小说都包含了加拿大和美国元素,渗透着作家的异域体验和认知;但它们面对的都是中国的重要历史事件——唐山大地震和南京大屠杀。那么,在陌生化美感与内在认同之间,何者更为关键呢?在我看来,同的维度比异的维度更为关键,从实际情况来看,得到内地影视界认可的多是具有内地生活经历并着力于书写内地题材的"新移民作家"①的作品。

然而,即便是在"相关度"内被选中,影视改编过程还将进一步对文学文本进行修正、整合,最终,影视文本与小说文本在思想、格调等层面的差异,虽与艺术类型有关,却处处留下了语境的痕迹。从美华作家白先勇的中篇小说《谪仙记》和曹桂林的长篇小说《北京人在纽约》的影视改编中我们可以看到这一过程的复杂性。小说《谪仙记》写于1965年,其间弥漫着家国之痛与历史的沧桑感,四位留美学生即是这一情绪的人格化,主人公李彤更是光彩照人的叛逆者形象,从中可感受20世纪60年代台湾留学生文学的时代气息。以此为母本,1989年由谢晋导演的电影《最后的贵族》,展现的却

---

① 具体发表及收入时的修改情况已在书的相应章节列出。

是一群中国留学生异域漂泊的爱怨情缘，李彤被演绎成一个感情失败、梦想幻灭的追寻者形象，浸染了中国大陆 20 世纪 80 年代的情绪。故有评论者言：影片中的李彤不再是白先勇笔下出尘脱俗的谪仙，而是"八十年代带上方便面出国的留学生"。①

其实，导演在改编中有意借鉴小说散文化的结构与抒情化的氛围，试图保留原著的气韵，但因两个文本都对时代气息有着敏锐感知和审美呈现，影视改编反而凸显了时空的沟壑和各自的位置，"出尘脱俗的谪仙"无法摆脱被演绎成"儿女情长的游子"的命运。如果说《谪仙记》的改编个案说明克服文学与影视本有的时空距离之难度，那么《北京人在纽约》的改编则体现了接受语境对作家作品个性的忽略与逾越。这部反映 20 世纪 80 年代美国新移民生活的小说，写于 1990 年前后，1991 年开始在中美两地拍摄，1992 年在内地上映，几乎不存在时间差。小说虽不无对美国梦的渲染，但重在通过呈现异域生活的起落沉浮以反思人性，是带有自传色彩的个人忏悔录；由内地拍成的同名电视剧却唱响 20 世纪 90 年代中国人异域追梦的主旋律，集中反映了时代感性。对应当时方兴未艾的出国热，电视剧改写了小说的回归主题，张扬了出走的梦幻意识。于是乎，小说里由个体发出的"美国是天堂还是地狱"的痛苦低吟就转变成电视剧里深情华丽的万众呐喊："千万里我追寻着你，可是你却并不在意，你不像是在我梦里，在梦里你是我的唯一。"两者差异之大以致有研究者认为，"改编后的作品失去了主体意境"，只不过是"挂了个根据曹桂林的同名小说改编的虚名而已"。②

可见，在海外华文文学的影视改编中，"海外特性"虽是引发审

---

① 魏文平：《〈谪仙记〉的误读：评影片〈最后的贵族〉》，《电影评介》1990 年第 4 期。
② 米文军：《离谱的"配器"：电视剧〈北京人在纽约〉应尊重原著》，《电影评介》1990 年第 1 期。

美关注的重要元素,但囿于语境原则而被凸显的"中国相关度"会使得异的因素不知不觉被消化或消解,最终凸显了"异中求同"的思维模式,由此,"海外"这一异质空间给汉语文学带来的独特养分可能被融化为自我认同的元素。

从文学创作的角度而言,影视化所带来的影响力和经济效应,将使部分海外华文创作不由自主进入内地影视生产机制之中,出现主动寻求语境适应的创作倾向,进而丧失了其独特的审美魅力。张艺谋执导的"文革"爱情剧《山楂树之恋》出名之后,其原作者、北美网络华文作家艾米,为配合后续同名电视剧的拍摄,开始续写长篇小说《山楂树之恋》。以清宫剧《步步惊心》一举成名的旅美华文作家桐华,继续推出一部部趣味接近的历史题材剧,融入内地影视编剧界,这类由影视改编推动的后续创作集中体现了语境适应的原则,但最初凭借书写者的异域视野而产生的审美震撼在续本中往往不复存在。因而从整体来看,以语境适应为基础的影视化传播,在使得海外华文创作进一步与内地艺术场融合的同时,也隐含了其独特诗学特质丧失的可能性。

二　影视化传播与经典化

对"什么是经典"的回答论述甚繁,关于经典化的理解则易于统一。就文学而言,经典化就是特定文学作品经受时空考验的过程,文学作品不断被关注、选择和阐释成为经典化的基本程序。影视改编既对文学作品进行了二次遴选,让文学获得公众影响力,也通过电影制作者和观众对作品不断作出"新的阐释",是视觉文化时代不容忽视的经典化程序。现在,作为进入学术视野三十余年的文学现象,有关海外华文文学"经典化"问题已在理论和实践环节被研究者重视①。那么，海外华文文学在内地的影视化传播如何介入其经典化过程呢？

鉴于影视媒介的影响力，影视化传播除了让内地受众迅速知晓、关注某些海外华文作家作品的存在之外，还对自觉参与经典化、掌控话语权的专业研究者的相关研究起到了"议题设置"的作用。这就是说，影视化传播或许无法左右研究者的立场观点，却在影响研究者的关注视野与选择对象。某部文学作品被影视化并产生影响，就可能获得被深入研究的机会，进而这一作品或其创作者在文学史上的位置可能得以调整。如上文所及的小说《北京人在纽约》便借助成功的影视化传播经受了经典化选择的关键一步，在众多同类作品已被淹没时，它却作为20世纪90年代的留学生文学代表作在文学史上取得位置。相似的例子还有新加坡六六的小说《蜗居》、美国桐华的小说《步步惊心》等，随着同名影视剧的热播，其人其作的知名度在内地文学场急剧上升，开始进入文学研究者、年鉴编撰者、文学史学者的关注视野。某些海外华文文学作品搭上影视的便车，优先获取了大众和研究者的关注，在不断被阐释的过程中有望成为潜在的经典。

在影视化氛围中形成的"文学批评"，往往从跨媒介视野出发，将文学文本与影视文本相互参照和对比，进而重新确定文学作品的价值与位置。这种新的批评和阐释方式，也将挑战人们对经典的固有理解，促成新的经典范式的形成。在海外华文文学研究领域，这种影视化批评首先表现为在文本选择上的倾向性，那些具备视听性、影视性的作品在批评前沿聚集，被反复阐释。近年来已成研究重点的白先勇、严歌苓、虹影等海外华文作家，无不是影视青睐的对象。

---

① 近年来，海外华文文学经典化的问题被不断提及，仍与学科合法性建构的思路纠缠在一起，对经典性文学作品的发现也建立在寻求海外华文文学独特诗学话语的基础之上。

其作品所具有的画面感、情节的跌宕起伏等影视性特征，又在凸显影视与文学关联的后续研究中不断被强化，小说甚至成为电影的投影或延伸。如 2013 年，由严歌苓同名小说改编、内地著名导演张艺谋执导的《金陵十三钗》上映后，从影视与文学异同、文本的视听化特征等角度对该小说进行的研究就层出不穷，对小说形式与内涵的阐释已离不开电影①。与此同时，这种处在影视审美模式和聚焦影响下的文学阐释，将和整个社会一起淘汰部分被印刷思维所囿的作家作品。那些不具备视觉冲击力的海外华文作家及其作品，由于远离影视等内地大众传媒的视野，大众和专业研究者的关注也相应弱化，逐渐退出批评前沿。如此，在新与旧的交替更换中，影像思维指引下的审美原则将有可能成为经典化的标准之一。

不过，影视审美原则介入文学经典化范式重建过程的根本原因在于，影视改编本就是文学批评的独特类型，内在于批评场域之内，而不是外在镜像。影视改编者作为特殊的批评群体，其批评的特点就是善于从新的视界和时代的感觉结构出发理解作品，对原作进行补充和提升。这样，文学原作的底蕴在影视改编者"创造性的接受"中被发挥、充实和丰富后，进一步影响文学批评者的思路和观点。从张爱玲《色·戒》的影视改编可显现这一影响过程。这一小说在张寓居美国时完成，1978 年在台湾初载②。但当时人们以政治比附式批评对之进行否定，很快淡出了研究视野，而在中国内地，也一直处在研究的盲区。2007 年当它被著名旅美华裔导演李安搬上银幕、获得多项国际大奖并在内地热播后，其境遇已然改变。从中国知网资料看，从 2007 年至今已有 200 多篇专题论文出现，预示其已进入

---

① 在执笔时，知网有关《金陵十三钗》的 480 多篇论文中，除了 240 多篇以小说为对象外，其余都论述同名电影；而这 240 多篇论文中，又有半数以上是从小说与电影的关联中展开分析批评。

② 据此《色·戒》可归属于美国华文文学。

批评前沿。可以说，正是李安电影对小说的再发现、再创造，敞开了小说的审美境界与丰富含义，激发了研究者的探索欲望，如李欧梵在《〈色·戒〉：从小说到电影》（2007）中所言，张爱玲叙述技巧的确一流，李安电影却技高一筹，把"小说中所有轻描淡写或点到即止的故事细节变成有血有肉的情节"，使得个性与主题变得丰富和清晰起来，而且通过影视的技术手段"从真实中衬托出一种杀气但又不失浪漫的怀旧风格"，呈现了唯美的艺术境界。① 但李安电影不仅是善于再造的美学形式，也为意义阐释提供了颇具时代感的路径。电影通过将身体、情色、人性与意识形态相连接，建构出性别视角下被消解及重建的政治风云之位置，后来一些学者正沿此思路确认了该小说的经典性意义。如 2014 年朱崇科所写的《重读张爱玲〈色·戒〉》一文是对小说近年相关研究的总结、反思与超越，他从身体与身份意识的纠缠视角出发，层层剖析并最终在与鲁迅对话的"小传统"中确认了《色·戒》的经典性，虽然他有意不提电影的叙事策略，将经典性的探讨建立在文本自身和书写者意识之上，但其思路与结论并没有超越李安电影所建构的身体意识形态视野。② 事实上，在性别情爱与国家历史的交叉处确立张爱玲小说的丰富性与经典性，正体现了我们这个时代的影视审美原则：回避硬性的宏大力量，在满足窥视欲望的私人情感领域开拓审美的独立王国。

影视化传播所具备的聚焦、诱导、放大功能，它拥有的再阐释再创造的美学特质，以及由此而产生的对文学研究者思路观点的诱导作用，使得经过银幕折射的文学文本可能获得新的意义和位置。但海外华文文学在内地的影视化传播，依然是与内地语境不断碰撞融合而使内涵意义发生变化的过程，故影视所缔造的经典化氛围与

---

① 李欧梵：《〈色·戒〉：从小说到电影》，《书城》2007 年第 12 期。
② 朱崇科：《重读张爱玲〈色·戒〉》，《中国现代文学研究丛刊》2011 年第 2 期。

机制，仍在语境界限之内。

三　影视化传播与影视化写作

在视觉文化主导的时代，影视化传播对写作思维和创作模式的影响，是不容忽视的事实。海外华文文学在内地的影视化传播，强化了影视化的写作思维，推动了海外华文创作新模式的出现，一定程度上指引海外华文文学美学范式的发展路向。

影视文化主导的时代，文学思维已经影视化。冗长的环境描写、静态的叙述和抽象的演绎已成为过时的技巧；以视觉意象、视觉逻辑（镜头转换与画面融入）为中心的小说叙事成为主流写作思维。同样，在文学—影视—文学的创作氛围中，海外华文文学的写作思维也趋向影视化，并在影视思维的影响下形成了一些新的表达技巧。最受内地影视圈欢迎[①]的严歌苓有着典型的影视化写作思维，她自己说，"因为我爱看电影，所以写东西时，画面感很强，对色彩也比较敏感。……我写作的时候，很注意两个方面。一个是画面感，一个是动作性"[②]。在我看来，她不只是重视画面感和动作性，还尝试将文学的特性与影视思维进行有效对接与融入，通过对传统的表情、动作、对话、心理描写加以影像化处理，使文学意义的深度与视觉想象的冲击关联在一起，实现了可看性和可读性的融合。如以运动镜头、特写镜头来呈现人物内心世界的复杂性，以色彩和画面的定格与突变来渲染气氛与情绪，以蒙太奇式的篇章结构与镜头组接式的叙事节奏来制造空白与思想的深度，等等。渗透了影视思维的文

---

① 她与陈冲、朱延平、张艺谋、陈凯歌等著名导演都有过合作关系，自 20 世纪 90 年代以来在内地热播的电影电视剧达十余部。

② 严歌苓:《波西米亚楼》，当代世界出版社 2001 年版，第 201—202 页。

学技法的出现，说明了影视对文学不再是外在的推动力，而是内在的构成因素。这也说明，海外华文文学与内地影视深度融合的先在条件正是自身的影视化程度。

随着影视化程度的加深，海外华文文学的创作模式与存在方式也发生改变。首先是作为影视后期"书"的海外华文创作模式得以形成①。所谓影视后期"书"，是指海外华文文学作品通过影视化传播在内地获得影响之后，作家对母本进行的重版、续写、扩写和改写后形成的文学作品。如在同名电视剧热播后，曹桂林小说《北京人在纽约》在内地几家出版社不断再版，2014 年又推出续写本《纽约人在北京》；中篇小说《余震》在 2010 年被冯小刚改编成《唐山大地震》并赢得票房与口碑后（当年票房收入超亿的大片），作者张翎将之扩写成了长篇小说《唐山大地震》（2013 年在花城出版社出版）。在影视后期书的创作模式中，续本的影视性往往超越母本，艺术价值也依附于影视。如严歌苓在将中篇小说《金陵十三钗》扩写成长篇时，强化了画面感，甚至直接将电影中的镜头转化成了文学中"画面"与"场景"，影视性加强了（中篇对沦陷后南京城的灾难场景用了"惨绝人寰""噩梦""尸横遍野"等概述词语，而长篇则倚重"画面"来进行描绘："七八只狗忙忙颠颠地从他身边跑过，狗在这四天上了膘，皮毛油亮。"②）。又如张翎的长篇小说《唐山大地震》其实是同名电视剧的底本，影视性是最为主导的特征。显然，这两部长篇小说主要作为影视的附庸之物存在，尚未获得独

---

① 影视后期书的出现，与影视热播带动文学作品热销再版形成的经济效应有关。1994 年在内地出版的《北京人在纽约》创下 100 万册的销量；2011 年电影《金陵十三钗》热映后，小说销量超过 100 万册，在中国移动手机阅读平台上，数字版收入也超过了 100 万元。参见毛俊玉《小说影视版权出售起步价 1000 万元——严歌苓作品版权运营幕后故事》，http：//www.cflac.org.cn/tp/201304/t20130407_ 180775.html，2013 年 4 月 7 日。

② 严歌苓：《金陵十三钗》，陕西师范大学出版社 2011 年版，第 100 页。

立价值。其次，这类后续创作基本走通俗化的审美路径，着力于故事性的铺张，带有较强的商业色彩。如张翎后续的长篇小说《唐山大地震》与《余震》相比，着力点已不再是心灵，而是故事。长篇小说增添更多情感纠葛和人物分支，铺开了一张极为复杂的情感故事网络，以更有戏剧性的情景和情节给读者带来视觉冲击和阅读快感，它一开篇就有意构造紧张与悬念：产前阵痛、哭号不已的李元妮，由几位男人用椅子抬着直奔医院，丈夫却未在身边。这种炫人耳目的故事呈现方式与中篇小说《余震》内省、抒情的叙述方式拉开了距离。

再次是间接性写作模式占据了重要位置。在获得了一定知名度后，一些海外华文作家开始进入内地影视圈从事编剧或兼职编剧的工作，由于处在为影视而写作的思维之中，在题材选择、主题表现、人物塑造、情节营造、语言运用等方面都考虑到未来的影视改编，甚至还要为导演、演员着想，剧本丧失了独立的审美价值，创作自由度也受到限制。这种完全为影视拍摄服务的写作可称为间接写作模式，意味着文学价值只能通过影视折射出来。如美国顾晓阳的电影剧本《不见不散》、石小克的电视剧剧本《食人鱼事件》和《基因之战》、严歌苓的电影剧本《梅兰芳》、新加坡六六的电视剧剧本《心术》等都是热播影视剧的文学基础，但这些剧本成为影视背后的影子，不是直接的审美对象。这种文学性飞散的写作模式中，海外华文文学与内地影视圈进行了高度融合，从而使得海外华文文学、海外华文作家之类的身份标识失去了意义，屏幕上的艺术魅力，与演员的表演息息相关，未必需要与编者及其异域性直接关联。如顾晓阳的《不见不散》将一个"不是冤家不聚头"的中国传统爱情叙事套路放在美国境内铺展开来，但轻松奇幻的浪漫气息不是来源于美国，而是源于葛优、徐帆的出色表演，作为美国华裔作家的顾晓阳，其身份意识并没有凸显在电影的制作过程和上映欣赏过程中。①

随着 20 世纪 90 年代中国大陆大众文化时代的来临，影视超越媒介工具的性质，成为大众文化本身，因而影视对文学而言，不仅是传播方式，也是思维方式和存在形式。因此，海外华文文学在内地的影视化传播，也将超越桥梁的作用，深度介入文学创作的思维与过程，对海外华文创作起到更大的推动作用。

影视化传播加速了海外华文文学与中国艺术场的融合过程，丰富了海外华文文学的生存空间和经典化形式，对其写作技巧和创作模式也有着深刻的影响，但是，跨语境传播的删选机制和文化整合功能，也使得影视化传播对海外华文文学的文类、题材和写作模式等进行了重组，从文类上来看，影视化传播对小说的聚焦，进一步强化了小说的主导地位，散文和诗歌等文类被边缘化；从题材上来看，具有"中国相关度"的题材才能进入影视改编的范围，催生了自动适应语境要求的类型化文学作品；从写作模式来看，形成了影视后期书和间接性写作等新的写作模式，影视思维逐渐压倒文学思维。如果视野更开阔一些，关注海外华文文学作品在我国港台地区的影视化传播情况，或者反过来分析我国大陆文学在欧美等地的影视化传播现象，我们会发现，对象、现象与问题虽然略有不同，但影视媒介对文学创作在思维、创作模式和具体写作技巧、跨文类意识的生成等方面的影响倾向却是相似的。

近年来，影视化传播在华文文学跨语境传播中留下的烙印，在后起的文学创作中引发回响的同时，也引起了创作者对文学与

---

① 正是觉察到区域特性的消失，张颐武将之与《北京人在纽约》作对比，认为这一电影体现了去疆域化的后现代思维，美国与中国的区别被抹平了。（见张颐武《全球化的文化挑战》，《文学评论》2002 年第 2 期）

电影区别意识的自省，一些作家如严歌苓、张翎等在文学电影的两栖状态中，意识到了文学作为语言艺术所具有的独特魅力。影视化传播作为华文文学跨语境传播的手段，在最初的震撼之后，也逐渐融入多元传播的格局之中，成为整个媒介系统的生成力量之一。

第三节　网络篇:网络与马来西亚华文文学①的跨语境传播②

从 20 世纪 90 年代末开始，逐渐壮大的网络传媒开始挤压传统媒体，向传播场域的中心入驻。也正是这个时间段，全球性的华文文学网站如新语丝、华夏文摘、橄榄树等③相继建立，网络的即时性、突破时空局限的无限可能性，为华文文学的跨语境传播建构了更好的平台，更为某些处在边缘状态的区域华文文学提供了传播的契机。马来西亚华文文学作为所在国的少数族裔文学，在国家文学内长期得不到认同，在此困境之下，转而向外拓展，向外拓展的主要形式有频繁参与各类跨语境的文学活动、创设全球性华文大奖——花踪文学奖、尝试在港台大陆刊载出版作品等，这些传统传播策略为马华文学赢得了一定影响，但没有让马华文坛满足。20 世纪 90 年代后期开始，随着网络的兴起，一些有着强烈责任感又熟悉新媒体技术的马来西亚华文作家与研究者开始在网络空间寻找持续

---

①　以下简称为马华文学。

②　曾发表于《世界华文文学论坛》2014 年第 3 期，标题与内容均做修改。

③　此外，还有由世界各地中国学生学者联谊会主办的电子杂志，如美国的《威斯康星大学通讯》《布法罗人》《未名》，澳大利亚的《网上唐人街·文化文学版》，加拿大的《联谊通讯》《红河谷》《窗口》《枫华园》，德国的《真言》，英国的《利兹通讯》，瑞典的《北极光》《隆德华人》，丹麦的《美人鱼》，荷兰的《郁金香》，日本的《东北风》，等等。

发展的动力。如尼葛洛庞帝（Negroponte）在《数字化生存》中所言，网络时代"媒介不再是讯息，它是讯息的化身"①，对文学而言，网络不仅是新的传播方式，新的生存空间，也可能促成文学形态乃至定义的更新。那么，从传统传播方式转向网络传播的马华文学将面临怎样的挑战？是否需要重新定位？本节尝试对马来西亚华文文学网络化传播的现象进行探析，思考网络与华文文学跨语境传播的关联。

一 马华文学网络化与网络马华文学

当我们意识到网络巨大的承载力和可能的高点击率时，将已有文学作品转化为网络形态就成为必然。也就是说，如果不考虑网管、网速等因素的话，文学无疑能够借助网络之便利最大限度地实现跨语境传播的目标。此时，网络充当了纸媒时代的"博物馆、图书馆和阅览室"。马华文学首先就是试图借助网络化，实现在国际华文文坛发出声音的梦想。无数的马华文学人，曾充满热情地做着这一开拓性的工作。他们将在纸质传媒上发表出版的文学作品做数字化处理后上传到网络空间，收藏、整理和陈列各类文学信息，展现马华文学成就；这其实就是网络时代的文学史料收集整理工作。相对新加坡，马华文坛在史料整理方面做的工作，起步较晚，直到1998年南方学院着手建设的马华文学馆开始，才有些影响，但南方学院偏处新山，本国读者前往一趟已很艰难，更不用说境外研究者了，网络却不同，它可以跨越地理疆域、容量大、传播速度快，是当下收藏文学史料、拓展文学影响的最佳途径。对此，马华人应该是深以

---

① ［美］尼葛洛庞帝：《数字化生存》，胡泳、范海燕译，海南出版社1997年版，第90页。

为然，故马华文学网络化不只是随意自发的个人行为，也有组织化的集体行为。成立于1999年的"犀鸟天地"网站，由婆罗洲华文文学协会创建，该网站将《星洲日报》的文学副刊《新月》、《马来西亚日报》的《文苑》副刊、《犀鸟文艺》等传统文学报刊逐年逐期上传，还网罗了其他文学研究资料，视野开阔，史料意识清晰。由马华作家协会在2008年创建的"世界华文作家网"以"世界性"为口号，定期上传其主办电子刊物《马华文学》，收集了近百名马华作家的生平资料，并与50多位马华作家的博客和200多个世界各地华文网站建立了链接，试图打造马华文学的网络航母。2003年上网的"有人部落"由一群马华文坛最为活跃的中青年作家创建，是同名马华文学纸质出版社的一个宣传平台，其链接的作家博客以张贴作家已发表的近作为主，凸显史料价值和先锋意识。作为有着悠久历史的知名杂志，《蕉风》于2000年复刊后开始利用网络进行宣传，除重建杂志自20世纪60年代至今的办刊历史和相关史料之外，也建立了与各类文学研究网站和作家博客的链接。2011年依托拉曼大学中文系建立的马华文学电子图书馆则勾勒出马华文学数字化的宏大蓝图。粗略统计，该电子图书馆已上传了120多名作家的300多本书籍，涉及文学创作、文学评论、文学研究、文艺期刊、文学史料、马华儿童文学、马华亲子文学、马华古典文学、马来西亚华人研究等多个领域。总体来看，着力于建设免费的公共文学资源，是马华文学网络化的共同目标和最大亮点。耗费了大量财力、人力转化而成的电子资料，全都可以在上述网站免费阅读和下载。这种自觉的史料意识和强烈的责任感，也构成了理解马华作家的博客以及相关讨论组、主题论坛的重要线索。在博客日记中，多数作家有意识地将自己的人生印记、近期作品、创作动向和相关文学研究资料整理上传；而论坛如新浪豆瓣组"马华文学组"等则将自己所能搜集的研究资料、文坛消息等转载上传，形成了有关马华文学研究的主题效应。

纸质文学的网络化，是需要一定的技术、人力和经济成本的，要想完整呈现有近百年历史的马华文学全貌，更是难上加难，但无论是学院协会、出版机构还是作家个人，都努力投入，一直在搜集、整理、扫描和上传各种文学史料，这又一次验证了马华文学对马来西亚华族所具有的特别意义，它不仅是文学本身，还是承载了马华人的历史记忆、文化身份等多种意义的符号体系，因此，马华文学的网络化，其实是马华人重建文学历史、修补族群文化记忆的新路径，凭借具备便捷开放等特性的网络传播，他们试图将数代马华人所创造的文学资源打造成具有互文性的整体景观，流播到全世界，在世界范围内对族群的文化身份进行确证。

当马华文学的作者构成、出版形式、作品内容与形式等方面都受到网络媒介特性影响时，网络马华文学就初步形成了。从作者构成来看，熟谙新媒体的网络新生代——1980 年后出生、正处于求学成长阶段的年轻人——崭露头角。按照尼葛洛庞帝的观点，人类的每一代都会比上一代更加数字化。① 比起 20 世纪 60—70 年代出生且业已成名的陈大为、林育龙、黄锦树、黎紫书等中青年作家，网络新生代对网络的适应程度更高、思想和语言 E 化，自然成为网络马华文学的生力军，也将成为马华文学的未来。从出版形式来看，在网络上直接张贴、首次发表的模式开始流行。对那些有一定名气的作家，尤其是中年作家而言，他们一般会首选在纸质传媒上刊载作品，之后再上传到网络空间；但对尚未被认可的新一代马华写作者而言，传统纸媒既难以给他们提供足够的机会，也无法满足他们率

---

① ［美］尼葛洛庞帝：《数字化生存》，胡泳、范海燕译，海南出版社 1997 年版，第 335 页。

性随意的上传需要，所以网络就成为他们刊发作品的首要选择。从作品的形式来看，依赖纸质传媒的马华文学，容易受到定期出版、版面容量等因素的限制，不能自由发挥，而网络的海量空间，却给马华作家提供了试验各种体裁和表达方式的足够空间。如 2012 年 9 月创办的"书香居原创小说网站"站长宣称，他是利用业余时间管理网站，只负责技术问题，① 因此，这个文学网站，既不限制更新速度，也不限制体裁和长度，甚至也没有审读者，写手们完全可以根据自己的意愿进行各种实验。网站上既有短至几百字的随笔，也有长达 10 万字以上的长篇小说，既有海阔天空的穿越类幻想小说，也有逼真再现的现实主义小说。

特别要指出的是，在讯息更为充盈、思想更为多元的新媒介语境下成长的网络新生代，能迅速感应全球正在流行的文学影视潮流并在其创作中留下印记，从而使网络马华文学具备时尚感和跨疆域性，显现出与世界文学同步的开放性发展趋势。如"书香居原创小说网站"的作者以在校学生为主体，从它推出的"校园爱情、侦探推理、科幻小说、武侠世界、仙侠小说、历史军事、灵异恐怖、异世魔幻、都市文化、网游动漫、耽美同人、穿越小说"等类型文学专栏来看，可以清晰感受到他们的创作与中国大陆及港澳台地区流行的网络小说、热播电影电视之间的互文关系，体现了网络时代区域文学发展的相互影响和趋同效应。

马华文学网络化以整理史料、保存传统为主要目标，在此视野下，网络仅被视为一个更大更方便的容器，与文学观念的变革无关。而网络马华文学的视角则凸显了网络媒介对马华文学的内在影响，敞开了马华文学在网络语境下出现的断裂与变革。两者虽有交集，

---

① 《站长的话》，书香居原创小说网站，http://www.mynovel4u.com/v1/index.php? route = common/announcement/view_ announcement&id = 4，2012 年 9 月 16 日。

但其中隐含了截然不同的理解"文学与媒介"问题的思维模式，显然，要深入探讨马华文学的网络传播问题，应以"网络马华文学"立足的思维为出发点。

二 "文学性"弥散的境遇

鉴于传媒在文学发展中的重要性，我们不妨以各自依存的媒介类型作为划分马华文学发展阶段的依据，若将依赖纸质传媒（报纸副刊、文学杂志等为主）的马华文学称为传统马华文学，网络马华文学就是一种能与之对话的新的文学形态。自19世纪中期马华文学诞生以来，其题材、体裁和风格等特点一直深受文学副刊运作模式的影响，即便在20世纪90年代也是如此，如通过支持文学论争等议程设置手段，文学副刊促成了马华文学从现实主义到现代主义的范式转移和世代更新。但更重要的是，由于依附报纸的文学副刊具备文学性和新闻性的双重属性，附丽其上的传统马华文学与当时的社会变革产生了直接而复杂的纠葛，文学创作和文学论争都离不开文学与社会的关系维度，最终体现出很强的意识形态性。马华文学作为所在国少数族裔文学的弱势地位，更是加剧了这种意识形态情结。相比之下，由于网络特有的弥散性、包容性和多元化倾向，网络马华文学所栖生的语境宽阔了很多，焦点透视转变为散点透视，文学与社会、政治的主要维度被打散，变幻为更为多元零散的视角。由此，在网络环境中，马华文学的意识形态情结得到弱化，面临的是"文学性"弥散甚至失落的新境遇。

文学性的弥散，可能有基于不同视角的诸多论述，但在网络环境中，却突出表现为"文字受到图像等其他表达形式的压制，文学处在越来越边缘的位置"，马华文学的网络生存中，这种转变开始出现。作家博客是马华文学的重要网络空间，保持了较纯粹的文学性，多属于马华文学网络化的空间，作家们将已经发表的作品，选择性地上传，日积月累，蔚为大观，类似史料整理。这与中国内地已走向网络狂欢、文学性消失殆尽的博客文学是差异甚大的①。但博客特有的影像为主、文字为辅的叙事原则，已经影响了其中文学的位置；一打开这些作家博客的页面，跃于眼前的是大幅的图片，少量的文字。即便我们将图像、音乐和文字表达的结合作为文学表述的新形式，那也与传统的文学观念有很远的距离。另一些作家博客则以自身兴趣为指向，其呈现内容早已超越了文学界限，具有更为驳杂的景观。如"有人部落"的作家博客上有大量谈论音乐、电影、绘画等其他艺术的帖子，还混杂了对各类社会热点问题的热评热议。另一些作家如朵拉等人的博客更为随意，多围绕个人的社会活动、日常生活配发照片、发表言论，文学是淡淡的影子。

如果说网络的多媒介、跨媒介趋势对马华文学的影响还刚刚显现的话，那么，网络对马华文学特有精英立场的影响可能更明显一些。作为马华知识者的心灵史诗，传统马华文学带有强烈的精英性，与商业化运作距离甚远，进入网络时代，仍有不少马华作家坚守这种信念，并试图利用网络来守护、延续文学的原有价值，所谓马华文学的网络化工程正是一种试图经典化马华文学的行为，在网上张贴的多是那些经过选择的、已被传统媒介接纳、具有一定认可度的作品。若考察以网络为原创天地的新生代，情况就有所不同。从"书香居原创小说网站"来看，该网站发表的多数文学作品，显现了注重轻松和时尚的网络文化对年青一代的深刻影响，其写作在形式、

---

① 如有研究者认为，内地博客文学中，"文学历来所推崇的崇高、深沉、美德、正义、人情等价值已经被逼到最不起眼的地方，许多'重感性''求刺激''伤风化'的作品大行其道，在传统意义上的文学性几乎消解殆尽，导致文学的沦落"。

题材和思想内涵上所能达到的高度也是流行和时尚所能给予的。他们的写作，有题材上的类型化、情节上的传奇化、表达上的随意化、体裁上的流行化等特点。从创作动机来看，多为游戏心态和宣泄心理，并没有过于严谨系统的思考。写作水平也参差不齐，处在比较粗粝的原生态。可以说，网络马华文学推崇的是一种个人化和非专业化的写作模式。在这种写作模式中，自由性必将超越文学性，由此，网络马华文学逐渐偏离了原有的纯文学发展轨道，走向了泛文学的通俗表达。一句话，网络写作所推崇的个性化、非专业性准则对传统马华文学的精英立场是一种解构。如果说马华文学的网络化是在重建文学历史、修补族群文化记忆的话，网络马华文学的游戏化方式则可能使文学在族群的身份重建和记忆存留中所占的分量逐渐减轻，其抗争意味也逐渐消失。有谁会把作者"灵异恐怖"在"书香居原创小说网站"上写的《终结于无限的轮回世界》看成是马华族群的整体寓言呢？它的确是一个孩子以游戏的心态在恣意幻想而已。①

不过，网络语境中，马华文学在面临文学性弥散的境遇的同时，也获得了一种写作上的解放，由此可能形成与传统马华文学不同的发展路径。研究者需对网络时代的马华文学作出重新定义。

三　马华文学作为跨语境交流的媒介

重新定义网络时代的马华文学，可从网络交流所呈现的"自得和分享"两大结果谈起。所谓自得，指的是"网络对于个人表达和自我释放的保证"。传统媒介存在业已成熟的重重过滤机制，经过编

---

① 灵异恐怖：《终结于无限的轮回世界》，书香居原创小说网站，http：//www. mynovel4u. com/v1/index. php? route = common/book/info&bid = 64，2013 年 1 月 1 日。

辑人和审查机构的删选，个人的声音会变腔、变调，甚至烙上权力
的深深印记。而网络这种新媒体则改变了自上而下的传播机制，将
线性规律转化为网状播散，给个人表达留下了技术的空隙，呈现相
对清晰的个性痕迹和自我意识。同时，网络又促成了分享意识，这
是因为所有的"自言自语"一旦进入网络的互文性空间，就不再是
个人的，而是公共的，存在被点击、阅读和复制的可能性。那么，
如何定位网络马华文学所获得的自由和所得到的回应呢？

　　网络马华文学所获得的自由首先是表达形式上的。博客写作率
性随意、文图音合一的新风格，文学网站上体裁篇幅不限的自我狂
欢，BBS论坛、主题讨论组特有的日常谈话风格，都是网络马华文
学的表现特征。但这种表达形式的自由是否必然开拓无疆的思想领
域？带来文学创作的繁荣？一些新媒体的观察者们不无忧虑地指出
在这类写作中"宏大叙事变成日志式的私人化叙事，反映时代／主旋
律变为演绎个人琐屑小事"①；倘若网络文学本身就需要重新定义，
注定和传统文学分庭抗礼的话，那么，网络文学"远离文学的政治
命题，关注个体作为主体的生命空间，表现任性自然的情感心灵"②
的特点就成为其突出的表征优势。显然，网络马华文学就体现了这
样的倾向，在率性随意的个人书写中逐渐远离沉重的历史重荷和族
群记忆，进入恣意想象的个人空间。虽然部分马华作家不过是将纸
质媒介发表的作品粘贴在论坛、博客和网站上，网络是工具性的，
但网络世界所特有的便捷随意，已让他们获取了更多传播与互动的
自由。一些文学网站只需注册成功就可以上传作品，博客更是近乎
零门槛的网上个人出版形式，只要懂得最简单的文字处理，就可以

---

　　① 陈登报:《论博客文学中的狂欢精神》,《郑州大学学报》(哲学社会科学版) 2008 年
第 41 卷第 4 期。
　　② 同上。

发帖。对于马华写作人而言，它所带来的创造力如何，尚待观察，但这种自由会让文学更贴近其本然的使命——言志抒情，从而敞开了定义马华文学的另一种视角。可以说，在网络生存中，马华文学不再以族群文化身份的整体重建为诉求，族群将在网络中被放散成更为具体鲜活的个人，各自寻找心灵归依、社会交往的新天地。

近几十年来，马华文学虽然也通过出版、通信、学术会议、访学等方式频繁与外界互动，但相对网络公开多样便捷的 E 式联系，那由邮局、电话电报和交通工具连接起来的传统互动方式，不过是潮湿阴暗的地下隧道而已。比起纸质媒介主宰的时代，网络马华文学所能得到的回应在范围、速度等层面发生了很大变化。网络不但让本地的马华作家、评论家和出版人有了及时多样的对话通道，更让马华文学进入世界华文网络中接受考验，寻找位置。在线发表的马华文学作品，即刻可被全球读者阅读、评论和转载，其浏览量和点击率之高，是纸质阅读方式所难以抵达的。有人不免怀疑，相对知名网站的频繁互动，马华文学的网络互动实在是太小众了。但即便互动范围有限，这种建立在志同道合基础上的小众性交流，由于倾向于精神融会和思想碰撞，具有具体和直接的对话意味，与纸质传媒时代有距离感和时间差的评论相比，自然更为鲜活有效。

那么，马华文学的网络人气圈是否是传统关系的再现呢？如有人认为，对于中国内地的读者而言，马来西亚华文文学进入视野首先有赖于知识背景的建立、人际关系的熟悉，绝大部分网络读者不过是网下读者的化身，仍在圈子之内。我的看法是，网络文学社群的互动会建构出新的身份意识，而不是旧的圈子意识。自愿成为网络马华文学的互动和分享者，无论其起初的动因和背景如何，都将进入一种新的对话关系中。以匿名方式浏览马华文学网站及其作品的读者，未必是国籍、族群、组织的代言人，多以个体形式进入了网络空间。如马华文学豆瓣讨论组,聚集了不同国籍、年龄和性别的人,其中既有异域的马华研究者,也有本土的马华作家,既有持久关注的常驻代表,也有瞬间转身的观光客。由讨论组成员枵燃发起的"为什么加入这一小组"的话题中,组员们提供了五花八门的答案,有的因为喜欢马来西亚华人,有的想通过马华文学想象远方,有的因曾经去过马来西亚,有的想了解华人在海外如何延续自己的文化,有的想知道华语文学在东南亚的延伸情况,有的因为自己是马来西亚人,当然也有马华文学研究者。① 组员们动机不一、身份"神秘",但又有共同之处,那就是"他们参加这个讨论组,纯粹是兴趣使然,仅仅代表他们自己"。在讨论组中,虽然彼此并不熟悉,却又能像老朋友一样在这里无拘无束地交流意见和思想;这时,"马华文学"就像"糖果、美国、波西米亚风"这类标签一样,成为汇聚拥有共同兴趣人群的符号,并不必然承担政治和身份认同的使命。这是否意味着,一旦卸掉族群认同的狭隘标识,马华文学更容易成为跨语境交往的有利媒介,以文学特有的情感性和想象性来建构一种温馨的网络社交关系呢?

当然,分享的持续性仍建立在文学自身的魅力之上,马华文学需要具备更多闪耀的艺术和思想特质,才能引发更多的回应。毕竟,网络上的文学邂逅若要变成持久关注,倚重的是具有影响力的作家作品的持续出现。

在网络刚刚兴起的 20 世纪 90 年代中后期,当网络监管和网络规制尚未成熟时,马华文学利用网络进行自我生长和自我拓展的努力,无疑为其跨语境传播提供了无限的可能。随着网络的不断衍化与成熟,马华文学人对于网络文学的耕耘开始出现分化,一部分由

---

① 枵燃:《请问大家为什么会加入这个小组?》,http://www.douban.com/group/topic/6357511/,2009 年 5 月 7 日。

于好奇而介入网络传播的文学人热情开始消退，部分带有资料性的网站停止更新，一部分年轻人继续自娱自乐，在通俗类娱情作品的书写中寻找可能的读者与市场，还有一部分则仍回到传统写作生存模式之中，依靠传统的纸质报刊和出版社的力量而得到世界华文文坛的认可。

马华文学网络传播的个案，无疑也映照了其他区域华文文学与网络的关联过程与方式，在华文文学的跨语境传播中，网络作为新生媒介的力量被凸显，显现其特别意义，但随着时间的流逝和新的媒介形式的崛起，其独特影响开始消隐，蜕变为重组后的媒介场的力量之一。

第四节　融合媒介篇："开卷八分钟"与华文文学的跨语境传播[①]

进入21世纪后，华文文学的跨语境传播进入全媒体时代，呈现多种媒介共同介入，媒介之间互为平台、相互融通的趋势，即媒介融合的趋势[②]。无论是传统的期刊社、出版社，还是电视电影，都已经不再是单一的存在了。在融合媒介作为主导型传播形式的情势之下，凤凰卫视中文台2007年开设的读书脱口秀节目"开卷八分钟"可成为我们探究的传媒个案。这是因为，"开卷八分钟"虽然是一档电视节目，其运作和散播影响的过程却呈现了清晰的全媒体视野，涉及纸质出版（以书为对象，并与广西师范大学出版社等纸质传媒

---

① 曾发于《世界华文文学论坛》2018年第3期，标题与内容均有修改。

② 一般认为，媒介融合，从表层来看，是不同媒介的一体化运作；从深层来讲，是以开放协作为特征的平台思想对抗以封闭竞争为特征的传统思想（参见《关于电视的命运——媒介融合与电视传播范式变革》，中国书籍出版社2014年版，第36页）。但媒介融合不仅是针对媒介运作层面的经验总结，它也是对我们当下生存经验"多媒体化"的表征。

进行线下合作)、口头传播(脱口秀)、影像传播(电视节目)、网络传播(凤凰卫视推出的同主题论坛和视频网站的收藏与转载、豆瓣系列专题)以及移动传播(八分钟的时间限度适合手机用户的浏览与收藏)等诸多传播媒介。"开卷八分钟"立足全媒体视野下对华文文学书刊的引荐,为我们分析媒介融合视野下华文文学跨语境传播的诸多现象提供了范例。此外,"开卷八分钟"的开播,颠覆了原有电视读书节目的冷门格局,具有极大的影响力和突出个性,在获得了观众和行家的广泛认可的同时,牵引出了诸多文化和传播领域的话题。它在华文文学跨语境传播中的位置不可忽略,具体依据有三。其一是从节目所涵盖的书籍类型与数量来看,华文文学占了一定比例。以2007年为例,在240次节目中,有68次为文学书籍品读,涉及作家45人,其中华文文学38次,作家29人①。其二,作为一个面向全球华人的电视读书节目,它所涉及的华文作品区域分布广泛,呈现包括中国大陆与台港澳、东南亚、美国等区域在内的世界华文文学的典型结构。其三,"开卷八分钟"对文学作品的选择、阅读和主旨提炼方式,既与电视的传播特性有关,也与节目的特定立场相关,还反映了时代文学的存在样貌与传播机制,是具有关节点的传媒文本。

本节试图通过分析、总结"开卷八分钟"引荐华文文学书刊的传播方式、策略及影响,探讨融合媒介视野下,电视如何融入华文文学跨语境传播,呈现了哪些值得重视的趋势、现象和规律。

一 全媒体时代与华文文学跨语境传播的媒介融合趋势

作为电视读书栏目,从叙述结构与技巧来看,"开卷八分钟"做

---

① 节目介绍的外国文学书籍都是我国大陆和港台地区的汉语译本,若将此类翻译文学也纳入华文文学范畴,这一比例会更高,但为了避免歧义,未纳入研究范围。

到了印刷媒介与电视媒介的自觉转换与融合。节目往往在主持人短短的导入语后，迅速将镜头转换成书的封面，随即定格为注明作者姓名、出版社等关键信息的页面，主持人的解说成为画外音。除了导入结构凸显了两者的快速转换过程外，节目在背景、镜头等方面的技巧也使得原初意义上的静态纸质图书转换为动态视听镜头。电视屏幕上，观众的左边，主持人的右边，有一张小书桌，桌上放着一本纸质书，书桌上方是由封面与作者像放大制成的彩色图片，图片随着镜头的推拉移动在半空中变化位置、角度，形成动画感。当主持人手拿书本或站或立，讲述书籍信息时，身后是三五成群的"鱼"在"海底世界"快速游动，也达到了化静为媚的功效。因而节目所引荐的华文文学，既保留了与纸质出版物的紧密关联，又有了视听景观的性质，形成了两者融合后的新形态：视听化文学。

在节目的构造形式外，讲述中也体现了媒介融合的理念，常将网络、影视与纸质书联系起来，让受众在多种媒介视野中理解文学文本。如《色戒爱玲》（2007 年 10 月 9 日）这期节目里，对张爱玲小说《色戒》的分析，牵扯着相关纸质图书、电视纪念片和电影：纸质书《色戒爱玲》介绍了小说《色·戒》的内容和创作背景，一部有关张爱玲的电视纪录片成为编写《色戒爱玲》的起因，李安导演正在热播中的同名电影构成了节目的内在资源。《山楂树之恋》（2007 年 12 月 10日）这期介绍了纸质图书，可热议中的同名网络小说才是真正主角，而即将开拍的电影成为它的未来形态（主持人强调它已成为电影导演青睐的对象，即将拍成电影①）。

"开卷八分钟"的后期推广与流播则是电视、网络和移动媒介的大融合。如与凤凰卫视同步的凤凰网所设立的节目论坛及节目链接、

---

① 2010 年被张艺谋拍成同名电影，引发热议。

各大视频网站对节目收录与重播、读书网站豆瓣网对节目所涉图书的全程跟进、个人博客与网络空间的关注介入等。这些互联网资源,又在以手机等为平台的移动环境里被持续传播。在这一持续不断的流播过程中,随着受众的主动介入与积极作为,涉及华文文学作品的节目被融入如滚雪球般累积的信息仓库之中,成为可重新塑造的素材与原料,与各种媒介建立链接和转化通道,不断融入其他媒介平台中生成新的形态——论坛化的、微信化的、百度化的等。如节目主讲《山楂树之恋》后的第二天,网络豆瓣小组"开卷八分钟 2007 - 12 - 10《山楂树之恋》"就成立了;2017 年 5 月 22 日后,该节目音频可在微信公众号"艾象读书"中搜索到;现通过百度搜索引擎能搜索到相关信息 8000 多条①。随着时间的推移,华文文学的跨语境传播中单一媒介的主导作用逐渐弱化,媒介融合的合力逐渐凸显。

"开卷八分钟"中,无论内在的结构形态、讲述方式还是外在的流播过程,都体现媒介融合的趋势。伴随着这一流播趋势,华文文学的存在样态也在发生改变,它不再是单一的文字表述,而是变成了融音乐、视频、文字和图像等多种媒介因素为一体的多媒体景观。由于华文文学的跨语境传播,总是借助具有集结效应的人或物等媒介来完成;而越是新的媒介,其融通性、平台性的特征就愈加明显,在跨语境传播中所能起的作用就越明显,故而在微信等新新媒介中,华文文学跨语境传播不仅变得便捷频繁,还充分体现了媒介融合的优势,华文文学文本的多媒体化成为常态。

华文文学跨语境传播中的媒介融合趋势,产生了两种结果:一方面,它意味着华文文学增强了渗透力,可以通过语言之外的异质媒介不断散播影响;另一方面,华文文学的语言、文化特质在这一

---

① 2017 年 8 月 25 日,本文初稿形成之时。

流播过程被不断稀释、转移、变形，甚至被淹没在影视网络等媒介之中。在媒介融合这把双刃剑之下，华文文学的生存与发展，将面临怎样的问题与机遇，研究者如何调整基于单一媒介视野形成的研究理路，进行跨域越界探索等，都有待进一步探究。

二　话题化策略与华文文学跨语境传播的某种经典化机制

文学的经典化，简要地说，是特定文学作品经受不同时空考验的过程，从这一意义上看，跨语境传播正是华文文学超越本地局限、走向经典的重要路径之一。其中，媒介通过选择、评价等一系列运作机制发挥着重要作用，不同阶段、不同性质的媒介，在经典化过程中的作用和方式会有所差异。在中国电视节目榜中，"开卷八分钟"曾被众多传媒人士认为是最具知识分子情怀的读书节目，它不以视听景观的丰富性取胜，也并非纯粹搞笑的娱乐节目，而以主持人的洞察力、思想力和表达力出名。在节目中，正是借助主持人的个性解读，华文文学作品被赋予新的意蕴，给人眼前一亮的感觉。从这个意义上来看，"开卷八分钟"凭借电视媒介的辐射面和主持人的个性影响力，形成了如同传统媒体的厚重感，可以积极介入华文文学经典化过程中。那么，"开卷八分钟"如何介入华文文学的经典化过程呢？在选择、评价方式上有何特殊性呢？

一般而言，电视读书节目对文学的关注与引荐，意味着不同媒介语境的转换与融合，要处理好电视媒介的感官冲击力模式和印刷媒介深度模式之间的张力关系①；"开卷八分钟"为了平衡这种关

---

① 书和电视两者的传播形式、传播内容和接受方式都存在着很大的差异，读书是一种通过阅读而吸收信息，经过大脑加工而形成观念、态度等意识的行为，它是一种个体的、抽象的、内在的思维活动，电视则主要通过屏幕传达的视听信号来刺激人们的视听感官，从而使形象立体化、生动化，它以娱乐性和形象性见长。

系，采取了一些调和的策略。如一方面以专题化、系列化的选书策略体现研究意识，另一方面压缩节目时间与内容以适应大众注意力的短暂性；一方面规避过于煽情的现场互动与访问等方式，另一方面又以主持人故事化、趣味化的个性讲述来增强吸引力。这些看似矛盾的策略，其目标是一致的，那就是如何让节目吸引受众、融入受众，形成自己的社会影响力，故而"开卷八分钟"所采取的主导运作模式是话题化①。在引荐文学书刊时，注重选择那些具有话题潜力的书籍，从引发话题的角度入手建构特定文学作品的意义与价值。

话题是说话主题或线索，故而所谓的话题化策略，实际是以具备某种冲击力的现象与问题来聚合人心。那么，什么样的对象与现象可以引发话题效应呢？在电视节目中，引发话题的事物与现象不仅要求时间上的新鲜感，也要求具备新闻价值的新颖独特性②。与热点问题的联系，名人效应、争议和异议性因素等最容易形成话题效应。"开卷八分钟"对华文文学书刊的选择，是多种话题因子的综合性体现。如引荐张爱玲《郁金香》（2007年10月8日）是试图借助名人效应和新闻事件的热度来引发关注，因张是享誉华人世界的作家，《郁金香》是她2007年刚被发现的早期作品。又如分三讲推出的金庸小说（2007年11月21—23日）围绕名人名作与争议性话题展开分析。从内地有关金庸小说要不要替代鲁迅进教科书的话题引

---

① 2007年12月30日到31日，梁文道回答了很多观众的提问，他指出："节目中并不是自己最想看的书，而是要考虑不同人群的需要。八分钟也未必能够全面介绍一本书，也未必能够讲到要点，而是只能从电视节目的角度去找一个大家听得懂、感兴趣的角度去介绍一本新书，有时宁可牺牲对书的详细介绍，会专注于某一点，讲故事多一点。"这也印证了话题化策略是"开卷八分钟"的主导运作方式。梁文道的讲话参见凤凰网"开卷八分钟"的相关视频与文字记录。

② 所选的书都具有时效性，或是最新出版物、最新上映的影视原著、最新获奖作品、位居新书排行榜前列，或是与最近的新闻报道有关联等。

入，对金庸小说在两岸三地的不同定位、不同版本等做出分析。另一些文学书籍则被涵盖在特定话题之中，与文学相距很远。如现代作家关于猫的作品集《猫啊，猫》（2007 年 9 月 13 日）被选入人与动物的专题之中，台湾作家唐诺的《阅读的故事》（2007 年 11 月 29 日）被作为阅读指南来介绍，美国华裔作家林达《如彗星划过夜空》（2007 年 9 月 27 日）被作为审视美国的系列文本之一，等等。由于节目以是否具有话题效应来选择文学书刊，艺术标准就让位给由时间点、新闻感、社会影响力以及趣味性等形成的综合视角，最终体现的是电视传媒对大众意志和社会问题的洞察与引导过程。故而"开卷八分钟"在华文文学经典化过程中的位置及运作方式与话题化策略有着内在关联。

文学经典化过程中，率先确定作家作品文学史地位的批评及其机制非常重要。但"开卷八分钟"对文学作品的选择不是原创性发掘，而是第二轮的。也就是说，只有当作家作品可能成为话题时，才会被选择，这意味着节目在文学经典化过程中就算有一定影响，也不可能成为开路先锋，而是中转站。从对我国台湾新锐作家骆以军的引荐中可见一斑。应该说，"开卷八分钟"扩大了骆以军作品的区域影响面。2009 年 4 月 7 日到 10 日，在长达四期的专题节目中，梁文道对骆以军的代表作《西夏旅馆》进行了详细讲解，让之前对他并不熟悉的普通读者（尤其是我国大陆的读者）开始意识到他的重要性。但是，骆以军是在港台文学界已有影响的作家，他的小说《西夏旅馆》2008 年出版后也得到了一致好评，"开卷八分钟"推出的骆以军专题是对作家作品已有地位的重复论证。另一方面，节目虽然会在讲述形式上翻新，以故事化、线条化的方式增强可听性，但对作品所持的观点和定位，往往是已有观点的综合与转述，原创性不强。如梁文道认为《西夏旅馆》书写了台湾外省第二代的漂流经验，评价它可能是"近年来最重要的一部华文长篇小说"。这些说法其实都来源于著名文学批评家王德威①。王德威在《后遗民写作》中以《西夏旅馆》为例,分析了台湾外省第二代作家如何书写自己心灵漂流的经验,认为骆以军是"最近台湾十多年来最了不起、最有创造力的一位作家。而且甚至是整个华文世界里面最有重量的作家之一"。骆以军一例体现"开卷八分钟"积极作为的一面,它不时推出处在边缘的甚至具有独异性的实验体文学,填补专业读者和大众读者间的沟壑,实现对大众意识的引导。但更多的时候,"开卷八分钟"做的是顺风顺势的选择,引荐已有大众轰动效应的名家名作,意义与影响都不大。如莫言获得诺贝尔文学奖之后,节目顺势推出的莫言系列专题(2012年10月22—26日,5次),便淹没在稍纵即逝的莫言热流之中。因此,尽管难以否定"开卷八分钟"介入经典化的主动性及可能效应,但话题化策略决定了它在华文文学经典化过程中的跟随方式和附属地位。

文学的经典化方向可略分为二:一是被美学与艺术视野确定其地位,称之为美学化经典;二是由于社会或意识形态的推动力产生的社会化经典。"开卷八分钟"的话题化策略,对文学文本的新闻性、趣味性有自觉要求,相对于专业研究方式,话题化策略更像街谈巷议的批评机制,在节目碎片化、故事化的评述中,文学作品的社会影响和新闻价值超过了审美价值与艺术构造,文本的社会特质被放大,文学价值被弱化。如对马来西亚华文作家李永平的《大河尽头》(2012年6月4日、5日、7日、8日,4次)的讲解,从李永平是不是马华作家开始,思考殖民语境下身份认同的复杂性,而非直奔文学主体。在讲述中,侧重介绍一些充满感官诱惑的细节,以此来吸引观众,如认为"这些细节甚至能够把读者带进一个他不能

① 恰恰在引荐《西夏旅馆》的前一讲,"开卷八分钟"介绍的书籍就是王德威的《后遗民写作》。

进去的世界，甚至世间上根本不可能存在，或者以人类感官来讲，无法探索到的世界"。节目从如何切合社会认知的角度进行文学评述，形成了以现实社会需求为导向的文学评论模式，这种评论模式往往将文学作品抽离文学本身，进入更广阔的文化语境和生活经验之中，获取更广泛的意义，这有利于拓展文学作品的社会影响力，却产生了不容忽视的扭曲力，它使得文学作品朝"社会化经典"的方向偏移，并非审美意义上的文学经典可能在这类传播机制中缓慢形成。

近年来，经典问题受到了华文文学研究者的重视和关注，关于"哪些是经典，如何评价经典"等问题已有较多探讨，但经典化过程是社会合力的缓慢过程，难以具体化分析，相关研究尚不多。对"开卷八分钟"传播策略与经典化效应之间的初步梳理，说明媒介的运作策略决定其介入经典化的过程及方式，为进一步拓展跨语境传播与华文文学经典化关系的研究空间，未来应重点探讨"怎样经典"的具体层面。

三　游散立场与华文文学跨语境传播的地方语境因素

跨语境传播是特定文本适应地方性语境的过程，地方的审美情趣与意识形态诉求等会渗透在传播过程之中，对文本进行遮蔽、修饰和改写。那么，华文文学的跨语境传播过程是其"世界性"因素弱化的结果吗？事实并非如此，正是华文文学在不同区域间的跨界传播，才打破了封闭、内敛的区域华文文学格局，形成了具有世界性的华文文学景观。这意味着，在跨语境传播活动中，地方性和世界性因素之间存在着极为复杂的辩证关系。从文学作品的角度来看，跨越语境、在世界范围内流播的文学作品，除了具备某种艺术特质而引发审美共同感外，还常被放在人性论等普世价值中得以定位；

从传播主体的角度而言，任何传播机构与传播者都会体现自己的选择性和立场，这种选择性和立场常与本土语境纠缠在一起。对于特定传媒而言，需既把握文学作品的普世价值与审美特质，又体现主体的位置，方可实施有效的传播，取得较好的传播效果。作为较为成功的电视读书节目，"开卷八分钟"在引荐华文文学书刊时的经验，为我们理解华文文学跨语境传播的地方语境因素提供了启迪。

从空间视点来看，"开卷八分钟"对华文书刊的引荐，并不拘泥于香港本土视野，而是兼顾不同区域，形成了颇具个性的传播立场："游散"。在此，游散的概念接近德勒兹等人所言的后现代游牧观，它与身份认同问题有着内在联系，强调了主体及对象无法固化的变动性，并借此对传统的中心、主流格局进行了解构。①

"开卷八分钟"对身份认同问题极为敏感，它格外青睐在区域、国籍或族群身份上具有某种复杂性和流动性的华文作家，特别关注游散者的文学书写。如我国台湾外省第一代、第二代作家白先勇、齐邦媛、朱天文、朱天心、龙应台、张大春等；在台马华作家李永平、黄锦树、龚万辉等；具有旅外经验的中国作家王小波、北岛、木心，陈丹青、查建英等；游走于中国台湾、北京及东南亚等地的中国香港作家陈冠中、郑树森、董桥等。其中，张爱玲是节目关注度最高的作家，8 年内共介绍过由她所著或跟她有关的 12 本书。某种意义上，张爱玲是典型的游散者，她从中国大陆出走后，在中国香港、中国台湾、日本和美国等地游走，给时代留下了孑孑前行的孤独背影。对张爱玲其人其文的重视，可见节目对游散者文学的偏好。

"开卷八分钟"的游散立场，还体现在节目着力呈现和捕捉放逐、流亡、流浪、逃亡、离散、边缘等文本意象，构建出漂泊离散

---

① 参考［法］吉尔·德勒兹、费利克斯·瓜塔里《游牧思想：吉尔·德勒兹与费利克斯·瓜塔里读本》，陈永国编译，吉林人民出版社 2003 年版。

的华文文学旋律①。节目引荐的《原乡人：族群的故事》《最后的黄埔：老兵与离散的故事》《巨流河》《大江大海》《大河尽头》《寻找家园》《去国还乡》《回家记》等书籍直接抒写了华人漂泊离散的历史伤痕与记忆，渗透了强烈的家国情怀。而《流浪集》《彳亍地平线（Ⅰ，Ⅱ）》《人生必住的酒店》《隐居在旅馆》《我的旅行哲学》等书籍则呈现了旅行、流浪、放逐的个人记忆与现代生存图景。在难以直接关联的文本里，上述关键词也成为节目理解文本主旨的重要通道。如认为张大春的武侠小说《城邦暴力团》里最重要的主题是逃亡，是第二代台湾外省人作为败亡者的祖辈重构已经过去的辉煌，并借此远离庙堂的把控获得想象的自由②。对张爱玲《小团圆》的引荐，也充分肯定其作为边缘诗学的特质③，认为它是张最好的小说。

参照美国学者唐丽园提出的文学接触星云的概念④，可以认为，

---

① 节目涉及的华文文学作品中，也包括我国内地一些著名作家的作品，如莫言的《丰乳肥臀》、苏童的《河岸》、阎连科的《炸裂志》、余华的《第七天》、韩少功的《日夜书》、毕飞宇的《推拿》、张炜《芳心似火》和刘慈欣《三体》等，其讲述也常有旁敲侧击、耳目一新的特点，综观之，其游散立场比较凸显。

② 节目的原话是：这个逃亡就像我们先前讲是这部书的一个最重要的主题，我觉得这部《城邦暴力团》有时候是让我看到的是什么？就是怎么样在解开这个沉默，好像一个第二代的台湾外省人要为那个沉默找回一个声音，去了解这些所谓的败亡者背后是什么样。而这个了解当然是个虚构，而这个虚构以解密找寻真相的外表来塑造了一个非常绚丽华美的一个世界，这个世界就是一个江湖的世界。好似要在这个小说之中，为败亡者增添一个本来不存在的冠冕一样，去为他们加冕。写成这么庞大复杂绚丽的小说好去描述这个江湖，而把这些逃难出来的老人，一一放之江湖之中，他们好像就有了灿烂的过去，只不过现在他们躲藏起来了，而这样的一个逃亡，有趣的地方是，它又不能够完全说是一个失败的，因为就像我们前几天所讲的，这里面包含着一种对自由的追寻，而这种对自由的追寻就是要远离庙堂的摆控。"源自凤凰网"开卷八分钟"的相关视频及文字记录。

③ 原话是"昨天我们说到张爱玲向来给人一个感觉，就是她有点偏离五四以来的中国文学传统。不只是她的文学的风格，而且是她关注的课题，就是她是毫不掩饰地表示出，她对五四以来，中国文学传统那种宏大叙事，不是救亡，就是启蒙，这样一个状态的远离，甚至是藐视。比如说她以前不是曾经写过一篇《五四遗事》嘛，就把五四的那些新青年，有点隔得远远的笑话了一通。"源自凤凰网"开卷八分钟"的相关视频及文字记录。

④ 唐丽园的文学接触星云概念源于美国学者普拉特的接触区概念，但抽离了立足帝国与殖民二元结构的构想，转而用于考察东亚在后殖民时代文学中的互动协调。故可用它来考察华文世界内部的互动问题。

香港在交流和传播中的特殊位置，使得香港传媒在实践中常将不同区域的华文文学并置交融，形成了华文文学的传播接触星云，从而建立起世界性的华文文学社区，促成了华文文学内部的互动对话。"开卷八分钟"立足游散立场，加强了对边缘华文文学的引荐，初步形成了华文世界内部的对话机制，呈现了香港传播接触星云的构成方式。首先，节目将不同区域的文学书刊并置，进行系列化、专题化的讲述，以搭建区域华文文学对话的平台。如2011年4月25日到29日，节目依次引荐了中国大陆、中国香港、中国台湾和马来西亚的五本新锐文学杂志①，凸显了各区域文学杂志的不同品味与文学选择，供观众选择比较。其次，节目对作为所在国少数族裔文学的区域华文文学进行专题性引荐，构造出华文文学地图的完整性和世界性。如从2013年8月26日到9月6日，以马来西亚华语语系文学为专题设立九讲，引荐了8本书7个作家，显现了马来西亚华文文学新生代的轮廓与实力，让作为少数族裔文学的马华文学在世界华文文坛发出了自己的声音。

"开卷八分钟"采用了主持人评说书刊的方式，主持人的观点、立场对文学传播有重要影响。一方面，作为一种审美接受，文学接受需通过个人情感的中介，所依赖的是个人情感的认同机制，主持人个人化的讲述更贴近读者，传播效果更佳。另一方面，主持人在传播过程中相当于意见领袖②，意见领袖的判断分析不但会影响其他

---

①　包括中国大陆的纯文学杂志《CHUTZPAH! 天南》《大方》和中国香港的《字花》、中国台湾的《INK 印刻文学生活志》以及马来西亚的《蕉风》杂志。

②　意见领袖是指在人际传播网络中，经常为他人提供信息、意见、评论，并对他人施加影响的活跃分子，是大众传播效果形成过程中的中介或过滤的环节。由他们将信息扩散给受众，形成信息传递的二级传播。二级传播是传播学的一个经典概念，由传播学四大先驱之一的扎斯菲尔德于20世纪40年代提出，他在研究中发现，大众媒介所发布的信息，并不会完全直接到达目标受众，而是存在着一个由意见领袖中转的二级传播过程。这些信息可能被一部分意见领袖先接受，意见领袖经过自己的判断分析对信息进行筛选加工，加入自己的看法简介，再将这些信息有选择地传达给其他受众（大部分是较少接触大众传媒信息的），以此影响其他受众对该信息的看法、态度或行为，并可能在小范围内形成舆论。所以，一旦意见领袖加入视频的分享传播过程，整个传播效果就会借助他们在网络社会中的影响力，得到加强和放大。参见《关于电视的命运——媒介融合与电视传播范式变革》，中国书籍出版社2014年版，143—144页。

受众的理解，而且在一定范围强化和放大传播的效果。正因自身的流动经历与偏好，"开卷八分钟" 最重要的主持人梁文道①在引荐华文书刊时，能兼顾不同区域的华文文学，特别推重游散者的文学。

也许有人会认为，节目及主持人的游散立场，都与电视节目的娱乐功能有关系，如前所述，因话题化策略的凸显，节目在引荐华文书刊时常以故事化、新闻化的求异手法来展现文本内容，故而表现出多变且与主流判断不一样的选择与审美立场。然而，传媒的运作与地方要求之间存在协商协调的过程，传媒话题化策略往往体现了地方语境的限度。正因为 "开卷八分钟" 游散立场与香港地方性语境的特质相得益彰，较好地协调了各方关系，才取得了较好的传播效应。

媒介融合时代，作为大众传媒的电视如何进行华文文学的跨语境传播，出现某些趋势、现象和规律，能为当下研究提供怎样的启迪？"开卷八分钟" 的传播实践提供了以下启迪。首先，"开卷八分钟" 是电视读书节目，却融合了纸质、影视和电子媒介等的力量来引荐华文书刊。可见，全媒体时代，华文文学的跨语境传播出现了媒介融合的趋势，这一趋势既影响了传媒的形式语言与传播策略，也造就了华文文学新的文本形态，多媒体文学文本逐渐替代单一语言表述的文学文本，据此，研究者需调整立足于单一纸质媒介文本所形成的研究思路与模式，探索跨域越界研究的可能性。其次，受大众传媒话题化传播策略的影响，"开卷八分钟" 在华文文学的经典化进程中习惯追随并处在附属地位，在其以现实社会导向为动力的文学评论模式中，形成了有利于社会化经典的形成的扭转力；这意味着，媒介运作策略决定其介入经典化的过程及方式，探讨华文文

---

① 梁文道的经历具有区域上的流动性，他出生在中国大陆，在台湾长大，香港求学，又在我国大陆、中国港台、新加坡马来西亚等地都颇有影响。

学的跨语境传播与经典化过程的关系，应逐渐将重心放在分析媒介如何介入怎样经典的具体层面，方可窥探其复杂性。再次，"开卷八分钟"依托香港的特殊语境，以游散立场建构了具有世界性的华文文学接触星云，为呈现完整的世界华文文学地图做出了努力。地方语境因素在传媒运作中留下的深刻印记，提醒研究者应该以地方化、具体化的思维去探讨华文文学跨语境传播的过程与效应，不可套用现有的思路结论。

概之，在融合媒介时代，传统媒介可以重获其在华文文学跨语境传播中的位置，其传播效应既与传媒自身特性有关，又离不开传媒所在时空的多重影响。

第五节　微信篇:微信与华文文学的跨语境传播及相关问题①

从华文文学跨语境传播的媒介变化情况来看，自 20 世纪 80 年代以来，经历了以纸质媒介为主到影视网络等电子媒介全面介入的复杂过程，近几年来手机移动网络也成为重要的传播媒介。其中，微信的崛起值得关注。微信是腾讯公司推出的一款互联网交友软件，自 2011 年进入市场以来，短短五年多时间内（截至 2017 年），用户已有 6 亿多人，逐渐成为移动互联网时代生活方式的象征，为文学提供了一个全新的生长基地。微信所具有的时空跨越性为华文文学的跨语境传播提供了契机，催生了众多新的现象与问题，故本节尝试以微信为主要阵地，探讨移动互联网时代华文文学跨语境传播的现象及相关问题。

---

① 曾发表于《华文文学》2017 年第 2 期，标题与内容均有修改。

一 微信与华文文学跨语境传播的新形式

微信是社交软件，却给文学留下了一定空间，文学以特定形式在各种微信形式中被推出。一是个人微信号。在这个人人都是写手的时代，个人微信号推出了大量的原创作品，也转发了大量心灵鸡汤式的文学养料。其中，作家、学者和编辑的个人微信号是带有鲜明文学印记的主打传播载体。二是微信公众号，由文学刊物、文学组织、文化公司推出的各类公众号，有目的、有规律地推出带有鲜明特色的文学作品与文学信息，成为文学传播的集装箱。三是微信社群。由文学组织、学术团体、师生群、高校文学院工作群等组成的社群，活跃着众多专业或准专业的文学爱好者，众声喧哗，可谓文学传播的交响乐团。华文文学的跨语境传播，也主要依靠这三类微信形式进行。

（一）个人微信号：作者、学者和编者的互动网络

微信虽是中国大陆推出的一款媒介平台，但因它和手机操作平台的完美融合，已被世界各地华人广泛使用①。近几年来，分散在不同区域的华文作家、研究者和各类文学刊物、出版社的编辑开始陆续申请个人微信号，并通过朋友圈产生互动，他们及时发布并交换有关华文文学的创作、评论、出版及活动信息，形成点对点、点对面、面对点等多种信息交换方式，构成了一个可以瞬时、延时互动的跨语境传播网络。在这种具有拓展交互性质的传播网络中，传播的信息在数量上如滚雪球般扩容，在形态上则表现为重复与聚集。因而华文文学在个人微信号中的传播，呈现区域涵盖面不断拓展、

---

① 华文世界使用微信或其他手机社交媒体的情况尚无具体数据，但随着智能手机在世界的广泛使用，这一群体在数量上应处在不断上升状态。

信息流量不断增长、信息聚焦可能性越来越高的趋势。

个人微信号及朋友圈的交互功能使得华文文学获得更多转发、评论和聚焦的机会，跨语境传播的速度和广度得以提升。但个人微信号立足于个体生活及其社交需求基础之上，并非纯文学的、专业化的传播渠道，呈现的信息也处在个人生活与文学信息混杂的状态。作为联系纽带的华文文学，在朋友圈中存在但不常在，必要但非重要，相关评论留下人际交往的痕迹，更多随意的点赞、简单的应答，及时率性的回复，这造成了华文文学通过个人微信号跨语境传播的平面感。

（二）微信公众号：传统纸媒的延续与转化

目前，微信公众号的类型日渐多样化，与华文文学跨语境传播相关的主要有以下几类。一是由文学刊物、文化公司、出版社等推出的微信公众号，它类似传统纸媒的电子版，是宣传、推广、销售文学作品的移动形式，通过定期推送作品目录，刊发节选作品片段，发布相关出版信息，起到广而告之的作用。其传播思路延续传统纸媒的选择性原则，华文文学的位置及其内部构成并没有发生变化。如人民文学、收获、上海文学、花城出版社、华语文学网等公众号中，海外华文文学作为微量元素，融汇在外国文学、大陆文学之中，选择的作家作品受制于特定刊物与出版社的编辑意图。二是由文学组织、文学社群、文学刊物推出的公众号，它相当于同人刊物的精华版，定时推出组织成员的代表作品，发布一些文学信息。如国际华文微诗群的公众号每周一次推出精短的同题微诗及相关的文学评论。此外，还有以公众号形式推出的综合性电子刊物。它也会推出一定数量的文学作品，但常作为点缀边料存在，带有较强的新闻化、问题化色彩，与世界各地华文纸媒处理文学的思维一致。如由北美华人主持的《世界华人周刊》公众号推出的文学作品和文学信息便具有上述特点。此外，如雨后春笋般涌现的个人公众号，为华文作家打造了足够自由的发表园地，相当于创办了众多个性鲜明的文学杂志。

微信公众号在处理华文文学的思维上与传统纸媒相似，但增加了很多新的传播路径，如频繁的超链接、多媒体的发布形式、互动的在线批评、赞赏的商业回馈、与电子书的互融①等，这些新形式的存在使得华文文学跨语境传播过程成为与用户互动、与时代融合的过程。同时，华文作家及其作品在公众号的推出方式具有强烈的宣传发布意识，被新闻化和信息化，与时事的变动产生的呼应往往超越了对艺术本体的追求。

（三）微信社群：集结的文学空间

微信社群是以微信维系的社团空间与组织形式，对于处于分散状态的华文作家和研究者而言，是一种非常便捷实用的联络方式。目前，以华文文学为纽带的微信社群主要有以下几类：一类是以学术研究为纽带的研究社群，如以导师为中心的师门群，以研究组织为中心的学会群等；另一类是以原有文学社团为基础建立起来的华文作家社群，如美国洛杉矶华人作家协会的环球作家微信群。还有以某种创作现象或会议活动等为纽带新建的各类创作社群，如国际华文微诗群、华文文学与中华文化群等。

微信社群是众说纷纭的传播空间，超越了点对点传播方式的局限，使华文文学的跨语境传播走向了立体化。理论上，无论身处哪一区域空间，只要被允许加入特定社群，其成员就超越了本土语境，进入信息共享体之中，可以随时发布华文文学的学术会议与活动信息，共享创作动向与创作成果，进行评论、创作和研究的互动对话，

---

① 微信公众号有时会直接插入电子书的链接，提供完整的文章甚至书本的内容，这也是当下不同媒介互融的景观之一。

跨语境传播的效应便凸显出来了。但实际上，社群的宗旨、组合方式和成员的性质、连接强度等都会影响文学传播的方式与效果。一方面，成员的区域构成越是多样，社群宗旨越是开放，群主及主干成员的组织力度越大，跨语境传播的可能性及其效应就越凸显。如世界华文微诗群以微诗创作为纽带，有意打破区域界线，获得了较好的创作成果，形成了众多共识①。另一方面，由于微信社群是相对独立、具有一定封闭性的交流社区，社群与社群之间存在传播的距离，这就有可能造成新的保守视野，妨碍跨语境传播的力度。如北美文学社团林立，各自组织了本地区的微信社群，但这些社群作为本地华文作家的网络聚会场所，以自娱自乐为主，具有明显的内向性格，难以促成区域文学向外延伸发展的推动力。当然，建立在社交维度之上的微信社群，文学传播自有限度，存在缺乏过硬的专业向度、沟通的生活化和随意化、聊天信息的瞬时化和海量化等现象。

此外，个人朋友圈、微信社群和微信公众号中偶尔出现的电子书链接，也是不容忽视的现象，读者通过打开微信提供的电子书链接，可以获取完整的文章或著作信息，供网上浏览或下载打印后阅读，这种全媒体时代微信与其他媒介互动互融的形式说明，微信对华文文学的跨语境传播，具有多面向的拓展，可能走向综合性传播的态势，提出了知识产权保护等方面的新问题。

二　微信与华文文学的诗学新质

通过对微信空间华文文学跨语境传播现状的简要梳理，另一种

---

① 国际华文微诗群从 2014 年 12 月 3 日创立至今，发展迅速，在笔者写作此文之时，人数已达 135 人，造成了一定影响，如定期推出微信公众号对微诗创作进行理论总结，组织了线上线下的多项专题创作活动，出版了纸质诗歌合集《华文微诗选粹》，是一个颇为成功的华文文学微信创作群。

形态的华文文学逐渐呈现在我们面前。它以信息化、新闻化和生活化的方式出现在我们的日常交往空间里。那么，这种形态的华文文学，能否用我们立足于印刷媒介而形成的诗学话语进行阐释理解呢？在原有的论述体系中，当我们研究华文文学，特别是海外华文文学时，最常用的诗学话语有"流散、边缘和混杂"等，这些诗学话语在面对由微信跨语境传播所造就的华文文学景观时，在我看来，有必要进行反思和调整。

（一）流散的中断

以往，当我们论及华文文学时，常在聚合和流散的矛盾关系中突出"流散"现象及其意义，这是因为，当我们认可了华文文学这一命名时，就意味着我们的聚焦点不是指向大陆的汉语文学，而是聚焦于中国台港澳暨海外的华文文学，而后者，在很长一段时间内，相对大陆文学，其作品在语言表述、思想内蕴、形式技巧等方面都别具特色，这种由作家所在地域差异和流动经历而产生的在作品艺术上的流散性，丰富着我们对于汉语文学的审美感受，经由反复提及和论述，逐渐上升为所谓流散（离散）美学。

流散美学是对特定时期华文创作的总结提炼，从传播媒介的特点来看，这一话语流行的时期，是以纸质媒介为主的文学传播时代。相对电子媒介，纸质媒介的出版、发行和流通都受时空限制，构成了区域文学的保护墙，有利于不同区域文学保持相对稳定的美学特性，因而某些区域的华文文学相对主流汉语文学而言就具有了流散性。进入互联网特别是移动互联网时代之后，随着地域感的消失，不同区域的文学创作相互影响、互相渗透，彼此难以形成悬殊的美学差异，文学由流散逐渐走向聚合。可以说，越是新的媒介，就越有利于不同区域文学的聚合。微信作为新一代社交媒介具有了更强的聚合能力，在对华文文学的跨语境传播中，它借助强大的人际和组织传播优势，打造了共同阅读、欣赏和评论华文文学的移动平台，不同语境的华文文学逐渐融汇成一体化的媒介景观。虽因时间尚短，这一聚合过程对华文文学创作产生的影响不是特别清晰，但趋同效应是显而易见的，也就是说，华文文学由流散而导致的美学多样性可能逐渐被媒介同一性消解。

（二）边缘的重构与消失

"中心和边缘的对峙"是我们以往定位区域华文文学的美学与文化价值时常借鉴的话语框架。余光中的"三个中心"也好，以王德威为代表的美国华裔学者的"华语语系文学"也好，都暗示了由地理、政治和文化的中心延伸而来的文学权力结构，以及由此而形成的诗学话语与价值判断。但在微信等新媒体的话语空间里，作家作品背后的地理区域空间变得无足轻重，更重视的是另一些特点——或是具有强烈的新闻性和时间性的文学现象，或是满足心灵抚慰和休闲所用的鸡汤式文学。在此情境下，有关华文文学的论述即便沿用边缘与中心的话语模式，其所指也发生了转移，从地理区域的差异维度转变为区域、作家、作品与新媒体的关系维度。

在微信之类的新媒体空间里，区域、作家、作品与新媒体的关联方式与关联程度将影响其在文学场域内的位置与价值①。从宏观层面来看，那些位于技术前沿的区域华文文学将更容易融入新媒体空间，从而凸显其价值；从微观层面来看，那些善于运用新媒体的作家或具备某些特质能被新媒体青睐的作品，将成为中心，而那些固守传统写作范式，与新媒体无法直接关联的作家，则逐渐被边缘化，乃至消失。自然，新媒体背后也会有意识形态的力量，但经由新的媒介技术的过滤与变形后，传统的文化政治中心对华文文学的规训

———————
① 无法进入新媒体传播语境的华文文学作家与作品，自容易被边缘化。

将在形式与内涵上有所变化。

根本的层面是，微信等新媒体的技术力量一定程度上打破了界限鲜明的中心边缘思维及其背后的生存模式，让深受地理、文化局限的人们享受快速越界的快乐，最终出现如麦克卢汉所言之地球村的效应①。事实上，有关华文文学的中心与边缘之说的背后正是中外文化碰撞冲突的生存语境，诞生于纸质媒介时代的部分海外华文文学作品中，的确保留了这一结构——作品中，代表西方文化的环境或个人往往处在强有力的中心位置，形成对代表中华文化的离散者的压制，进而影响到人的命运与选择。而微信空间里华文文学的跨语境流播现象，本身就体现了跨越文化边界的速度和文化和解的心态，其文学作品的思想内涵与价值取向能否用"中心与边缘"一概论之值得怀疑。在我看来，对边缘和中心思维定式的超越，可能成为微信时代重构华文文学诗学话语的关键之一。

（三）混杂的新动向

混杂也是以往我们分析华文文学创作时常用的诗学话语。何谓混杂？从形式层面来看，包括了创作手法、表达语言、审美意象的中西合璧，从思想内涵的层面来看，则指向作品所传递的文化观念、审美境界等方面的繁复化合。创作上的混杂现象，往往是创作主体的多重文化身份和生活体验在文本中的自然呈现，可以视作对华文文学审美独特性的体现。从早期容闳、邱菽园到当代的白先勇、洛夫，在其创作中都确认了混杂的存在及其正面价值。然而随着全球化的进程，混杂成为一种普遍的生活和文化现象，在文学创作中比比皆是。如一位中国大陆作家可能拥有丰富的港台经验和海外经验，其创作既有本土色彩与关怀，又充满了异国情调和对异文化的认可。

---

① 源自传播学经典著作《理解媒介》的观点（［加拿大］马歇尔·麦克卢汉：《理解媒介》，何道宽译，商务印书馆 2000 年版）。

一位美国华裔作家,可能一直居住在北京或上海,他写的故事,或与其华裔身份和美国经验有关,可也有着直书中国的历史与现实的汪洋恣肆。

微信空间中,华文文学的混杂还可以有新的动向,主要表现在两个层面。一是不同媒介话语的混杂。微信既是已有文学作品的传播空间,又是新媒体文学的生产机制,涵盖了印刷体、多媒体和手机体的等多种文学话语形式,故而微信空间的华文文学是多种媒介话语的混杂存在。二是不同代际话语的混杂。每一代作者和读者都有不同的文本经验和阅读旨趣,形成了文学话语的代际①差异,随着微信群体的增加,华文文学作者与读者的层次愈加丰富,不同代际文学话语的混杂将成为不容忽视的现象。对于研究者而言,这种代际混杂现象可谓华文文学的最新动向,它将我们的审美注意和诗学建构从横向比较引向了纵向探索。

三 微信与华文文学面临的新问题

作为当前社交传媒的代表,微信与文学的关系既体现了新的媒介形态对文学发展的影响;同时也具时代寓言的性质,如一面光影交替的镜子,照出了时代文学的特征及问题。因而,通过梳理微信与华文文学跨语境传播的关系,我们不仅获得了反思华文文学诗学话语的契机,还发现了华文文学创作与研究所面临的新问题。

(一)新闻性与文学性的矛盾

按照传统的文学观念,文学与新闻是有区别的,新闻强调时效性,报道事件的速度越快越好,文学虽有时代性,却更注重作家个

---

① 根绝某些社会学家的观察,如今十年一代的概念已显落后,代际差异缩短到五年、三年,并且总的趋势是频率加快,代际差异加深。

体审美印记对现实的沉淀与加工。在当下语境中，微信传播的速度已经超过了传统媒体，让依附其中的文学生产与传播都具有新闻性，华文文学也作为一种信息化的产品被微信接纳、传播，由此导致其文学性的探索受到影响。

从创作的时间维度来看，微信上的文学可以按秒来计算其生产速度，刷新率极高，但不假思索、一点就发的情感表达，能否称之为传统意义上的文学？如华文微诗群上一些华文诗歌就有速度过快、沉淀不够的特点，或紧跟时事变化而即可推出几首，或应和同群之人而率性吟诵几句，几小时后就被海量信息遮蔽，消失在杂七杂八的聊天记录里。从创作的内容层面来看，多为以文学表达技巧呈现事件和情感故事的文本，少见严肃自省的创作。编选者用炫人耳目的标题对华文文学文本及现象进行肢解、变形，满足特定的传播目的的现象也屡见不鲜。如《世界华人周刊》介绍香港作家亦舒时，用了这样的标题：《她是最受追捧的言情小说大师，但她一生最大的败笔就是爱情》。从创作主体来看，短期轰动效应的追求也使得很多华文写作者在微信上的创作新闻化、时事化，缺乏沉淀意识；一些海外华文作家借助微信平台，积极靠近国内文坛和政坛，热衷就时事进行文学创作与表达，丧失了原有的流散优势。

（二）交往性与文学性的冲突

在传统的文学观念中，文学的主要特性是审美性，交往性倘若存在也是隐性的。但在微信这一社交媒介之中，文学所具有的交往功能及其衍生出的相关特征，已经上升到更为重要的位置，甚至会与文学自身的审美诉求产生一定的冲突，对华文文学的发展产生了一定的影响。

从创作层面来看，交往空间的文学，由于重视对心灵的抚慰和冲击，造成了鸡汤型、安利体文学的流行，一些在微信空间流播的华文文学作品不是短、浅、甜，就是故弄玄虚、炫人耳目，正体现了交往性对华文文学的影响。诚然，对于部分游离于宏大叙事之外，重视表情达意等小我诉求的海外华文文学作品而言，微信生存可谓如鱼得水，可是否因此会丧失走向深度叙事的可能性呢？从研究层面来看，微信凸显了更为鲜明的华文文学圈子意识。以个人交往为中心的朋友圈、以师生情谊或学会组织为纽带的微信社群，都是自成体系的圈子，闲人未必能入，容易造成自产自销、自吹自捧的文学评论机制的形成与流行，远离严谨客观的学术境界。如一些华文作家在朋友圈对自己创作动向的持续加贴和朋友们对其创作的简单回应，造成了浅度批评的流行，对正在拓展中的华文文学研究未必有利。

（三）经典意识的弱化

传播原本是沉淀、提炼文学经典的基本途径，跨语境传播更是特定作家作品跨越语境散播影响的过程，华文文学的跨语境传播也正是在选择和过滤过程中凸显经典的过程。但相对传统传媒，微信是一种热媒介①，热媒介提供多感官的接触，要求主体介入程度低，容易出现浅显化、碎片化、零散化等选择倾向，使得华文文学难以在流播过程中走向传统意义上的经典化，而是走向了浮化或轻化②。

从刊载层面来看，微信空间呈现的华文文学作品遵循的是压缩

---

① 冷热媒介是麦克卢汉在他的传播学经典著作《理解媒介》一书中提出来的，根据该书的表述，冷热媒介的区分是相对的，也是暂时的，如果一种媒介相对另一种媒介而言，主体介入程度高就是冷媒介，介入程度低就是热媒介。新媒体的趋势是越来越智能化、傻瓜化，故而新媒体相对旧媒介而言具有热的特点。但麦克卢汉的学术著作具有诗化和寓言化的特点，对冷热媒介的定义与描述并不确定，后起的研究者也有不同的阐释，颇有争议。不过，大家对冷热媒介的相对性这一点是一致认可的。

② 以往有关华文文学的讨论，特别是海外华文文学的讨论中，何谓华文文学经典文本以及如何定位华文文学的经典化过程等问题颇受关注，研究者也通过文学批评和编写文学史、教材、作品选以及年鉴等积极介入华文文学的经典化过程。

法。为适应移动阅读的特殊环境，也为了满足抚慰心灵、消遣娱乐等交往功能，微信的选择倾向于短而浅。篇幅较长的作品被删减、更改，相关的研究文章也略去注释，剪辑删改。网络监管等因素的介入，还导致了某些具有深度思想力和现实批判精神的作品难以上传或传播不久就被举报删除等现象。从接受层面来看，随着微信更新频率的加快、微信信息海量化发展趋势的加剧，特定文学现象、文学创作的信息以及刊载的文学文本几乎以秒计在刷新，难以形成强劲持续的影响。从表达形式来看，微信对文学作品的呈现具有与音乐、美术、视频等多头信息混杂发送的特点，作为语言文学的文学主体地位被挑战，被消解。客观地看，如果认为"文学"应以纯文字为载体，追求超越现实的审美意蕴，具备本雅明所言的供人瞻仰的光晕，那么，微信中的华文文学不太符合近代以来的"文学"概念，距离传统意义上的经典追求越来越远。

总体而言，以微信为代表的新媒体空间中，在对文学的选择标准中，经典意识并不重要，新闻价值和交往价值才是特定文本脱颖而出的依据。对于倚重手机和微信等来了解当下华文文坛的群体而言，经典意识也在随意、浅度的阅读中不知不觉消失了。

微信既是华文文学跨语境传播的新形式，也是华文文学跨语境生存的新空间。在这一新的传播形式与传播空间中，我们发现，以往有关华文文学的诗学话语和定位遭遇挑战，一些具有时代感的现象与问题不断涌现。

首先，通过个人微信号、公众号、微信社群等多种途径，华文文学在微信中的跨语境传播变得频繁而便捷，文学背后的时空距离和文化差异趋向模糊。其次，面对微信空间中凸显新闻性和交往性的华文文学，以往的离散、边缘和混杂等诗学话语需要重新定位，重新理解。再次，倘若对照传统的文学定义与文学发展观念，微信中的华文文学面临诸多新的问题，如新闻性与文学性的矛盾、交往性与文学性的冲突、经典意识的消解等。

　　微信作为新媒介所具有的普及化、大众化特性对华文文学发展的引导作用，体现了新的媒介形态对华文文学所产生的内在影响，它正在形塑华文文学的新形态。相对传统的纯文学定义，这种依附社交媒介，在承载形式上走向多媒体化，思想内涵上走上浅显化，表达方式上走上碎片化，功能上凸显交往性、新闻性的文学形态或可称之为"次文学"。微信作为社交媒体所呈现的文学生存语境，也折射了当下整个文学生存语境的特性，在我们的时代，凸显了交往性和新闻性等功能的"次文学"将占据越来越重要的位置。在这个意义上，华文文学的价值还在于它作为交往媒介即时融通了整个华语世界。但在较长一段时间，立足传统的纯文学观，对文学发展的理想设定是出现大作家和经典作品并可以经久流传，我们对华文文学的价值定位，也惯以经典作家和作品来衡量区域华文文学的主次与分量。那么，作为次文学的华文文学如何定位和发展、会面临哪些困境，与传统媒介所造就的经典文学景观如何抗衡并存等，都将成为创作者与研究者要面对的重要问题。

　　从媒介视角分析华文文学的跨语境传播过程，可以看出，特定媒介在华文文学跨语境传播中的位置并不稳定，往往出现从暂时占据主位到逐渐融入传播场的过程，当新的媒介形式崛起时，原有媒介的传播模式也会有所调整和改变。同时，新的媒介不仅提供了华文文学的跨语境传播的新路径，也会镜照出特定阶段华文文学创作与研究中的新现象、新问题。从这个意义上来看，媒介的日新月异，为我们观察华文文学跨语境传播流变趋势提供了重要通道，文学的发展与媒介的变化相随相生。现在，我们发现，随着移动媒介的综合化、集成化趋势，华文文学的跨语境传播也将呈现出立体化、多元化的发展趋势，所涉及的现象与问题也更为复杂、多样，对华文文学形成的深度影响效应，有待研究者从诗学与美学的角度做出更为清晰集中的探析。

第二章　媒介作为语境：跨语境传播与华文文学的跨域景观

自 20 世纪 80 年代至今，华文文学跨语境传播的媒介形式和传播规律在不断发生变化，与此同时华文文学也随着跨语境传播过程不断衍生和变化。更确切地说，跨语境传播以及由此形成的种种传播现象均已构成了华文文学的存在语境。跨语境存在的华文文学创作与研究，开始出现一些深层的运转机制与现象，也面临一些新的问题，需进一步探究。如果说上一章重在从媒介形式入手纵向梳理华文文学跨语境传播的流变趋势，这一章则更贴近文学自身，试图剖析在跨语境传播作为存在语境的前提下，华文文学跨域景观的形成过程及其界限问题，从而呈现跨语境传播之于华文文学的深层影响。相关论述主要围绕文本与主题的跨域解读、题材与跨域想象模式、文类的跨域流动与创新机制、文学奖与跨域经典的形成、理论话语的跨域旅行五个层面来展开以下思考：第一，分析特定作家作品的跨语境传播过程，揭示华文文学某些典型主题的跨域解读现象及可能引发的问题；第二，分析跨域想象模式中，不同区域华文作家对同一题材的处理策略，揭示华文作家在跨语境生存中所面临的想象困境及突破的可能性；第三，分析特定文类在区域互动语境下的发展路径与模式，揭示华文文学中一些通行的类型写作的发展与跨语境传播的可能关系；第四，分析国际性华文文学奖的运作策略，揭示华文文学经典跨域生成的机制及限度；第五，呈现离散这一特定理论术语在华文世界的旅行经历，敞开有关华文文学的研究范式、研究理路与跨语境传播的关系。

第一节 被凝固的主题：余光中《乡愁》在中国大陆的 传播及跨域解读①

跨域解读指对华文文学作品的跨域接受，任何文学作品在跨语境传播中，总会出现解读的变异，也就是所谓的误读现象，华文文学的跨语境传播也是如此。本节尝试通过余光中的《乡愁》在中国大陆的传播分析跨域解读中的主题固化或窄化现象，以期对华文文学的创作与研究提供新的启迪。

华文文学作品千变万化，但从跨语境传播的视角来看，能够被不同区域的华文作家反复书写同时又能引发广泛共鸣的主题是有限的，这些被创作者不断反刍、演绎的主题就被称为典型主题。典型主题在创作实践中沉淀，就逐渐具有了母题的意味，进而又在创作中衍生无数因人而变的具体主题。如"乡愁"便属于华文文学中具有母题意味的典型主题，与此相关或衍生的有家园情结、文化冲突、漂泊放逐等华文文学中常见的主题。然而，不得不指出的是，当特定主题在跨语境传播中被母题化后有可能形成对具体创作的一种先见或偏见，一些原本含义丰富的文学作品的主题在跨域解读时会被母题化——也就是主题的固化或窄化现象。在此尝试以余光中的

---

① 曾发表于《惠州学院学报》2012 年第 5 期，标题与内容均有修改。

《乡愁》在中国大陆的传播为个案，分析跨语境传播中出现的主题固化或窄化现象的过程及机制。

余光中是我国台湾地区的著名诗人、散文家和学者，他的人生行旅和创作影响遍及华文世界。他祖籍福建永春，出生于中国南京，入读中国台湾大学外文系，在美国爱荷华大学获得艺术硕士学位，毕业后辗转于中国台湾、菲律宾、美国、澳洲、中国香港等地大学执教，获得各种文学荣誉。余光中的著述极为丰富，在诗歌和散文方面都取得了极高的成就。然而，在中国大陆，他却是以乡愁诗人著称，《乡愁》这首诗，就像是他的名片，把他整张脸遮住了，也给他带来了源源不断的荣誉和光环，这便是所谓余光中现象。中国大陆对本土以外华文文学（台港澳暨海外华文文学）①的传播与接受，是从 20 世纪 70 年代末 80 年代初开始的，至今已有 30 多年的历史。对其接受与研究，渐见纷繁分歧；但乡愁作为最为基本和重要的主题是较为一致的共识，乃至面对作家泛滥的乡愁书写和学者过度的乡愁解读一些研究者还不无忧虑和批判之语。那么，如此重要和普遍的乡愁主题，是否可以成为华文文学的本质内涵？其重要性的凸显是否是中国大陆特定语境使然？通过分析华文文学跨域解读中的主题凝固现象，有望对华文文学研究中的主题神话和固化解读模式做出更深入的反思。

一　聚焦与选择：合适的时空，适合的主题

1972 年，余光中在台北家中写成《乡愁》一诗，不久该诗在台

_____

① 台港澳暨海外华文文学是中国内地学者对本土以外汉语写作的一个习惯的总称，作为学术用语有不够严谨之嫌，但可作为回首 20 世纪 70 年代末 80 年代初以来中国大陆文学与世界各地华文文学汇流的一个视角和介入点。

湾、香港等地传播并受到关注，1975 年被谱曲并收入台湾的《中国现代民歌集》唱片集之中，广为流唱；但其影响力和重要性的最终确定与完成，却是在 20 世纪 80 年代初期被传入大陆之后。在中国大陆，经过各种传播媒介和传播方式的反复聚焦，《乡愁》已从余光中数量庞大的作品群中脱颖而出，成为作家的名片和符号。为什么是《乡愁》而不是其他诗歌被传媒选择并凸显出来呢？原因或许是复杂的，但简要梳理其传播过程，则能发现这种选择主要趋向主题层面的考虑，因主题往往与文学作品的社会价值直接关联，当文学作品能够在思想内容层面与特定社会需要相契合时，则比较容易被选择并凸显出来。

20 世纪 80 年代初期，文学报刊不仅是中国大陆文学生活的重心，也是社会生活的重心之一，《星星》诗刊、《当代文坛》等传媒在《乡愁》的第一次聚焦中至关重要。诗人流沙河既是内地最早评叙余光中作品的人，又是较早与余光中建立私人联系的作家，在结束"文革"的流困生活、回到成都重新开始诗歌创作和编辑工作之后，流沙河感应到了改革开放的时代气息，迅速与港台诗界建立了联系。1980 年夏因其诗歌集《告别火星》在香港《天天日报》副刊开辟专栏连载，便与编辑刘济昆（也是作家）有了书信往来，刘在通信中多次提及余光中，并给他邮寄包括余光中在内的台湾诗歌集《当代十大诗人选集》（《乡愁》也在这本诗集里）。在众多现代派诗人中，已回归传统、诗风相对简朴的余光中诗歌引发了流沙河的强烈兴趣。1982 年至 1983 年间，他先后在《星星》和《当代文坛》杂志上发表 8 篇有关余光中的引荐评叙文章，其中，《乡愁》是他重点推荐的"浅易"之作。他既将之作为艰深抽象的现代诗的对比之物，也将之作为对内地刚刚崛起的朦胧诗之讽喻劝诫，意在为当时方兴未艾的内地诗歌变革提供借鉴。流沙河对台湾现代诗的引荐文章引发热议,不久便结集出版①,在内地文坛产生了很大的影响。在这一次对《乡愁》的选择性聚焦中,流沙河侧重诗艺层面的细读,对主题一笔带过,只作了"故国故乡故园之思"的简略表述。② 显然,在众多晦涩难懂的台湾现代诗中,《乡愁》明朗的主题让这位老诗人(也包括内地许多尚未习惯现代诗的读者)备感亲切;但他直接简单地表述主题的方式也正好说明,在中国大陆,人们将《乡愁》理解为家国情怀是不言而喻、无须赘言的。

流沙河的影响还是在文坛之内,而具有意识形态意义和力量的党报、国家电视台电台等,则不但在对文学作品的选择聚焦中占据优势,也能在主题解读与引导层面形成权威性意见。《乡愁》后来的数次聚焦便由这些权威传媒完成,并产生大众效应。20 世纪 80 年代初期,《乡愁》被《人民日报》转载并在中央人民广播电台多次播出,以至家喻户晓。黄维梁先生曾在《余光中〈乡愁〉的故事》一文中提到:1984 年夏天他前往北京拜访钱锺书先生,钱氏对曾在《人民日报》读到的《乡愁》印象非常深刻。著名作家袁可嘉在介绍余光中先生的文章中也特别指出《乡愁》一诗在中央人民广播电台播出后的普及效应。③ 1992 年,在电视取代广播成为内地生活的中心时,《乡愁》被谱成歌曲在中央电视台春节联欢晚会上演唱,再次形成聚焦效应。十年之后,2003 年 12 月 8 日温家宝总理访美,在纽约与侨界代表晤谈时再次化用《乡愁》最后两句,以"这一湾浅浅的海峡,确实是我们最大的国殇、最深的乡愁"完成了他对统一台湾问题的深情表白。温家宝这一席话,又一次将《乡愁》的重要性凸显出来,一时世界各地华人传媒都在报道此事此诗。于是乎,

---

① 流沙河的《台湾十二家诗》由重庆出版社 1983 年出版;《隔海说诗》由生活·读书·新知三联书店 1985 年出版。

② 流沙河:《溶哀愁于物象》,《当代文坛》1982 年第 10 期。

③ 黄维梁:《余光中〈乡愁〉的故事》,《大学时代》2006 年第 9 期。

《乡愁》似乎成为两岸渴求和平统一的宣言与宣传，以致引发了台湾岛内一些不同主张的文人对余光中的非议。可见，带着明显的现实目的，又满足彼时的政治需要，这种带有意识形态性质的选择聚焦是作品主题意义得以放大并凝固的重要途径与标志。

在跨语境文学传播中，选择总是最大公约数的，是文学的内在要求与现实的直接要求之间的交集，体现了文学的普适性与地方性要求之间的协同程度与方式。自 20 世纪 70 年代末至今，民族复兴和国家统一是中国内地在持续推动的头等大事，在这样的时代氛围中，华人世界在文学文化层面的交流互动至关重要，它是推动中华民族和平崛起的重要力量。我们也能够看到，在两岸三地的文学交流中，中国内地文坛采取了相当主动积极的姿态，但在传播对象的选择上表现出了很强的目的性和针对性。文学作品既对内地文学创作有所借鉴和推动，又有利于两岸统一与民族和解，才有可能得到重视和凸显。《乡愁》之所以在中国内地被反复聚焦与选择，正是因为无论从意识形态的角度还是从文学交流的角度，其主题都是适合的，所谓"文逢其时"。

二　强化与延续：从文坛政坛到学术界与课堂

传播过程中的聚焦与选择往往形成的是一种即时效应，它可以在短时间内凸显对象，形成昙花一现的热点效应；但若想让现象变成本质，瞬间变成"永恒"，则必须通过一系列行之有效的深层机制的运作。对于文学作品而言，文坛政坛的聚焦选择只能称为引荐刊载的印象传播阶段（方式），若想经典化并在文学历史中获得一席之地，还需借助更多强化手段以产生持续深远的影响。其中，学术研究和文学教育的规训力量，起到至关重要的作用。同样，《乡愁》虽然通过文坛政坛的聚焦吸引了众多内地读者的眼球，但被符号化的过程却是在学术界与语文课堂上完成的。

学术研究是一种深度传播，它不但具有聚焦凸显的选择性，还具有由此及彼的拓展性，通过比较、分析、综合，个别作品便逐渐蜕变成典型性主题的表征符号。乡愁主题在台港澳暨海外华文文学中的典型性正是通过持续的学术生产，才被凸显并固定下来，变成一般常识与普遍判断。

诗人流沙河对余光中《乡愁》的引荐不过是就诗论诗的印象式观感，还不能称为严谨的学术研究；当评论家李元洛从余光中的《乡愁》和《乡愁四韵》两诗的分析中提炼出"乡愁诗"这样的类别概念，并将这类诗的主题进行价值定位时，《乡愁》便开始了被符号化的关键一步。在《海外游子的恋歌——读余光中的〈乡愁〉与〈乡愁四韵〉》一文中，李元洛从两个层面肯定了乡愁主题的价值。一是在现实层面所能引发的回归统一之情："一湾天然的海峡，一道人造的鸿沟，三十多年来锁住了台湾回归祖国怀抱的脚步，却锁不住海外游子们怀恋母亲的心，和他们驾着云彩飞来的望乡的歌声。在那众多的思乡之歌里，诗人余光中的《乡愁》与《乡愁四韵》，是情深意长、音调动人的两曲。"[1] 二是在文学传统层面与古代诗歌主题的一致性与继承性："余光中的乡愁诗是我国民族传统的乡愁诗在新的时代和特殊地理条件下的变奏，他的乡愁诗概括了相当长的一个历史时期内具有普遍意义的民族感情，而艺术地表现了他个人的也是为许多人所共有的具有强烈时代感的民族感情，正是《乡愁》和《乡愁四韵》的主旋律，是这两首诗能激起人们心海的波涛的原因。"[2] 李文从一首诗到一类诗，从一个诗人到一群诗人，通过在归

① 李元洛:《海外游子的恋歌——读余光中的〈乡愁〉与〈乡愁四韵〉》，《名作欣赏》1982 年第 6 期，总第 15 期。
② 同上。

华文文学的跨语境传播研究

类概括中延伸而来的价值定位，确定了乡愁主题的普及性和重要性。

这种由此及彼的概括延伸并非此人此文仅有，而是一种普遍的解读技巧和规则，诸如刘学工的《余光中乡愁诗的民族意识感断议》（《学术研究》1986 年第 1 期）、李元洛的《一阕动人的乡愁变奏曲——读洛夫〈边界望乡〉》（《名作欣赏》1986 年第 5 期）、李旦初的《一代诗人尽望乡——三首台湾乡愁诗比较鉴赏》（《名作欣赏》1988 年第 1 期）、陈海的《台湾的乡愁诗》（《当代文坛》1990 年第 4 期）、古继堂的《从乡愁到回归——谈台湾诗歌题材的演变》（《写作》1994 年第 5 期）、罗马的《永恒的乡恋——台湾诗人的乡愁之作》（《贵州文史丛刊》1997 年第 4 期）、王泉的《"乡愁"的嬗变与家园意识——关于台湾几首同题"乡愁诗"的思考》（《华文文学》1999 年第 2 期）、江少川的《乡愁母题、诗美建构及超越——论余光中诗歌的"中国情结"》[《华中师范大学学报》（人文社会科学版）2001 年第 2 期]、《说文化乡愁》[《海南师范学院学报》（社会科学版）2003 年第 6 期]、丘峰的《台湾文学中的乡愁诗》（硕士学位论文，四川大学，2007 年）、彭裕丹的《在诗雨密织的情境中感受浓浓的乡国愁——论余光中散文〈听听那冷雨〉所具有的影视审美意蕴》（《电影评介》2008 年第 7 期）、马璐瑶的《从余光中看台湾现代乡愁诗的文化自觉性——台湾现代乡愁诗研究》（《学理论》2009 年第 10 期）、黄芬的《浅议白先勇和余光中乡愁创作的情感共性》（《琼州学院学报》2011 年第 3 期）等都是如此，由此，在中国大陆的台港澳暨海外华文文学研究中，几十年来围绕着乡愁主题不断积淀和拓展，形成了数量庞大但思路稳定的论述体系。一些论文在切入视角、评述对象和具体表述上略有不同，但结论和基本思路都与李文相差不远，从而凝固并扩大了乡愁主题的重要性及意义。

有意思的是，中国大陆对余光中的否定批判并未减弱《乡愁》

— 96 —

的重要性。20 世纪 80 年代中期，余光中对朱自清、戴望舒等现代文学大家的批评引发了大陆学者的围攻。在这场论争中，除了学术见解的分歧之外，更重要的还是因熟悉了《乡愁》的主旋律之后，大陆学者很难从感情上接受如此离经叛道的余光中，作出了太多的情感判断而非学术判断。2004 年以《中国图书商报》为阵地的余光中批判①，同样针对其人格形象而非文学成就发难。诗人在 20 世纪 70 年代出卖左翼朋友，辱骂共产主义的中国大陆，种种令人"不寒而栗"的行径一一进入内地读者的视线之内，但经过了一番风雨后，内地读者心中的余光中依然是正面的乡愁诗人形象，继续在各种场合闪烁着耀眼的光芒，接受各种荣誉称号；那些陈年老事还是被选择性地遗忘了。这看似匪夷所思，但道理很简单，因为中国内地针对余光中的此类"学术研究"，无论是否定还是肯定的，都遵循着"爱国爱乡"的内在逻辑，因而我们所反对的不过强化和延续了我们所肯定的。

在学术界的强化机制之外，文学教育作为普及传播阶段（方式）也作用重大。自 1991 年人教版初中试验教材选用《乡愁》后，余光中若干乡愁主题的其他文章（包括《乡愁四韵》《当我死时》《听听那冷雨》等）也先后被选入中国内地的中学语文教材、各种课外辅

---

① 这次针对余光中人格的大批判由中国社会科学院文学所研究员赵稀方掀起，参与者众多，在学界引起轰动。相关文章如下：一、赵稀方：《视线之外的余光中》（《中国图书商报·书评周刊》2004 年 5 月 21 日）；二、赵稀方：《答〈中国图书商报记者问〉》（《中国图书商报·书评周刊》2004 年 5 月 21 日）；三、吕正惠：《"余光中热"让人难以接受》（《中国图书商报·书评周刊》2004 年 5 月 21 日）；四、陈漱渝：《求全并非求全》（《中国图书商报·书评周刊》2004 年 6 月 18 日）；五、陈子善：《这样的批评是个提醒》（《文学报》2004 年 7 月 29 日）；六、杨若萍：《何必多翻老账》（《文学报》2004 年 7 月 29 日）；七、钱虹：《不能因"恶名"否定文学成就》（《文学报》2004 年 7 月 29 日）；八、刘心武：《穿透遮蔽》（《中华读书报》2004 年 8 月 18 日）；九、薛永辰：《视线之内的余光中》（《文汇读书周报》2004 年 8 月 20 日）；十、黄维梁：《抑扬余光中》（《羊城晚报》2004 年 8 月 28 日）；十一、赵稀方：《就余光中文答黄维梁诸先生》（《羊城晚报》2004 年 8 月 28 日）；十二、赵稀方：《答〈羊城晚报〉记者问》（《羊城晚报》2004 年 8 月 28 日）。

助读物和青少年的阅读刊物。这一选择不排除诗艺借鉴方面的考量，但这些作品的主题契合主流意识要求显然是更重要的原因。按理说，进入中学语文课堂后，我们的年青一代能为作品解读开辟更多创新和想象性的空间，但遗憾的是，由于中国内地受应试教育模式影响，在作品主题的解读方面往往要形成模式化的固定答案，因此，《乡愁》的教学也不过重复着家国情怀的既定结论。即便是在有关余光中的《乡愁》教学的大量研究文章中，语文教师们探讨的主要也是写作技巧或教学策略，鲜有论及主题的新思路。诸如黄舒广的《一曲〈乡愁〉两岸情》（《语文教学与研究》1992 年第 1 期）、蔡伟的《融诗情画意乐美于一体——我用多媒体教〈乡愁〉》（《浙江现代教育技术》2001 年第 4 期）、黄吉庆的《诵读是开启现代诗歌之门的一把金钥匙——〈乡愁〉教学札记》（《教育革新》2005 年第 3 期）、张承明的《温度与厚度：诗歌教学的双翼——评〈乡愁〉教学实录》（《语文建设》2009 年第 5 期）、马伟平的《"两类结构"尝试教学法在阅读教学中的运用——以余光中〈乡愁〉教学为例》（《人民教育》2011 年第 Z2 期）、郑逸农的《〈乡愁〉"非指示性"教学设计》（《语文建设》2012 年第 1 期）等教研论文中，论及教学技巧时千变万化，而表述主题却千篇一律。于是乎，语文课堂也成为一种制度化的解读机制，乡愁主题在被拓展和强化的同时也被凝固了。

作为深度传播方式的学术研究与作为普及传播方式的文学教育能将一时的热点经典化、制度化，逐渐变成普遍性的知识，久而久之，这种知识反过来会内化于知识谱系之中，成为不证自明的东西，语境的历史的变迁就会被抹平。在此类知识生产过程中，乡愁主题作为华文文学的典型主题的观点就变成了常识。

三　期待与导向：李白、余光中与郑愁予们

乡愁主题得以强化与延续，学术研究和文学教育不过是外在机制，读者内心的期待才是内在的调试机制。如前所述，意识形态化的现实需求使得中国内地选择了《乡愁》并通过持续的强化机制使之经典化。但在变动频繁、人心浮躁、灵魂无所归宿的改革开放时代，那种对家园的渴望之情、漂泊异乡思归故土的游子情怀又是普遍的。正是这种期待作为更为强大的力量，以乡愁为线索形成清晰的导向，将过去、现在和未来的诗歌创作整合起来，建构出更为稳定的文学话语谱系。黄维梁对《乡愁》大陆传播的整体效应有所察觉，他意识到，对于作家本人而言，经由这一番经典化的传播过程，"二十世纪中华文学的《乡愁》，其名气似乎已直追李白写于八世纪那低头思故乡的《静夜思》了，余光中难以避免地还要乡愁下去。连他自己也淡化不了"。① 但这种影响其实不限于余光中本人，而是弥散到了整个文学场域。我想，最为突出的影响是以下两个方面：一是对包括古典和当代作家作品在内的导向性解读效应，二是对当代作家文学创作的导向作用。

无论是学术研究还是语文教育，都特别重视比较和关联，在对《乡愁》的解读中，基本思路是与其他诗人诗歌联系起来，从而使得众多作家作品进入了乡愁视野之中。第一步是将现代的乡愁与古典诗歌联系起来，如李元洛在评价余光中、洛夫等人的乡愁诗时的观点便是："在中国诗歌发展的历程中，乡愁早就回响在《诗经》中那一支古朴的横笛里，在后代诗人的作品中荡起不绝的回音。"② 其实

---

① 黄维梁：《余光中〈乡愁〉的故事》，《大学时代》2006 年第 9 期。
② 李元洛：《一阕动人的乡愁变奏曲——读洛夫〈边界望乡〉》，《名作欣赏》1986 年第 5 期，总第 38 期。

乡愁主题的现代性是不言而喻的，怎可与古典诗词中的怀乡思归完全等同？然而，当古典诗歌被乡愁化和现代化之时，现当代的乡愁诗也被纳入了传统文化的宏大体系之中。当这种思路成为针对边缘文学作品的常识性手段时，围绕乡愁主题，我们就能将台港澳暨海外华文作家结构成五千年文学传统的一分子，民族传统的力量也被强化、放大并赋予了现代性价值。在这种文化传统的加固工程中，对于个别作品的解读就一定是导向性的，而非飞散性的。这一现象正如学者杨匡汉先生在其著作《中华文化母题与海外华文文学》中所陈述的那样，为了先验地将海外华文文学整体化，"对于呈现为散存结构状态的华人族群书写，不妨将发散性思维改为'收敛性思维'，即集中到中华文化母题如何在海外华文文学中得到特殊的审美处理，以及这些基本母题又发生何种变奏，重点研讨现当代华文作家对母语文化传统所实践的意义范式"。①

其实杨匡汉所言之母题的变奏现象，不仅存在于创作之中，更存在于作品的解读之中。为了将散存的作品整体化，中国内地对台港澳暨海外华文文学作品的主题解读也基本遵循了以下三大变奏方式。一是由小变大，将个人的家园的思想情感拓展为我们的、传统的。如在《乡愁》的解读中，个人的自我情感被缩小或忽略，着力提取家国情怀的大境界；强调其与中国传统诗歌的关联，减弱其与西方现代诗歌的深厚渊源。二是化虚为实，将文化的抽象的变成政治的具体的。余光中《乡愁》中的大陆，更多意义上只能作为抽象层面的文化中国的表征，但我们往往将之与现实的地理意义上的大陆等同，并与爱国主义相关联，对此，余光中本人在20世纪80年代反驳道："我所怀念的大陆的三样东西是：山川、人民及历

---

① 杨匡汉：《中华文化母题与海外华文文学》，长江文艺出版社2008年版，第3页。

史文化,第四样奉承与政权则是另一回事。……因为我所怀念的,是抗战时在四川的生活和童年的日子,一九四九以后的中国,我也不认识,所以也无从怀念。加上我听到的文革情况,我也不怀念了,反而庆幸自己不在大陆。"[1] 三是去繁就简,将多元的、丰富的主题内涵变成单一的、集中的意义,甚至还有牵强附会的解读。如《乡愁》的主题虽然明朗,但并不浅白,我们却在民族国家意义上对《乡愁》主题进行限制,将其可无限解读的丰富性蜕变成单一性。在这种解读思维中,还有一些作品被扭曲误解,如郑愁予《错误》一诗在大陆一度被解读成游子对祖国的眷念,也是爱国思乡之情。但在台湾和海外,这首诗却被认为是典型的情诗。以上变奏方式,均以一种客观的普遍逻辑出现,从而使得我们内心的期待变成对文学生产的导向性力量,对整个文学场都产生强烈而持续的影响。

在对文学创作的导向作用中,影响最为直接重大的是征文评奖活动,它也体现了文学传播与生产中的收敛性思维。中国大陆面向全球华文作家设立的征文评奖比赛越来越多,其隐含的主题倾向线索分明,乡愁是最基本的导向性主题。如1988—1997年中央人民广播电台对台部与有关单位合办了第一至九届"海峡情"有奖征文,强调的正是"民族团结、国家统一和文化亲缘"的主题。1989年文联主办的"龙年征文比赛",主题为"我心目中的中国",其获奖作品的来源涵盖了世界各地,但其中缠绵不尽的都是思乡念国之情。正如《四海》期刊在选登其中8篇作品时所作"按语"中表述的那样:"龙在奔腾。四海之内,皆有龙的传人,无论是鬓染霜雪、历尽沧桑的老者还是生长在异国他乡的青年才俊,他们无不怀念龙的故

---

[1] 蔡桐:《访余光中》,(马来西亚)《蕉风》1982年第7期,总第351期。

乡。她的锦山秀水、她的改革开放后的新貌，都在他们深深的热爱与关切之中。"① 1992 年《四海》期刊与国务院侨办和新加坡文艺协会举办的"首届台港暨海外华文文学徐霞客游记有奖征文"活动，获奖作者也遍及 8 个国家 2 个地区，但多数作品的主题线索仍是"思家念国"。1998 年《世界华文文学》期刊承办了由中国文联举办的面向世界华人的"爱我中华"征文比赛，主题的设定，已限制了作品所能涉及的范围与话语方式。进入 21 世纪以来，中国内地设立了更多面向全球华人的文学文化大奖，如中山华侨文学奖、华语传媒大奖等，其导向性虽然不如上述征文比赛那样明显，但仍然只有进入大陆之中的作家作品才可能被选择，我们只能选择我们所熟悉的。一些华文作家对这些征文活动的自觉参与配合，增强了他们在大陆的影响力，但也强化了对华文作家的固化理解，凭借视线之内的这些思乡怀国的作品，研究者往往不假思索地得出以下结论：华文作家作品主题大同小异，如书写怀旧、思乡、相思、离愁；而在新土上的适应、自我再造、求学、求职、求偶等问题，其中的主轴还是对文化中国不同程度上的眷恋。

传播过程的固化和窄性理解现象，是接受者基于某种现实需要和期待视野而形成的刻板化思维的结果。中国大陆在对台港澳暨海外华文文学的传播接受中，便出现了这种固化思维，使得乡愁主题被拓展强化，成为一种不证自明的诗学现象，影响了我们在更广阔的视野和灵活的方法中去理解某些作家作品。但在跨语境传播过程中，误读是难以避免的。对于处在源头的语境来说，变异很可能是误读，但对处在引进方的语境而言，则需要自己的接受方式，这一过程实际上就是文化整合的过程。对于研究者而言，必须加强

---

① 编者"按语"：《"我心目中的中国"龙年征文选登》，《四海丛刊》第十辑，中国文联出版社 1990 年版，第 174 页。

跨语境跨文化的诠释能力，从而能对华文文学的已有诗学话语作语境性分析鉴定，避免将一时一地的误读与偏见看成是本然性的知识。

第二节　跨域想象的可能疆域：南京大屠杀的三种写法及其审美效应

　　从跨语境传播的视野来看，跨域想象是华文文学创作中一种值得重视的想象模式。当跨语境生存成为华文作家的主要生存模式时，跨域想象也成为华文文学创作的主导想象模式，这种跨域想象的普遍性必然对华文创作产生影响，需研究者深入探究。那么，什么是跨域想象呢？在笔者看来，是指作家自觉或不自觉在两种甚至多种空间的对比和缝隙中处理自己的写作素材，建构自己的人物形象，形成各自的艺术选择。与此同时，这种跨域想象又为华文文学的跨语境传播奠定了文本基础，可能提升文本的区域适应性，当然，也有可能带来歧义和困惑。

　　为了凸显这种跨域想象所带来的可能与盲见，我们尝试从比较文学的基本方法论出发分析不同华文作家对同一题材的写作选择及其审美效应。从方法论的角度来看，寻找不同文化、不同语境文学的同中之异是比较文学的基本方法论，因而从题材来看，华文文学中有两类题材的写作颇具有可比性，那就是中国历史的书写和人类未来世界的想象，即所谓历史和科幻题材的写作较有共通性。在历史题材中，又以抗日战争这一段最能呈现华人世界的共通性情感，当然也最能在同一性之上凸显区域华文作家的个体情怀与相互影响。其中，有关南京大屠杀的想象，具有聚焦性和样本性：一是有关它的书写非常之多，二是有关它的书写在总体相似的思想起点和批判立场之外，又显现了身处不同场域的华文作家的独特选择。在资讯、传播极为顺畅的当下，面对形形色色的有关于历史的各种文本，不同区域的华文作家如何以自身作为媒介，将跨域生存体验与历史的再次想象融合起来，催生各自的艺术之花？本文以哈金、严歌苓和葛亮三位作家的南京大屠杀书写为例，深入剖析在跨域生存状态下的华文作家如何书写一段历史，在他们的书写中又显现了怎样的问题。

一　三种叙事形式

对历史的叙述体现了历史叙述者的立场及其语境，正如美国教授李怀印在他的研究著作《重构近代中国——中国历史写作中的想象与真实》中说道："对于一些人来说，叙事乃是历史写作家和当权者强加给非叙事世界的，因为过去本身是无形的。作为一个想象建构，叙事不可能是中立的；它必然反映史家的主观认识、审美和道德观，及其社会的政治偏见。"①

文学想象在历史叙述中有较为独特的位置。历史著作当然是一种类型的历史叙述，文学作品则是另一种历史叙事的模式。历史著作与文学作品之间，既有区别又有联系。历史著作也有其立场和使命，但立足客观再现；文学作品则富有主观选择，可更多地关注历史的细节和人物命运。张纯如的《南京大屠杀》作为历史著作，挖掘出了很多鲜为人知的细节和人物，如南京国际安全区中的明妮·魏特琳、拉贝等，但真正让这些人物鲜活起来的方式却是后来的文学与影视。

---

① ［美］李怀印：《重构近代中国——中国历史写作中的想象与真实》，中华书局2013年版，第9页。

同时，文学想象不仅是保存历史记忆的方式，也是反思历史记忆的方式。不同时期文学作品对同一事件的想象描写，可凸显社会变迁中政治方向、人文环境对文学创作的宏大影响。同一时期文学作品对同一事件的想象，则将凸显每一位作家想象处境的个别差异。哈金、严歌苓与葛亮三位作家有关南京大屠杀的想象，是伫立在以往的历史和艺术资源之中重新出发的尝试，他们能否在已有的叙述中建立自己的独特维度，能否为历史留下新的记忆，让读者再次震撼，就关系到各自的艺术选择，以及左右其艺术选择的想象处境的问题。

面对"南京大屠杀"这一被反复书写的历史事件，哈金、严歌苓与葛亮这三位作家从自身的叙事诉求开始重新编织叙事之网，形成了自己独特的叙事方式，体现了各自不同的艺术选择和对历史的不同定位。

（一）哈金：全景化记录——美国镜框里的中国故事

哈金出生于中国大陆，20世纪80年代末留学美国，学成后留在美国从事文学创作，他的英文写作在美国颇有影响，获得美国国家图书奖和笔会福克纳奖等奖项，并在2014年获选美国艺术与文学学院的终身院士。《南京安魂曲》也以英文写就，但被翻译成中文后在华文世界广为流播，在中国大陆也得到余华等作家的赞誉①。不少评论者认为小说真实、深刻、大胆，是相同题材中最出色的一部。从英文到华文的转化，虽然在细微的表述上可能与原文有所差异，但并未改变哈金有关"南京大屠杀"的叙事视角和叙事形式。同时，这本被翻译过来的华文小说，为我们洞察通过跨语境传播形成的华文文学文本的复杂性提供了可能。

---

① 余华：《我们的安魂曲》，选自［美］哈金《南京安魂曲》，李思聪译，江苏文艺出版社2011年版，第1—3页。

　　小说以当时金陵女子学院的负责人明妮·魏特琳的日记为原始素材，参阅了大量历史文献和档案资料，描述了在"南京大屠杀"期间，明妮·魏特琳如何保护当地的妇女与孩子，进而在南京组织起难民营，为难民争取权利、与日军斗智斗勇的故事。这样的叙事焦点，无疑体现了哈金的叙事立场，这一用英文为美国读者所写的"南京大屠杀"的历史小说，凸显了象征基督教精神的美国传教士的主体位置，必然是美国人眼里的中国战争历史。确切地说，更像是从美国文化出发，在美国镜框里呈现的东方故事。中文版的《南京安魂曲》并未改变这一鲜明的叙事立场。

　　为了再现明妮·魏特琳及其主管的金陵女子学院在南京大屠杀中所充当的救赎者形象，以及她在救赎他人过程中所遭遇的精神困境，小说的叙事显得有些庞杂琐碎。一方面，文本试图展现明妮在南京大屠杀前后的所有努力以及心路历程，从而带来一种试图将南京大屠杀全景化的叙事冲动，小说涉及了这场战争方方面面的情况，信息量极为丰富；另一方面，为了确立一种客观的叙事立场，文本几乎以纪录片式的笔法[1]，将大量史实一一铺陈在小说的细节和过程中，记录了难民数量和学院开支费用，甚至勾画出金陵女子学院的地图，以呈现历史现场的真实。也正是为了保持客观冷静的叙述立场，哈金选择了极为内敛的书写方式，即便是开头描写"南京大屠杀"中日军的残暴场面，哈金也选择让故事中的人物来展现血腥暴虐的战争现场，而不是直接描述。如一开篇，作者便通过金陵学院的帮工、孩子本顺的变化来呈现战争的恐怖氛围，"本顺总算开口说话了"[2]。不加修饰的一句话，把本顺这个中国少年在日

---

　　[1]　在《南京安魂曲》英文版中，出现很多语法构造极为简单的句子，相比以往哈金的中国式英语，有了一种净化和提纯。在翻译成中文版时，这种风格得到了最大程度的保留，也就使得翻译过来的华文小说也具有了同样的风格。

　　[2]　[美]哈金：《南京安魂曲》，李思聪译，江苏文艺出版社2011年版，第1页。

军欺压下的心理阴影、精神恐惧勾勒出来,当这个被吓掉了魂魄的孩子描述日军的残酷行为和南京城的血腥场景时,比直接的描写更具有情绪和氛围上的震撼力。在书写明妮因摆脱不了精神上的痛苦与负罪意识而选择自杀时,哈金直接引用的是大段原始书信,没有附加任何评述性的文字:"今天,明妮独自一个人留在传教士协会的秘书吉娜维芙·布朗小姐的公寓里时,她把炉子上所有灶眼都打开,用煤气毒杀自己。"① 哈金在此本可以运用大量笔墨渲染明妮的自杀死亡心理,但他选择了客观呈现,留下了更多遐想和思考的空间。

哈金表示,在收集资料写作明妮的故事时,为了客观地再现其经历,虚构了高安玲这样一个有着美国基督教信仰的中国人形象。高安玲作为金陵女子学院负责人的助理,是最接近明妮的人,也是最理解她的中国人。她的存在,使明妮与金陵学院在战争中的贡献更加具有可信度和说服力;她与明妮推心置腹,故能成为反映明妮心理活动和性格细微变化的一面明镜。

然而,文中这个直接的叙述者,以"我"的视角存在的中国女性宝玲,在明妮所面对的所有困境和挑战面前,扮演着极为复杂的角色。一方面她要以自己的自私和怯弱衬托明妮的牺牲精神;另一方面,她又要协助明妮完成所有的救赎使命。这个虚构的中国女性,恰恰体现了华裔作家哈金自己的尴尬位置。为了完成对美国精神的深刻理解,"我"必须以虚拟的形式在文本中存在,而在现实生活中,这一人物是不存在的。

(二)严歌苓:截面——性别视角的优势与局限

在"南京大屠杀"六十周年纪念之际,严歌苓写作了《金陵十

---

① [美]哈金:《南京安魂曲》,李思聪译,江苏文艺出版社 2011 年版,第 291 页。

三钗》。故事亦取材于明妮·魏特琳的日记，与《南京安魂曲》中难民营里风尘女子代替女孩被日军召去的情节相似，但严歌苓把故事空间定在安全区的一座教堂内，由女孩们的眼睛和人物的语言延伸到窗外炮火连天的南京城，最终，闯入教堂的秦淮河风尘女子为了保护女学生的安全与纯洁，扮演学生赶赴日军的圣诞晚宴，走向身体的毁灭和灵魂的重生。

严歌苓出生于 1958 年，比哈金小两岁，与哈金一样，严歌苓也有过军旅生涯，也擅长书写军旅生活，但她惯用女性思维来处理战争，更倾向情感化的表述。顾名思义，《金陵十三钗》也是透过女性视角展现"南京大屠杀"的一个截面，由一方小教堂来辐射整个南京城。女性的眼睛，能让读者感受到战争中人性的脆弱与敏感、情感的细腻与丰富，但女性视角自有盲区，过分倾注在情感纠葛之上可能导致全局视野的缺失。

女学生孟书娟是叙述者，她的叙述，虽然能展现南京大屠杀的惨烈及其给人带来的身心折磨，但严歌苓的用心在于以战争作为背景，作为女性成长的生活境遇而出现。故而中篇版本中，小说以书娟的初潮体验作为开端，让它卷着南京城那一日的血腥气而来，以女性特有的身体体验，打开了一条通往历史的通道："我姨妈书娟是被自己的初潮惊醒的，而不是一九三七年十二月十二日南京城外的炮火声。她沿着昏暗的走廊往厕所跑去，以为那股浓浑的血腥气都来自她十四岁的身体。"① 风尘女子的传奇故事，则体现了女性自我涅槃的寓言性，战争的苦难成就了女性的自我超越，这群卑贱的女人在历史的淤泥中幻化成高洁的莲花，绽放出生命的异彩，成为神和菩萨的象征。她们在教堂里演绎的闹剧、悲剧，助力了年轻女

---

① 严歌苓：《金陵十三钗》，长江文艺出版社 2014 年版，第 1 页。

孩书娟真正走向心灵的自由与成长。

由女性视角来铺展历史故事,有别于传统男性视角的地方在于女性的意义和位置得到了前所未有的重视。哈金的女主角和叙述者在形式上都是女性,但发出的其实是男性冷静客观的声音。而严歌苓则立意将女学生和风尘女子作为女性多面性的象征,以两个群体在同一空间的对立、磨合及最后的灵魂救赎,来表现女性面对苦难与困境的过人勇气,在这里,我们感受了女性视角所带来的血色浪漫。家仇与国恨、残暴与慈善、牺牲与自私,在局促的教堂空间里全都转换成传奇,日常性被替换和遮蔽。尤其是严歌苓在设置书娟与秦淮妓女赵玉墨的关系时,有意牵引出一段纯属巧合的往事:孟书娟的父亲曾因赵玉墨抛家弃子,神魂颠倒,她是书娟的仇人,而赵玉墨也曾在书娟父亲钱包中看过书娟的照片,她们在教堂里认出了彼此,这种巧合体现了作者的匠心,但也体现了性别叙事的局限,当战争本身被替换成了情欲,对于南京大屠杀的理解就变得狭隘而偏颇,远离了历史真实的现场。因此,如果说哈金为历史增加了一扇教堂的彩色玻璃的话,那么,严歌苓则为这段历史穿上了一件紧身的旗袍。

(三)葛亮:碎片式——"南京大屠杀"的浮光掠影

葛亮1978年出生于南京,后到中国香港留学、工作,长篇小说《朱雀》创作于留港期间,是跨域想象的结果。《朱雀》的布局非常宏远,以叶毓芝与程云和、程忆楚和程囡三代女子的命运,贯穿起自民国、近代直至现代南京的发展历程,以"朱雀"这一信物为线索,讲述了在历史进程中南京城里女性的命运和各色人物的生存姿态。其中"南京大屠杀"是小说叙述的时间起点,也是开启几代女性悲剧命运的重要背景,这意味着南京大屠杀作为历史背景浓缩在个人命运的沉浮之中,是非常重要的一笔。

　　与哈金、严歌苓不同，葛亮并没有将"南京大屠杀"作为整体性语境来重彩描摹，而是以碎片式的描摹将之镶嵌在有关南京的宏远叙述之中，不时跳了出来，却又隐隐约约，造成了浮光掠影的叙述效果。这是因为《朱雀》真正的主角是南京这座城市，这一城市遭受的重大劫难自然应在小说的叙述之中，但《朱雀》的时间跨度之大，涉及的历史事件之多，使这部作品似乎超越了作者这个年龄所能承受的生命之重。除了"南京大屠杀"外、十年"文革"、"反右派"运动等，都是小说所要呈现的城市历史的重要节点。南京大屠杀当然与南京城市形象的塑造密不可分，需要认真书写，但小说更注重书写历史事件对个人品性的铸造与彰显，南京大屠杀就是这样的考验，它体现了灾难与战争对城市风骨的铸造作用。因此葛亮描写"南京大屠杀"，并非完全为了书写战争，而是要还原他内心对南京的"家城"想象，其对南京大屠杀的把握也就具有某种局限。

　　葛亮描绘的历史大场面，都是借书中人物的命运走向来展开。南京大屠杀的书写也是围绕着几位女主角的生死爱恨铺展开来。南京女子叶毓芝与日本医生芥川相恋暗结珠胎，因父亲反对不得不分开，怀孕待产的叶毓芝在进城寻找芥川时被一群日本军人凌辱至死，侥幸存活的女婴被教堂神父带走，由妓女程云和代为抚养。在此，小说既呈现了战争的残虐、荒谬，也通过环境的恶劣衬托出了人性的复杂。葛亮也穿插了人物传记和照片材料等历史细节，但他对人物命运机缘巧合的设计不亚于严歌苓，人物宿命被安排于历史事件之中。如叶毓芝避难于寺庙时的回眸竟成了一位将军晚年回忆录里的愧疚瞬间；秦淮河歌女程云和受教堂神父所托而收养了叶的女儿，她从包裹婴孩的碎布中认出婴儿之母乃"齐仁堂"叶氏之女，叶先生又曾是她的裙下之臣等。"南京大屠杀"在小说中就如特定事件在人物命运中的地位一样，是作为一个事件及其影响而存在，而非作为独立主体而形成意义。

葛亮在"家城"南京的框架中书写历史事件，小说人物也在家与国之间定位徘徊：个人命运是国家历史中一个微小的点，而历史事件却对个人的一生不断施加影响。由此看到，葛亮距离"南京大屠杀"的历史现场已经很远，但他距离南京很近，因而他对这一历史事件的书写，是围绕南京想象而展开的点点滴滴，对战争本身的关怀不及哈金，他对战争的展现也不如严歌苓一样集中，但他想象了这座城市及居民在遭受战争劫难之后的人生动向与命运沉浮，关注到了战争对人与城市的永久影响。

二　人物及其精神底蕴的差异

对于故事人物的选择，三位作家也是同中见异。明妮·魏特琳、赵玉墨、程云和都是战争的受害者，然而她们因为各自的信仰、情义和情感而在战争中做出了牺牲。哈金、严歌苓与葛亮通过不同人物的精神风貌，突出表现了人物牺牲精神背后的文化背景、性格因素等的重要影响，从而凸显作家各自的艺术选择机制。

（一）哈金：明妮·魏特琳与基督教的赎罪意识

《南京安魂曲》的可贵之处在于塑造了一个完整饱满的明妮·魏特琳形象，而非完美的"女菩萨"偶像。哈金不仅以她的座右铭"厚生"为主题写出了明妮为南京难民所做的贡献，也在金陵女子学院的日常琐事之中，表现出明妮性格中不完美的一面，如她与老院长怄气，她时时刻刻的自责等。更重要的是，小说写出了一个虔诚的基督教教徒，在直面战争罪孽时的无力和自责。因无法及时救出被日军迫害的玉兰，明妮陷入无限的自责之中，认定自己同样犯下了不可饶恕的过错。这种精神上的困窘，正是导致她回国后自杀的重要因素。可见，在战争构成的高压环境下，基督教的"赎罪"意识使得明妮比起常人来经受着更为激烈的思想斗争，她所表现出的牺牲精神也具有独特的内涵与指向。

从基督教精神与战争的碰撞出发来构造人物，是哈金比严歌苓的教堂叙事更为深刻的一面。有意思的是，作为一个华裔作家，哈金尝试在中美文化的对比中去思索明妮牺牲精神的独特之处。小说中虚构的中国基督教徒高安玲，作为连接中国与外国两方国情、两种信仰的中间点，就承担了入乎其内出乎其外的比较视野。透过安玲之眼，读者可以看到美国基督教徒在战争中的承担与牺牲，也看到中国难民对这种牺牲精神的误解。明妮被南京难民尊称为"女菩萨"时，明妮为难地对安玲说："可是她们那样的爱和尊重，应该只表达给上帝。"① 而借安玲之口，作者写道："很多中国人无法把神和人截然割裂开。确实，对她们来说，任何人都可能越变越好，最终成为神。"② 安玲眼里的明妮与国人的差异，是中美两个民族认知、信仰的差异，也是战争中两种精神文化的碰撞。

哈金在小说中还暗示，基督教教徒在南京大屠杀中的牺牲和奉献，与爱不爱国无关，而是出于信仰本身。当安玲去看望曾经的助手霍莉并感谢她对南京难民所做的一切时，霍莉说："我们这么干，只是因为我们相信这些事情值得我们付出。一个人不必因为热爱某个国家，才做应该做的事情。"③ 霍莉与明妮都认为中国人应该信仰基督教，这种信仰使她们相信上帝的旨意，即便在战争中也会捍卫人的尊严，做出正确的选择和牺牲。

① ［美］哈金：《南京安魂曲》，李思聪译，江苏文艺出版社 2011 年版，第 137 页。
② 同上书，第 138 页。
③ 同上书，第 238 页。

但哈金不仅写出了信仰带来的拯救世界的力量，也写出了信仰本身在战争中经受的考验与危机。明妮·魏特琳从一个学院的负责人，到南京难民的"女菩萨"，经历了与日本军官的危机谈判、与难民和同事的冲突等一系列并不愉悦的事件，她的内心饱受折磨。当日本兵带走难民营女子，当她眼看已被折磨成精神病的女子玉兰被送到东北进行细菌实验时，明妮感觉到了自己的软弱，在痛苦和自责之中，她对自己信仰的上帝已起了疑心。可以说，对基督教精神的践行既支撑着明妮在战争中做一个坚强的庇护者，也加剧了信仰可能带来的自我怀疑与毁灭。明妮归国后仍在精神上饱受折磨，战争的噩梦无时不在，对自己的无能为力，对南京难民的亏欠感，对日军暴行的难以置信，导致了明妮对人性本身也开始质疑。她希望能拯救世人于灾难之中，不仅是为了为自己此生赎罪，更试图为无数罪孽深重的生灵赎罪，但战争造成的惨绝人寰之死亡绝非她一人之力所能改变，一直生活在痛苦之中的明妮，最终选择了自杀。这构成了与南京大屠杀相关的无数死亡场景中最悲壮的一幕。

　　明妮的牺牲精神既体现了她作为一个基督教徒的必然担当，又是她作为一个"人"的善良本性的体现。但在战争条件下，基督教的"罪"意识会将人思想和性格中的至善至美发掘出来，也会将人推向负罪的极端。"南京大屠杀"，就是这样的炼狱，它使怀着基督教信仰的明妮经受信念的考验，在危难时刻从不放弃拯救世人，但又令她因着信仰的至上完美和自己身体力行的遗憾造成的落差而备受煎熬，赎罪意识成为她最大的思想包袱。这样的思想包袱，普遍存在于信仰者心里。《金陵十三钗》中的神父在离开中国时，也曾有过这样的怀疑："他在一九四八年冬天离开中国时，对去码头送行的书娟和其他女学生说，他非常的失败——作为上帝的使者，作为普通人都失败得很。他还想把乱在一九三七年冬天的心绪理清，说着说着，发现自己更乱了。我猜他的迷乱是感到自己上了当：真有上帝，上帝怎会这样无能？他一定是为他的上帝找了许多借口，其中之一是：上帝把一幅地狱画卷展现给人们，一定有一个重大的启示。而他完全解答不了这启示。"① 但严歌苓只是轻描淡写，而哈金却让明妮以直面罪孽的死亡来敲开信仰的危机。

从这一意义上来看，明妮的自杀是对自身行为的愧疚，是对信仰的道歉，更是对战争中人性之恶的莫大反讽，应该看作对战争暴力的极力反抗，而不是软弱。因此，明妮的牺牲精神不仅是基督教赎罪意识的自然体现，也是人性善对世间恶的终极斗争结果。

（二）严歌苓：赵玉墨与民间文化的"情义"原则

《金陵十三钗》以"钗"来书写这十三位秦淮河风尘女子，既是对中国传统文化中"救风尘"形象的重新塑造，也隐喻了这些女子虽美丽却悲惨的命运。故事发生在一座教堂内，其中也弥散着神父和基督教信仰的影响，然而真正影响这群秦淮河风尘女子言行举止的，却是南京的市井文化。这样的选择体现了严歌苓一贯的"民间立场"。

严歌苓在经历了军旅小说、移民小说等写作阶段之后，将笔头转向了中国的民间，其"民间立场"在作品中渐渐显现。同样，在《金陵十三钗》中，女性的出场多于男性，世俗文化的描写多于官方正统的表达，因而，严歌苓以民间的"情义"原则取代了虚无缥缈的"无私奉献"与"伟大付出"的战争精神，诠释了风尘女子所做出的巨大牺牲。

赵玉墨是这群风尘女子的领头人物，也是作者刻意塑造的中心人物。她既有风骚身姿，又有书香底蕴，既与女学生孟书娟有心灵

---

① 严歌苓：《金陵十三钗》，长江文艺出版社 2014 年版，第 28 页。

的交集，又能与军官调情、与神父对话，还是调停姐妹们和女学生矛盾的中间人，成为作者贯通文脉的关节人物。严歌苓却让女学生书娟作为观察者和叙述者，来呈现这群风尘女子的转变过程。最初书娟怀着不能释然的怨恨打量着这群祸水般的女人，当妓女们放下身段护理受伤的士兵，当她们弹起琵琶、幻想与士兵过上归家种田的平实日子；当有人为了践行一个单纯的梦死去时，风尘女子脱下了身上浮华的外衣，成为质朴可爱的普通人，书娟也渐渐改变了对她们的看法，将"情义"一词赋予这些风尘女子，而圣诞夜的最后一刻，书娟终于知晓，这些风尘女子已经做出了伟大的牺牲。

在最初的中篇版本中，作为全文的高潮——秦淮河妓女顶替女学生赴宴，是玉墨主动请求、红菱和兰妮等笑着应和的结果，悲壮的牺牲过程被简化为当一回女学生的梦想。结尾也重在展现走上"刑场"的玉墨女学生般的微笑："排在最后的赵玉墨，她发现大佐走到她身边，本能地一躲，朝大佐娇羞地一笑。像个小姑娘犯了个小错误，却明白这一笑讨到饶了。日本人给她那纯真脸容弄得一晕。他们怎么也不会把她和一个刺客联系到一起。"[1] 玉墨本已身处绝境，命运叵测，但她竟能在这一关头向敌人展露笑脸，无疑是严歌苓用浪漫的笔墨，让处在极致惨境中的赵玉墨超脱了秦淮歌女的桎梏，变成了自由女神。

在而后的同名长篇小说中，对这一情节的处理更为细腻，也更真实。替换女学生的计划既是神父的想法，也是玉墨与姐妹们反复商议后提出的计划，神父为此犹疑过，玉墨也并非一开始就视死如归，但在思索良久后，妓女们终于同意用自己低贱的、已被糟蹋的生命去顶替女学生们纯洁、高贵的生命。在此，身份的贵贱、灵魂

---

① 严歌苓:《金陵十三钗》，长江文艺出版社 2014 年版，第 82 页。

的高低，在同一空间里不断转换、任人取舍。将绝境里的命题抛出，提出世人无法回避又难以回答的问题——是否人人当真生而平等，神父的选择是否真的遵循上帝的旨意？而女学生们是否应该理所当然地享受妓女们用生命给她们换来的安全生活？严歌苓此时有了更深入的思考，故而长篇小说的结尾有所变动。她让长大成人的书娟，在茫茫人海中寻找赵玉墨，表现出对当时做出牺牲的风尘女子们的无限感恩与尊重之情。

对同一结局的不同处理，可以看出作家对此也有过思考和迟疑，对灵魂的平等、生死的抉择等重大命题，作家最终交给绝境中的人性去演绎，去呈现自私或伟大、偏见与大爱。但严歌苓意识到，对于玉墨等秦淮河风尘女子来说，做出这个决定，竟有些莽撞，出乎常人的意料之外。尽管教堂的钟声也似一下一下要把她们掏空了，但她们并不懂女学生们唱的赞美诗和安魂曲，她们只知道在日本兵面前怎么假装女学生唱出曲调来。毕竟秦淮河是养育她们的母亲河，秦淮河的市井文化教她们在这一时刻打个算盘，将损失降到最低，即便需要自己吃点亏，若能保住大局也好。赵玉墨在最后关头怀揣小剪刀赴宴，正是风尘女子成长中汲取的生存智慧。也许，正是民间说不清道不白的情义原则，让她们在关键时候破釜沉舟，站在风浪之前。也就是说，若非战争，这群风尘女子仍是风尘女子，过着打牌、哼曲儿的市井生活。但"南京大屠杀"摧毁了她们金雕玉器的生活，却将她们在俗世中摸爬滚打却仍长久扎根的情义原则挖掘出来，让其牺牲愈显可贵。

相较而言，严歌苓塑造的赵玉墨等风尘女子不如哈金笔下的人物那般深沉复杂，其牺牲精神与基督教教义无关，更像是市井文化的产物。

（三）葛亮：程云和与世俗人生的"母爱"本能

在"南京大屠杀"的历史背景中，葛亮同样注意到了以秦淮河歌女的气节来表现人物命运的悲壮和历史的沉痛，让人物从生活的底层爬往精神的高处。教堂神父、中国士兵、秦淮歌女，看似与《金陵十三钗》相似的套路，葛亮借妓女程云和之口道出了关于民族自救与他救的思考："如果中国的众生都要外国的神来打救，那中国的神，颜面又在哪里。""这原本不是云和可以想得通的，她是个一五一十的人，将世俗当逻辑。""她的哲学本来就是一出戏。"① 程云和的思考带着世俗的逻辑，却提出了民族的难题，葛亮笔下的俗世女子，带着作者和城市的个性，都因生长在南京古城而有了特质和气概，在家与国中转换思维和角色。

在教堂神父切尔发现女婴并向程云和提出哺育女婴的要求时，程云和作为秦淮河闻名的歌女，竟表现出了一种母性的光辉，同意抚养这个孩子，让曾经的大家闺秀、受难母亲叶毓芝的血液仍能在孩子的微弱身体中流淌。1937 年的平安夜，切尔神父为程云和与女婴拍下照片，这个细节为想象增添了历史的见证。程云和在历史关头的高贵和担当，可贵地表现在无论敌人进行着怎样的残暴屠杀，她只需做好一个母亲的责任，喂奶、洗衣、做可口的饭菜。

在程云和后来的人生中，即在后来南京乃至中国的发展历史中，多场政治运动起伏，而她在"南京大屠杀"中的所为却没有被尊重，甚至最后成为她服药自杀的原因。没有人知道程云和时常回去小教堂看看，没有人敬重她为了保护孩子和士兵而挺身随日本兵而去的担当。她在自己的小家庭里勤俭诚恳，连野菜都能变换出花样成为美味，这样一种朴素的生活情感，既与她作为南京城市心态的象征之物有关，又与女性与生俱来的母性关怀密切相关，正因两者，小说中的程云和对叶毓芝的女儿视如己出，为保护孩子穷尽办法甚至

---

① 葛亮：《朱雀》，作家出版社 2010 年版，第 132 页。

牺牲自己。

"南京大屠杀"同样也使程云和这个秦淮歌女经历了悲壮的成长。她自高傲的歌女转化为一个平凡的母亲，兼具了女性的身体和心灵两个美的极端——外表的美丽和母性的温存，她的命运既有历史的动荡，又有生活的节奏。于是，这个人物形象的塑造便体现出了葛亮写作《朱雀》的创作动机。他采用寓"变"于"常"的手法，将南京的历史风云变幻融入人物命运的发展之中，而程云和恰是南京"日常"的代表，懂得南京饮食文化，了解秦淮河历史，又是南京历史的亲历者和见证人，由此，葛亮可以通过程云和这个人物形象表达他对南京日常生活的怀念、对南京历史的感慨以及对南京在发展进程中的姿态的观望。

因此，促使程云和在危难当头做出重大决定的，并不是她所身处的教堂所宣扬的基督教真理，也不是民族大义等历史教条，而是她作为一个平凡女子在成为一个伟大母亲之后，自然而生的自我牺牲精神和母爱意识。相较于哈金的描写，葛亮在此下笔很轻，人物形象的使命也轻，带有一时的情感冲动。相较于严歌苓笔下风尘女子的牺牲，葛亮于此的描写笔墨太少，留给读者的想象空间不如严歌苓的结尾之大，甚至令人怀疑，这一形象的建构也许有意识化的因素，缺乏更深厚的现实基础。

明妮·魏特琳、赵玉墨与程云和都在"南京大屠杀"中表现出了牺牲和奉献精神，但精神背后的文化底蕴各异。哈金塑造的明妮·魏特琳在基督教的赎罪意识下积极践行自我使命，甚至远离战争之后仍在自我反省和自责，其思想深处是赎罪意识；严歌苓笔下的秦淮河女子赵玉墨，在情义原则和自我保护意识之间徘徊，最终选择了牺牲自我、救赎他人，是战争的特殊环境激发了俗世向善的力量；葛亮笔下的程云和是南京日常生活的代言人，与其说是"南京大屠杀"

的特殊历史境遇塑造了程云和这样的人物，不如说是南京的历史熔铸了程云和的灵魂，程云和的牺牲精神是母性本能和城市喻象的融合结果。

三　迥异的想象处境

三位作家叙事模式、人物塑造方面的差异，可以找寻到多方面的原因，在此不妨将之定位为想象处境的差异。三位作家都是从中国大陆走出去的具有跨域视野的华文作家，但因他们身处的想象处境不同，才导致了不同的艺术选择，呈现了不一样的"南京大屠杀"景观。

（一）哈金："他者"的立场

哈金曾表示，虽然在国内从长辈口中听闻"南京大屠杀"的诸多惨状，然而真正警醒他的却是美国的纪念活动以及张纯如的《南京大屠杀》一书。事实上，《南京安魂曲》就是一个"美国故事"，他是为美国传教士明妮·魏特琳写作这一部小说，在将明妮塑造成战争中的慈悲女神、中国人心目中的女菩萨的同时，也使战争中人性两个极端——无私付出与残忍卑劣都展现出来，予人思考。也就是说，当哈金在美国用英文写作《南京安魂曲》时，他有意识地远离中国经验和传统立场，试图将"南京大屠杀"这样的历史题材放置在美国这一"他者"的视野中重新观照，以纪录片式的客观化叙事克制华裔身份的潜在问题来书写这场发生在中国的战争，满足美国读者的心理需要。因此，整个《南京安魂曲》就少有中国大陆抗战叙事的激情、煽情以及二元对立的思维走向，而是有意保持了冷静、理性的叙事风格。哈金从"他者"的立场来反观中国，以"他者"的眼光带给读者有关南京大屠杀的另一种审视，通过全景呈现历史面貌的方式促使历史深入人心并引起反思，在把历史升华为文学艺术的同时，也通过文学拷问战争与人性，既满足了美国读者对东方中国的好奇和想象，也令中国读者在基督教的故事中反观自身，是具有一定价值的。

但作为一个华裔作家，从美国读者的角度来重写中国历史必然带来一种疏离的视野，陷入另一种写作困境。同是 20 世纪 50 年代出生、80 年代赴美的翻译家和诗人裘小龙遇到了同样的问题，久未归国、对祖国现状的认知还停留在落后的状态，写出来的东西对现实中国并无太大的撼动力量。哈金的另一篇名作《等待》也表现出对中国历史与真实生活之间的偏离，虽然在美国备受赞誉，但翻译成中文后在华文世界回响寥寥。《南京安魂曲》从"他者"的立场上来想象，展现这场战争中，美国的基督教精神如何渗入中国，基督教徒如何拯救中国，迎合了美国读者对基督教信仰的感情，对中国本土文化精神的叙述却有所保留，也与哈金远离历史现场的叙述位置不无关系。

事实上，哈金的中国书写一向隐含了对中国国民性的批判视野，无论是《等待》还是《疯狂》，哈金笔下的中国人都带着某些人性的缺陷，或者揭开了人性的隐秘困境。如果根据萨义德《东方学》的观点，这样的写作选择就是作为华裔美国人自我东方主义的体现。但哈金在写作中试图避免这样的意识形态雷区，他更愿意在普遍人性的视角中去审视中国人存在的问题。在《南京安魂曲》中，他对中国式健忘的呈现就是如此。在《南京安魂曲》中，哈金对中国人在战争中的种种表现如自私自利，不守秩序等进行了批判，但都归结于战争带来的影响，但对于所谓"中国式健忘"，却是从人性的角度去呈现的。中国人安玲和明妮在看到日军杀害并填埋中国人的水塘时，安玲认为健忘是更好地生存下去的方法，"这种健忘是基于相信世上万物最终都没什么要紧，因为所有一切最终都会灰飞烟灭——就连记忆也是会逐渐消失的"。① 明妮却认为"历史应该被如实记录下来，这样的记载才不容置疑、不容争辩"。② "中国式健忘"源于中国万事皆空的传统思想、随意为之的生活艺术，历史是否真能被如实记录，记录之后就不容争辩，中国人对此似乎并不在意。只觉得灾难会过去，劫后会幸存，日子还要继续。与西方的对待历史和真相的探究思维产生了强烈反差。这种思想影响很大，在美国的华人群体中也颇有市场。

哈金在小说中并没有直接显露出对"中国式健忘"的批判和不满，他只是通过情景化的描述，抛出问题。就如很多华裔作家一样，哈金更希望他的小说能超脱文化背景，让读者把关注的焦点聚集在人性的归属上。如张纯如在写作《南京大屠杀》时所说："本书无意评判日本的民族性格，也不想探究什么样的基因构造导致他们犯下如此罪行。本书探讨的是文化的力量，这种力量既可以剥去人之为人的社会约束的单薄外衣，使人变成魔鬼，又可以强化社会规范对人的约束。"③ 然而，有意消解中国人的独特性，放大普遍人性的立场，进一步坐实了哈金相对中国读者而言的"他者"立场，这也是中国读者在阅读和接受《南京安魂曲》时可能遇到的问题。

（二）严歌苓：女性与异域的融合视野

与哈金一样，严歌苓的外婆等亲人虽然也是"南京大屠杀"的受害者，但令其深有感触的亦是在国外的纪念活动，同样让她感受到一种"中国式健忘"。对此她说："这场震惊世界上所有民族的浩劫，对于他们已变得遥远而抽象。它的存在，只是一个历史符号。

---

① ［美］哈金：《南京安魂曲》，李思聪译，江苏文艺出版社2011年版，第94页。
② 同上。
③ 张纯如：《南京大屠杀》，中信出版社2013年版，第11页。

假如我没有出国，或许也不会和他们有太大的区别，也会呵护刚得到的这点机会和权利，抓紧时间营造和改善自己的实际生活。……假如我今天仍居住在祖国本土的一隅，就轮不到我来感叹人们对历史的淡漠了。"① 如果哈金将美国读者作为隐含读者的话，那么严歌苓则是面向华文世界，其作品的读者主要在华文地区，但她在美国接受专业写作硕士的训练，又在好莱坞担任编剧，她的文学视野已经不再那么纯粹，具有了异域的色彩。同时，作为女性作家，严歌苓小说总是以女性作为主角，以女性的视角去回望历史、探寻现实的种种可能，相对应的是主流的男性的宏大叙事，女性视角具有独特性。她的南京大屠杀想象，也就是在女性和异域视角的融合中，建构了属于自己的独特王国。

在最初中篇小说的版本中，以"我"的姨妈书娟的回忆来开展这个宏大历史场景中发生在一座教堂里的故事。而后长篇小说的开头中，则以孟书娟与赵玉墨在法庭上的相会作为倒叙的起点，以赵玉墨那个似乎永不衰老的背影，和当年闻名南京的秦淮河流水为开场镜头，吸引读者走进法庭背后的历史故事。而伴随故事讲述的音乐，既有秦淮河的琵琶歌声，也有唱诗班的安魂曲，宣示着作者将异域视角引入叙述。但严歌苓的女性立场与移民作家的异域视野主要由书娟这一视角来呈现，且通过这一人物得以融合。书娟的视角既是一个女学生的目光，又是一个浸染着基督教文化的女孩的视角，在她身上，女性的自我意识和成长意识与西方基督教文化共同存在，呈现为一种较为复杂的人性观和历史观，最终映射在人物的命运和历史的镜像之中。

以女性视角来重写历史，使得严歌苓对南京大屠杀的观照更为

---

① 严歌苓：《波西米亚楼》，当代世界出版社 2002 年版，第 142 页。

情感化、个性化，而融汇异域视野来想象历史，则让她将战争的故事演绎成了西方男性和东方女人的邂逅故事，用罗曼蒂克的爱情氛围冲淡了战争的残酷与恐怖，由于更注重战争中的"人"的情感的挖掘，严歌苓对战争的史实和场面直接描写较少，更多通过主观想象来塑造人物，注重故事的发展而非突出史实层面。

女性视角的浪漫情怀、敏感细腻再加上异域的眼光审视，使得严歌苓在描写"南京大屠杀"时既以丰富敏感的女性心理连接人物的情感纠葛，又凸显了西方基督教思想与中国民间文化的碰撞。女性与异域的融合视野使得《金陵十三钗》更多地关注战争中的情感细节以及心灵需求，在浪漫的情调和粗线条的战争图像里完成了对历史的想象和挪用。

（三）葛亮：移动的家国观望者

葛亮的这一小说以"朱雀"命名，确立了南京的城市文化与中国传统文化的血脉联系，但南京与外来文化不断碰撞的故事程式却暴露了作者特殊的想象语境。南京对葛亮来说是家城，同时也是国家的象征。当葛亮离开南京本土，进入香港这样的国际都市生活后，南京和他之间就保持了时远时近的距离，形成了一个回望家国的叙述位置，这种移动的视角、跨域的经验，构成了一个特别的写作姿势，让他试图将南京的历史融入世界，强调其混杂和暧昧的一面。

正是在这样的距离中，他书写的"南京大屠杀"在幻化为个体的遭遇时，就多了理想主义和浪漫主义的投射。作为南京之魂的几代女子，都注定了在与异域男性的感情纠葛中感受生死离别的痛苦，也是在本土与异域的碰撞中映现历史的伤痕，造就南京坚韧而丰富的城市品格。南京大屠杀的意义就是如此。小说以中日男女的情爱影射中国与日本爱恨交织的情感关系，以叶毓芝如基督般受难的牺牲和死亡隐喻南京大屠杀给城市和人带来的致命伤痕，以叶毓芝与芥川的女儿程忆楚的诞生来影射中日之间欲说还休的情感现状，南京大屠杀在葛亮笔下有了节奏缓慢、情感深沉的铺展。

事实上，葛亮在《朱雀》中，有意让许延迈这个异域成长的华裔青年来审视南京与南京大屠杀，体现了葛亮对局外人、第三者叙述的偏好。小说中，许延迈最初被《南京大屠杀》的叙述牵引，产生了对南京的浓厚兴趣，他来到南京，以游览者的目光重新审视了南京城的过往和当下，让南京的建筑、饮食等都显现了陌生化的意味。而另一个人物冯雅可，作为南京现代气质的喻体，也是一个边缘化的视角，他极富有才华，却极度颓废，因深重的毒瘾游离在正常生活秩序之中，变成了城市的幽灵，这恰恰又是南京古城在现代社会的游离处境。

从叙述语言来看，葛亮的小说回归了典雅的笔记体，在传统与现代寻得平衡，在历史与现代之间架起桥梁，使"南京大屠杀"在书中远超出单一历史事件的意义，是个人的城市经验、人物的命运走向和南京的发展历程的复合载体，凸显了葛亮在家国之外的观望视角。

值得注意的是，葛亮借鉴了前辈作家在城市叙事中的情感抒发方式，使其战争想象充满了个人经验的浪漫色彩。像张爱玲的《倾城之恋》并非写战争而是写爱情一样，葛亮的《朱雀》亦是为写南京而写"南京大屠杀"，《朱雀》中常见像钟晓阳的《停车暂借问》一般的男女感情困境和古典诗词式的哀怨，带着浓郁的抒情意味，就是对日本人的书写，也充满了颓败的美感和飘忽不定的情调。如芥川家族的男女，都有着极富魅力的个性举止，南京大屠杀中奸淫烧杀、无恶不作的日本军士，也如浮世绘般只留下集体影像，毫无现实感。有时难免让人对日本民族产生恍惚不定的评判。这是不是因为，葛亮在面对南京大屠杀时，因为经验的匮乏使他选择了更为浪漫化的处理方式？当他将人与城市联系起来书写南京大屠杀、使战争作为城市历史的一部分而存在时，他是否挖掘出了南京大屠杀的真正意义？

哈金、严歌苓和葛亮的"南京大屠杀"想象都建立在批判战争和洞察人性的基础之上，但演绎出不同的叙事视角和审美效果：哈金以全景式的客观记录来呈现战争，从美国镜框里影射中国的战争故事，借由明妮·魏特琳的形象探讨"南京大屠杀"对人性的深刻影响。严歌苓通过一个截面，即通过女性视角来展现一座小教堂内发生的"南京大屠杀"的故事，虽演绎出情感和人性的厚度，但对战争本身的书写较为单薄。葛亮将"南京大屠杀"糅合进宏大的南京历史进程中，通过程云和等南京女子在大屠杀之前、之中、之后的表现，来展现战争中的人性与城市的历史厚度，显现了葛亮的家城情怀和家国意识。哈金的"南京大屠杀"偏向客观和深刻的战争描写和体验；严歌苓则偏向浪漫的情感想象；葛亮则试图将历史镶嵌在城市的性格与文化之中取得意义，历史变成了可以编织的碎片。

但共同之处是，这三位作家的南京大屠杀想象，都采取了"跨域回望"的姿态，在远离中国大陆的空间位置，形成了有别于大陆主流抗战叙事的叙述位置。因此，那种常见的黑白分明的意识形态、固化的受害者形象以及抗日英雄的典型化在三位作家笔下都不存在，他们更加注重战争中人的表现及战争对人的心灵的影响，深入挖掘战争对人性的塑造，重视历史中个人的价值，体现了战争叙事由宏大颂歌向个体叙事转变的趋势。作为一种建立在跨域体验基础之上的历史叙事，它所呈现的人物、事件及其背景的复杂与微妙，既昭示了一种新的形式美学的可能性，也折射了历史主旋律之外的尘埃落叶，有可能正是华文作家有关自身命运的历史沉思，深深烙上流离的痕迹。对于不同区域的读者而言，它所能激发的情感和意识形态效应，与既有的历史轨道必然产生碰撞，甚至偏离。

在跨语境传播成为华文创作先在语境的当下，跨域想象成为华文作家主导的思维模式和写作模式，在历史主旋律之外编织自身的独特位置，成为共同的选择。哈金、葛亮和严歌苓对南京大屠杀的演绎方式，则体现了跨域想象所能达到的广度、深度及其可能的边界。

第三节　区域互动与文类创新：华文科幻小说的 三类儿童形象及其界限

当华文文学跨语境传播的面逐渐拓展，点逐渐深入时，区域互动就成为华文文学存在的基本语境。从文类创新的角度而言，这种区域互动语境对华文文学创作会产生怎样的影响？本节尝试以科幻小说这一文类的发展情况来思考跨语境传播对华文文学创作的深层影响。

简略来说，科幻小说就是以幻想的形式，表现人类在未来世界的物质精神生活和科学技术愿景，其内容交织着科学事实和预见、想象，是文学性和科学性的融合，而科学性和文学性之间融合的方式和程度，也成为衡量科幻小说创作得失高低的焦点问题。在华文文学的诸多文类中，最具有传统中华文化气质、在各区域之间流播最为顺畅、共性较为凸显的是武侠小说，科幻小说则是渊源与范式都源自欧美文学传统①的文类形式，也是最具有现代性的文类形式。

---

① 作为一种小说类型，科幻小说在欧美已经有了较为悠久的发展历史。1818 年玛丽·雪莱创作的《弗兰肯斯坦》被公认为世界第一部真正意义上的科幻小说，之后科幻小说不断发展，涌现了凡尔纳、威尔斯、阿莫西夫等一批优秀的科幻大家。如今，科幻小说以及由科幻小说延伸而来的科幻电影在欧美已经具有不容小觑的影响力。相比之下，华文科幻小说的历史较为短暂。

但科幻小说从欧美移植到华文世界之后，也经历了本土化的发展历程，形成自己的传统与特色。应该说，本土化可以成为文类创新的途径与方向之一，但本土调试是否必然催生出文类创新的结果呢？近代梁启超既是第一个引荐西方科幻小说的学者，又是第一个创作科幻小说的作家，他创作于 1902 年的《新中国未来记》可称为第一部具有现代性意义的华文科幻小说，但其幼稚的科学幻想和粗糙的叙述模式与当时趋向成熟的西方科幻小说相去甚远；"五四"后到20 世纪 50 年代，科幻小说创作水平有所提升，但不是文学性超越了科学性，就是科学宣教遮蔽了文学表达，以致在中国文坛内部也未能形成强劲影响[①]。20 世纪 60 年代后，科幻小说创作逐渐升温，中国大陆和港台地区沿着各自的轨道发展，形成各自的区域特色，进入 20 世纪 80 年代之后，华文科幻小说开始迎来更开放的发展语境，各区域的科幻创作在跨语境传播中实现了互动互看，并超越华文世界的小圈子，走向了世界科幻文学的大舞台，但华文科幻小说在何种意义上实现了创新依然是模糊不清的。因此，我们想要探讨的是，处在区域文学互动互看的发展语境中，受到本土化和世界性的双重力量影响，华文科幻小说创作有没有走向同质化的发展道路？不同区域作家之间有无清晰的影响、借鉴或传承关系？在这种错综复杂的互动关系中，科幻小说这一文类有没有在华文世界实现创新和突破？为了便于集中分析上述问题，暂以我国香港、台湾和大陆地区的三位科幻名家倪匡、张系国和刘慈欣作为例证，敞开科幻小说在区域互动语境中创新的可能性与复杂性。

倪匡是香港科幻小说的代表作家。从 1963 年首部作品《妖火》开始，倪匡已创作了近百部科幻小说，其中最具代表性的《蓝血人》

---

① "五四"时期的科幻小说以关注民族命运为主，"科学幻想"的总体水平不高，如老舍的《猫城记》、许地山的《铁鱼底鳃》。

曾作为唯一一部科幻小说入选香港 20 世纪中文小说百强榜。倪匡虽然不是地道的香港人,但他 1957 年从上海移居香港,20 世纪 60 年代开始科幻小说创作,正好见证了 20 世纪 60 年代香港走向国际化大都市的发展过程,作为这一时期崛起的小说家,他将香港作为国际都市所特有的世界性、商业社会的某些气息都融入科幻小说之中,传达出港人的情绪和意绪,使得他的科幻小说具有浓厚的港味,同时,他也将自己丰富的人生经验、幽默机智的语言力量、大胆奇崛的想象融入科幻小说的创作之中,最终形成了具有区域特色的个人风格。他的作品在我国大陆、台湾和东南亚地区都广受读者喜爱,很多作品被改编成电影电视剧广为流播,称得上是杰出的华文科幻作家。

张系国被称为台湾科幻小说之父。他自 1969 年开始,20 世纪 70 年代逐渐成熟的科幻小说创作中,既有美国精神的影响痕迹,又能融汇基于台湾经验的某些现实感触,还试图融入中国传统文化背景,回归"五四"新人文传统,具有多方面的启迪意义。代表作有《棋王》《星云组曲》《城:科幻三部曲》等,这些作品在我国港台、大陆和美国等地都有一定影响,他本人也致力于提升华文科幻小说的层次与影响力,也是一位具有广泛影响的华文科幻小说家。

在 20 世纪 90 年代崛起的大陆科幻小说创作群体中,刘慈欣是属于重量级的作家。他的科幻小说既是对西方科幻小说传统的继承与认可,又扎根本土、情寄中国,从题材、人物形象和主题意蕴都具有中国特色,逐渐形成具有大陆根性的科幻小说模式,为科幻小说的民族化做出了贡献。他的代表作有《超新星纪元》《球状闪电》《三体》三部曲等,特别是《三体》被认为是中国科幻文学的里程碑之作,2015 年 8 月 23 日,正是凭借这一小说,刘慈欣获第 73 届雨果奖最佳长篇故事奖。这是亚洲人首次获得科幻小说界的最高奖项，意味着华文科幻小说创作群体中已有了世界级影响的作家。

以上三位具有区域代表性又隐含代际关系的华文科幻作家，在其科幻作品中都创造了独具特色的儿童形象，显现了他们有关科幻文类的理念、创作策略与创作风格的差异与关联所在。故本节尝试从其儿童形象的特性、建构策略及渊源影响方面进行比较分析，进而探究区域互动视野中华文科幻小说创新的可能性与复杂性所在。

一　文类创新的可能体现：三类儿童形象

在传统中国文学中，有关儿童的书写并非没有，但以儿童为本位的儿童文学并不存在，从五四时期开始，在周作人等作家的倡导下，儿童被重新定位和发现，儿童随着儿童文学的出现正式进入文学作品之中并得到有力的表现。

虽然有人认为科幻小说是成人的童话，它未必需要以儿童为表现对象或者承担为儿童而写作的使命。但是，科幻小说面向未来的倾向，无疑可以建构独特的儿童观。在有关未来的想象里，儿童到底意味着什么，对这个问题的不同解读必然与科幻小说对人类社会的基本理解有关系，反过来，科幻小说对儿童形象的不同定位与想象，也大致可以反映出不同的科幻小说理念。一叶知秋，剖析我国大陆、香港和台湾科幻小说中儿童形象的异与同，也就敞开了区域科幻小说的差异之源，可进一步洞察其文类创新的可能途径与效果。

（一）江湖少年：科幻世界的侠客

香港科幻小说与武侠小说界限并不分明，倪匡的科幻小说就将江湖道义与奇思妙想融合在一起，形成了一个别样的科幻世界。在这样的科幻小说里，活跃的儿童大多是一些江湖少年，他们放荡不羁、蔑视一切俗世规则，但又深明大义，敢于捍卫真理与和平。这群野孩子，有着略显夸张、怪异和幼稚的行为的同时，还具备灵魂的厚度与广度，他们在科学技术的幻想之城里纵横驰骋，演出了一出出精彩绝伦的好戏。因此，不妨用"科幻世界的侠客"概括倪匡科幻小说里的儿童形象。其中，少年卫斯理是最为光彩照人的一个。"卫斯理科幻系列"是倪匡最有名的科幻系列小说，卫斯理既是作品中的主人公，又是作家的笔名，由于卫斯理系列小说的流行和影响力，这个笔名几乎比他的本名还响亮。

倪匡所塑造的少年卫斯理，对世界充满了幻想和好奇，并不安于循规蹈矩的日常生活，教室已经没有办法留住他的心，他终日游荡，结识了一个怪人为师学习武术，又走入了同学祝香香的传奇家庭之中，揭开了一段抗战前后的江湖恩怨。可以说，除了外星人和他们神秘的仪器——鬼竹，整本小说里并无其他科幻小说的元素，更多的是武侠小说的氛围与表达方式；少年卫斯理的所作所为，也更接近武侠小说里行侠仗义、闯荡江湖的少年侠客。

但少年卫斯理毕竟不是只懂江湖道术和武打功夫的侠客，他还有着现代社会的理性意识和开放意识，他所向往的不是幽暗封闭的古代社会，而是充满无限潜能的未来世界。对于耳闻目睹的一切，他不仅是被动的接受者，而且也是发现和阐释者，有着极为清晰的现代人的主体意识。准确地说，他是都市社会的弄潮儿，早熟、油滑、自信又豪情万丈。

或许因为少年卫斯理的文化基因是物欲横流的都市社会，故而倪匡所设置的卫斯理的成长方式，不是在常规的学校学堂接受教育，也不是通过外星文明接受科学理性的启蒙，而是在感受男女情缘间走进成人的世界。因为喜欢班上的女同学祝香香，他一步步地被引领进入各种稀奇古怪的情境中接受考验，在历练中不断成长。让他穿越历史和现实，接触外星文明的契机也不过是因为外星人的仪器与一段痴男怨女的情爱产生了纠葛。故当他和祝香香初尝禁果，合二为一时，少年卫斯理的成长之旅就宣告结束了，《少年卫斯理》系列小说也由此画上了休止符。情爱主题的放大，让倪匡科幻小说里的少年变得不像懵懂少年，更像是血气方刚的青年。

在倪匡笔下这类放荡不羁的江湖少年，如具有港式风味的奶茶，为科幻小说的儿童形象谱系增添了新的色彩。

（二）神童：反思文明的奇人

台湾科幻小说的起点并不是儿童科普读物，并无特别鲜明固化的儿童形象谱系，但还是能够看到各种各样的儿童形象活跃在作家笔下，其中，张系国就塑造了不少别具特性的儿童形象，如《超人列传》里的亚当、夏娃，《玩偶之家》里的机器人儿童和人偶，《棋王》① 里的神童等。其中，能集中体现张系国儿童想象特质的是神童形象。

《棋王》以电视节目"神童世界"寻找具有特异功能的儿童作为楔子，塑造了一个下棋猜拳无往不胜，还可以预测火灾、股票、考试等行情的小神童形象。神童不但长相很奇特，行为举止也与众不同。他三角眼，口、耳、眼、鼻都小，头部却很大，右耳后肿起一块，剃得青青的头顶凹凸不平。神童也长得不高，站在与他对弈的刘教授旁边更是显得瘦弱渺小。更奇怪的是，神童一点也不像正常的儿童那般活蹦乱跳，而是经常一个人静静地站在人群中，对四周的吵闹置若罔闻，永远只会垂着头，不知道在想些什么。但这种与环境的疏离感并未能改变其被高度功利化、商业化的社会所利用的命运。他的特殊能力被发现之后，一些别具用心的人试图利用他成名获利、坐享其成。神童不堪其扰，最终丧失了预测未来的能量，成为一个平庸的孩子。

---

① 这篇小说是否为科幻小说尚有疑虑，各有说法，从其写作时间来看（先是1971年在"《中国时报》"连载，1972年第一次出版单行本），正处在张系国转向科幻小说创作的时间段内；从其写作内容来看，明显不同于现实主义小说，带有科幻小说的超验性质；余光中在《棋王》一书的序言中也认为它是科幻小说；故综合以上因素，笔者认为它是科幻小说。

文中写道:"当冯为民逼迫神童说出未来的世界是怎样时,孩子突然叫了一声,眼睛圆睁,脸上浮现出极为恐怖的神情,三角脸整个扭曲着,嘴唇呈紫色,整个身躯好像被电击般抽动,跃起在半空中,又重重跌在地面。那恐怖的神情与动作,是程凌从未见过的。孩子被救醒后,程凌发现那只是一个十几岁孩子的目光了,显得迟钝而呆滞,已经不再是神童深不可测的眼神了!"① 这似乎是一个现代版的伤仲永故事,但它所要控诉的不是教育问题,而是人性问题。神童丧失了特异功能,是他为了保存个体尊严选择的自我放弃,而社会逼迫一个孩子走上自毁的道路正好说明了现代社会本身的荒谬。

天机不可泄露,人类对于自然原本应该保持敬畏,但被欲望异化的人性已经不再坚守底线,为了达到自私的目的,人们想尽一切办法窥视内幕、背景,预测发展方向,这必然带来的是人性的沉沦。所幸的是,张系国用他的犀利之笔揭开了这一真相,并以鲜活的儿童形象来引发人们的反思。张系国笔下的神童就有了两面性,一方面他保留了儿童的部分本性,痴迷于自己所喜爱的棋术,对周围的一切不管不顾,喜欢微笑②;另一方面,他又具有极为清晰的自我意识,不愿意成为被人利用的棋子,果断地做出了自我毁灭的选择。这两样特质聚合在一个孩子身上时,就有了不堪承受之重,儿童蜕变成了作者所设置的一个反思文明的符号,具有了怪异性和不协调性。

也许,张系国科幻小说中的神童与欧美科幻小说中具有"特异功能"的超人不无相似之处,但与超人富于行动性和鲜活个性的形象相比,多了些道家文化的气息,与道家所推崇的畸人、怪人、奇

---

① 张系国:《棋王》,广西人民出版社 1983 年版,第 9 页。
② 神童三次的笑,均是与人对弈胜利时的笑,都是咧开嘴无声息的笑。这种笑是自然的、发自内心的、没有杂质的。

人更为接近，因为他的神童不是要歌颂科技理性所带来的人间奇迹，是反其道而行之，指向文明的批判，试图呵护的是拒绝被现代文明异化的"自然人性"。

（三）村娃：面向未来的启蒙英雄

在中国大陆的科幻传统里，儿童曾是科幻小说的主角，科幻小说也是作为儿童科普读物而存在，故而中国大陆的科幻小说常会塑造一个肩负了发现、发明和探索未来的儿童形象，站在面向未来的世界里，他们既保持了儿童的天真，又拥有超人的头脑，带有理想的气质。如童恩正、叶永烈、郑文光等科幻作家笔下，儿童多是天真无邪，活泼可爱，又富有热爱科学、探索未来的浪漫主义气质。刘慈欣笔下的儿童，既保留了理想的气质，又增加了新的特性。

刘慈欣创作了不少以儿童为主角的科幻小说，如《超新星纪元》《乡村教师》《流浪地球》等。但刘慈欣的科幻小说绝不是给小孩看的童话，他试图要做的是将科幻小说镶嵌在中国的现实土壤之中，重新召唤科学精神和启蒙意识，召唤人们为建设家国及人类的美好前景而努力。因此，刘慈欣在他的科幻小说塑造的中国村娃形象，就具有特别的意义。村娃生活在远离现代文明的穷困山村，衣食不足，生活困窘，如果没有任何意外的改变，他们的未来似乎就是鲁迅笔下的成年闰土。但是，刘慈欣用科幻的光芒照亮了他们平常的生活，让他们突然成为地球上最独特最奇幻的一群人，肩负起了拯救地球的伟大使命。如《乡村教师》里的那群黑夜中的孩子，居然用病逝的乡村教师教会的力学定律击退了外星文明的进攻，悄无声息地保存了地球文明。《水娃》里从穷苦山村走出去的乡下孩子，后来成为捍卫太阳光辉的特殊的清洁工，这样的儿童形象，无疑是中国版的超人，但美国超人是极度自信和自我的，中国的儿童英雄，却往往是不知不觉成为宇宙英雄，有着模糊不清的自我意识。为了凸显刘慈欣科幻小说里儿童形象的特殊性，不妨以《乡村教师》为例，来呈现村娃蜕变成启蒙英雄的过程。

在《乡村教师》中，刘慈欣集中描绘了身在苦难中却追求光明的村娃的群像。生活在边远山村的孩子们，就像处在被文明遗忘的角落，有着极为恶劣的生存环境，居住的村庄破败荒凉，就像百年前就没人居住似的；山里到处是狼群，学校附近经常看见成堆的狼屎，半夜里狼眼闪烁着绿莹莹的亮光。村人的愚昧落后更是构成了一个让孩子们看不到未来的封闭环境：村里人把唯一一台拖拉机给瓜分了；扶贫企业带来的潜水泵转头就被卖了 1500 元，只不过让全村人吃了顿好的；村人不清不楚地将地卖给皮革厂，让硝皮子的毒水流进了河里，渗进了井里，人一喝了那些水浑身起红疙瘩，但这也没人在乎；二蛋妈难产，二蛋爹就把她放在驴子背上，硬是把二蛋挤出来，根本不顾女人的死活。孩子们无法改变自己的生存环境，相反，他们必须日日面对苦难的现实，忍受生活的折磨，所以，刘慈欣笔下的儿童首先是紧贴"地面"的苦难者，给人一种切肤之痛的现实感。

所幸的是，乡村教师给孩子们带来了唯一的希望和光明。因为他，孩子们踏上了一次精彩的知识启蒙之旅。村里的孩子有了简陋的知识家园，连村外的孩子也每人背着一袋米或是面，来到这所简陋的小学求学。短暂的求学生涯，并不能让孩子们成为满腹诗书的学者，但在老师的耳濡目染之下，他们也逐渐接受着知识的洗礼，渴望着将来成为像老师一样传播知识的智者。他们在微弱的烛光下跟着老师的步伐探索知识，努力在自己心中燃起科学和文明的火苗。当孩子们守护在即将死去的老师床前，完成老师临终的愿望——记住了牛顿三大定律时，他们还是被启蒙的对象；当他们面向洪荒宇宙，齐心协力与外星文明对话，通过背诵牛顿三大定律拯救了地球时，他们也只是无意识地成为英雄。但当危机解除之后，他们合力为老师建造坟墓、完成祭奠仪式，走向远方时，他们才真正完成了心灵和精神的洗礼，成为作者希望的寄予之处，蜕变为面向未来的启蒙英雄。可以说，刘慈欣以"村娃—被启蒙—启蒙英雄"的独特构造丰富了科幻小说的儿童形象谱系。

三位作家笔下的儿童形象，都是科幻小说本土化探索中出现的新型人物形象，体现了科幻作家对文学与经验、生活关系的自然把握和审美提炼，隐含了创新的可能性。但新型人物形象的价值也需放在世界科幻小说的发展历史中去整体衡量。如果我们注意到西方传统科幻小说因缘西方乌托邦传统和对科学维度（技术维度）的执着信仰而形成的人物谱系（如超人、狂人等科学精神和科学技术的化身者）的话，那么，这三类人物都将成为叛逆性的存在。

二 追寻还是创新的困境：作为叙事策略的儿童

华文科幻小说的三位名家，塑造了三类迥异的儿童形象，这些儿童形象都有极为浓郁的区域文化特色。但就儿童在科幻小说里的位置而言，他们的共同之处在于，其目的都不在发现和建构儿童的主体性，而在通过儿童来实现某种叙事目的，也就是说儿童想象蜕变为科幻小说的叙事策略。作为叙事策略的儿童，在科幻小说里恰如沉默的他者，被放置在可有可无的位置。这是对欧美科幻小说传统的追寻，还是对华文科幻科普传统的反动？这样的人物叙事策略会不会影响其科幻小说的价值？通过分析三位华文科幻作家笔下儿童形象所承担的不同叙事功能，我们尝试呈现华文科幻小说创新过程的某些问题。

（一）情节推动器：贯穿始终的少年形象

享有"香港四大才子之一"美誉的倪匡，他的科幻小说不仅将武侠、侦探、言情、历史等多种因素熔为一炉，构成一个别具一格、奇幻美妙的科幻世界，更以其作品中奇幻惊异的想象、曲折离奇的情节深深感染着读者。《少年卫斯理》系列，就是以情节的曲折离奇、想象的海阔天空取胜。或许受到连载小说的形式影响，它在情理逻辑上并不严密，故而少年卫斯理作为连贯始终的主要人物，在推动故事情节发展上的作用极为关键。正是少年卫斯理的在场使得倪匡的"少年卫斯理科幻系列"故事链条环环相扣，故事体系得以完整。

倪匡以情节取胜而放弃对宏大科幻场面的描写，在科幻小说界也属旁门左道，当然也是实验和开拓精神的体现。而后香港还出现了效仿这一方式取得巨大成就的科幻小说作家黄易，更体现了倪匡的开创之功。但是，以情节发展为中心而呈现的人物形象往往禁不起细细推敲，文学性不够。一方面，对情节过于重视，使得人物的深度和完整性受到影响，如少年卫斯理作为推动情节的力量，被贴上了秘密的偷窥者、事件的在场者和参与者的角色，而他作为个人所具有的精神世界的丰富性，就需要让位给设置不断发展变化的奇幻情节的需要，所造成的审美效果是人物被情节牵引着前进，像漂浮在水面的扁平漂木，缺乏应有的精神深度。

另一方面，倪匡科幻小说都是以报刊连载形式完成的，边写边编，形成了碎片化、非系统化写作模式，这也使得在人物塑造方面出现顾此失彼的疏忽。如少年卫斯理在第一部《少年卫斯理》和第二部《世外桃源》里，就有不协调的表现，第一部的大胆蛮横在第二部里变成了谨慎小心，却并无必要的转折与铺垫，这样的转变对于热衷情节的读者而言，并无问题，但就严肃的文学标准来看，是存在瑕疵的，体现了通俗文学所特有的商品化痕迹。

(二) 文以载道：儿童作为载道之器

"布景机关派"和"文以载道派"是张系国总结的科幻小说的

两大类型,从他的科幻实践来看,他更倾向于"文以载道派"。正是基于这样的创作理念,张系国的科幻小说贴近生活,具有浓厚的时代气息,并试图通过科幻小说对现实加以省思,《棋王》也在此行列。这部作品所要反思的正是台湾自1970年以来急速推进的工业化社会所带来的人性危机。乍看之下,这种立意方式与刘慈欣极为相似,然而细察,则会发现有所不同。如果说在刘慈欣现实加幻想的模式里,儿童本身是贴近现实的存在,只不过被突然放置在与外星文明的对话情境之中,从而撼动了现实;而在张系国这里,具有特异功能的儿童并未改变现实,只是凸显了整个社会的荒谬之处。相比之下,张系国的写法比刘慈欣更接近载道的理念。

张系国在《棋王》里塑造的神童,除了具备特异功能之外,还具有超尘脱俗的精神境界。他鄙夷身边所有的凡夫俗子,几乎只与自己对话。当有人问及其姓名,他低着头,懒得说话,只是指着制服上绣的名字;与人对弈时,他低着头,两手互搓,只盯着棋盘,正眼也不看对手;这个完全沉浸在自我世界里的孩子,已经抛开了世俗名利的束缚,追求的是心灵层面的自由。而这样的自由,正是极度功利化的现实社会所不可能拥有的,因而,神童丧失灵性,变成平庸之辈就是必然的结局。通过塑造这样一个与众不同的儿童形象,这部小说除了完成了对现实社会的反思与批判之外,还召唤新的人格,召唤人们追求心灵的真正自由。

张系国的这种写法,可以追溯到五四以来由鲁迅提出的"救救孩子"的启蒙传统,无论在《棋王》这种"文以载道派"式的科幻小说里,还是《玩偶之家》"布景机关式"的科幻小说里,张系国都试图立足社会反思的角度来处理儿童的存在,从这个层面意义上说,张系国是真正将鲁迅提出的"导中国人群以行进,必自科学小说始"的观念付诸实践的先驱之一。

但科幻小说作为一种类型文学，它自有其特点和界限，应该凸显科技文明及其带来的社会影响，张系国过分强调文以载道的意识，也使得科幻小说的类型特征弱化或消失。《棋王》的科幻意味在过于强烈的社会反思意识里被淡化，神童的形象也远离了科幻文学的传统，这或许是张系国科幻小说创作中的一个遗憾。

（三）集体形象：儿童作为社会的隐喻

刘慈欣的科幻小说所具有的总体性想象，让他笔下的儿童很少以富有个性的形象出现，而以类型化、集体化的形象著称，如《超新星世纪》里那群主宰了整个地球的儿童，体现为一种集体人格，既表现出热情、富于幻想与冒险的正面特质，也显现了贪溺、暴力、冷酷等幽暗气质，承担了作家思考人类社会未来走向的象征体系。《乡村教师》里的孩子们，也是以群体形象出现，成为老师形象的重要衬托，并预示着未来与希望所在。

《乡村教师》中也出现刘宝柱、郭翠花等个别儿童的名字以及个别性的描述，但作者并不热衷于发掘这些儿童的个性，而是将其个人经历作为现实苦难的例证来呈现。刘宝柱亲妈扔下他，卷走了家里所有的钱独自跑回四川，亲爹为此染上了赌的毛病，还成天把自己灌得烂醉如泥，经常拿宝柱撒气。一个半夜，他抡起一个烧火棍，差点要了宝柱的命。郭翠花，看似有一个完整的家庭；但妈妈是个十足的疯子，严重时白天拿刀砍人，晚上放火烧房。这些个别性的笔墨未能凸显孩子的个性气质，也不是作为个人命运的隐喻和起点，而是给孩子们压抑的生存环境增加具体的内涵。

小说更多的是通过对儿童的整体性描述，推动情节的发展：娃们哭泣，娃们沉默，娃们对来自外星球的发问异口同声地做出回应，娃们安葬了老师，最后，"他们沿着小路向村里走去，那一群小小的身影很快消失在山谷中淡蓝色的晨雾中……他们将活下去，在这块苦劳贫瘠的土地上，收获虽然微薄，但确实存在的希望"。① 那么，作家放弃对孩子们个性化的描写，也没有对孩子们之间复杂微妙的情感与社会关系进行细描，只是呈现村娃的集体形象，从审美意义上来看，能达成什么样的目标呢？从科幻小说传统来看，模糊人物个性、凸显科技理念的写法极为常见。刘慈欣的写法，却不是凸显某种科技理念，而是通过建构科幻情境达成对现实与未来的观察与思考。《乡村教师》就是用力透纸背的现实感与惊天动地的科幻情境敞开了西北边陲的生存困境和希望之路。

科幻小说若既能创造惊天动地的科幻情境，又塑造形象独特的科幻人物，自然更为完美。用这个标准看《乡村教师》，小说中的儿童形象显得不够丰满，笔法粗糙。问题是，虽然刘慈欣笔下缺乏个性鲜明的人物形象，却不影响其科幻小说的美学魅力，正如刘大先所评价的那样，刘慈欣的创作"体现我们这个时代现实主义文学的发展，即他走出时间是为了回到历史，想入天外的幻想建基于对科学基础理论的逻辑推理，和对贫富分化、金融贸易和国际斗争的切实判断之上，已经突破了正典的现实主义，和 20 世纪以来内倾性的现代主义小说，而在类型文学中发展出一套冷峻、平面化、非人道主义的科幻的现实感，指向新人和新伦理"。② 刘大先用情动现实③的说法敞开了刘慈欣科幻小说美感的真正源泉，《乡村教师》里的儿童形象就是情动现实的高度结晶之物。但我想进一步解释的是，被集体化的儿童想象，恰恰是刘慈欣这一类兼备总体性、幻想性和现实性的科幻小说的必然产物，某种意义上，也体现了扎根于中国大陆的科幻小说之可能特质，具有语境特性。

---

① 刘慈欣：《乡村教师：刘慈欣科幻自选集》，长江文艺出版社 2012 年版，第 368 页。
② 刘大先：《总体性、例外状态与情动现实——刘慈欣的思想试验与集体性召唤》，《小说评论》2018 年第 1 期。
③ 照刘大先的说法，所谓情动现实的意思是情感、情绪决定了对现实的看法或思考。

泛泛而看，我们会看到三位科幻作家将儿童形象作为叙事手段带来的审美问题，三位作家笔下儿童形象从文学性的角度而言都存在明显不足。但我们也应该看到，这样的叙事策略，凸显了三位作家各具特色的科幻小说的内在逻辑。倪匡是为了凸显故事的传奇性而使得人物扁平化，张系国是为载道而导致儿童形象的符号化，刘慈欣是在总体性想象中弱化了儿童的个性。如果从影响—接受的角度来看，他们的叙述既没有遵循西方科幻小说常见的人物写作模式（重科学幻想轻人物塑造），也没有显现华文科幻科普传统（重科学知识普及而轻文学形象渲染）的影响痕迹，体现的却是作家为凸显其所体验的生活特质或适应自身创作环境而作出的个性选择，其得失难以一言概之，这正说明了区域语境的总体氛围对科幻文类创新所造成的直接或间接的影响。

三　文类创新的可能边界：儿童形象的区域文化渊源及跨域影响

华文文学的区域互动现象早已存在，在 20 世纪 80 年代后逐渐升温，华文科幻文学界的互动也在此背景下日趋频繁①，从儿童形象的区域文化渊源及其影响范围等方面审视三位华文科幻作家的儿童想象，可以深入分析在区域互动的语境下，华文科幻小说创新的基础以及其所能达到的广度和深度。

（一）通俗派及其儿童形象的定位

科幻小说 20 世纪 60 年代在香港兴起，与内地、台湾的科幻小

---

① 通过出版、文学奖、文学交流等形式，华文科幻创作界已有了较为制度化的互动。如 2010 年成立的全球华语科幻星云奖，由世界华人科幻协会支持评选，成都时光幻象文化传播有限责任公司、新华网股份有限公司、北京壹天文化传媒有限公司联合主办，奖项面对全世界华语科幻领域，每年评选一次，参选作品必须为规定时间一年内发表的作品，全球华语科幻星云奖内容须以华语表达，人物类奖项则不限国籍。

说相比，香港科幻文学更接近 20 世纪上半叶盛行于美国通俗科幻小说，商业气氛相当浓烈，作品数量可观，质量良莠不齐，但一部分科幻小说家将通俗性、科幻性融汇，取得了较高的文学成就和广泛的社会影响。其中，倪匡被认为是香港科幻小说奠基人和开拓者，是典型的通俗派。从年龄来看，生于 1935 年的倪匡可谓张系国和刘慈欣的前辈，他所受的文学影响也主要来源于中国传统的俗文学和西方的通俗文类。根据倪匡的自述，他 12 岁之前已经看遍中国传统小说，如《薛仁贵征东》《薛丁山征西》《三国演义》《水浒传》《封神演义》《聊斋志异》《红楼梦》等，进入中学后开始阅读英、法、德、苏联的翻译小说以及美国的一些冷门小说，尤其是福尔摩斯的侦探小说看得最多。① 早年中西交融的俗文学阅读大概是他写作具有通俗风味科幻小说的基础之一。1957 年来到香港后，倪匡做过工人、校对、编辑，靠自学成才成为专业作家，并未接受过正统的高等教育，他的创作又受香港当时流行的通俗文学影响很大，没有学院派形而上的思想负担，故而形成了较为轻松自由的创作风格，照他自己的说法，让读者觉得读起来有趣的就是好小说。事实上，倪匡最初在报刊发表的主要是武侠小说，其中有不少是迎合读者口味的随意之作。当他转向科幻小说写作时，既没有太多创作理论上的先见，也未受到欧美科幻小说程式的约束，而是融合武侠、侦探、言情等类型小说元素，发展出一种颇具香港风味的科幻小说形式。在这种科幻小说里活跃的江湖少年，有着放荡不羁的行为与精灵古怪的个性不足为怪，因为他的渊源是中国古典文学里的绿林好汉、台港武侠小说里的世外高人；间或还有才子佳人小说里痴情男女的影子；根本不是欧美科幻小说里以科学理念化身出现的科学奇人的

---

① 参考路金戈《倪匡："我是汉字写得最多的人"》，《名人传记》2012 年第 8 期。

后裔。这和张系国笔下混沌不清、社会化程度极低的神童形成了对比，与刘慈欣笔下质朴醇厚的村娃也很不一样。

倪匡的科幻小说在华文世界流播甚广，20世纪60—70年代的主要传播区域是中国香港、中国台湾和东南亚的华文区。在香港本土，他以其科幻小说的显著成就与金庸、亦舒被人认为是"香港文坛三大奇迹"，被视为开拓了香港科幻小说的传奇时代。在台湾地区，倪匡拥有众多粉丝，科幻小说版本和数量都超过了其他华文区域，每个版次的图书少则20多册，多则120多册。① 鉴于两地流行文化的互动性，倪匡科幻小说在台湾地区不乏同类②。20世纪80年代后倪匡小说随台港文化热入驻中国大陆。虽然因各种原因③，他在大陆正式出版的科幻小说选择性较强，数量版次都较少④，这并不意味着他在大陆的影响力小，事实上，通过影视和网络等渠道流播，倪匡的科幻小说早已成为大众经典。但因倪匡科幻小说的通俗性和杂烩性，他未能被我国大陆主流科幻文学群体所认可，对主流科幻创作的影响甚微，反而是在武侠、玄幻等类型小说里留下了影响的痕迹，故倪匡科幻小说中的江湖少年，难以在大陆科幻文学里觅到知音，却不难在大陆的武侠、玄幻小说里找到传人。

如果武侠元素的融汇已经成为科幻小说本土化的方向之一，那么倪匡的科幻小说也许做出了卓越的贡献，但他笔下的科幻人物若放在世界科幻小说的平台上，多少会因其江湖习气与武侠特色而被纳入中国功夫之类的国粹品之中，其科幻色彩被忽略成为可能

---

① 台湾版本主要如下：1. 远景徐秀美封面版（44册）；2. 风云时代修订版（56册）；3. 皇冠版（123册）；4. 风云时代口袋本（56册）；5. 风云时代袖珍版（56册）；6. 风云时代大开本（32册）；7. 风云时代2005年版（32册）；风云时代2012年版（56册）；8. 风云时代2016年新版。

② 如曾写过数十部科幻作品、被称为倪匡接棒人的苏逸平。

③ 其中也有政治方面的因素，倪匡离开大陆的曲折故事导致他对大陆政策政权的不信任。

④ 比较齐全的大陆版本有两个：1988年中国文联出版社11册，2008年上海书店30册。

的命运。

（二）融入传统派及其儿童形象的定位

科幻小说约 20 世纪 60 年代末①在台湾兴起，与大陆儿童化、科普化的发展路径不同，台湾科幻小说的起点很高，具有浓厚的人文气息和探索意识。作为台湾科幻小说之父的张系国，就在创作中探索了颇具传统人文精神的科幻小说模式。张系国 1944 年生于大陆，5 岁随父母去台湾，在台湾完成大学学业后前往美国留学定居，20 世纪 60 年代开始创作，写了不少优秀的留学生题材作品，家国情怀昭然；20 世纪 70 年代后，受到美国蓬勃发展的科幻小说创作影响，转而从事科幻小说创作。作为旅美的中国台湾作家，张系国将对故土文化（台湾与想象的中国）的关切与回望和科幻文学的类型特征融合起来，形成了立意高远、特色鲜明的科幻小说模式。一方面，他立足 20 世纪 70 年代以来的台湾社会现实，站在反思科技理性的高度，倾向于凝练颇具人文情怀的科幻小说模式，体现了与"五四"新文学传统的一致性；另一方面，他有意要将科幻小说融入中国古典传统之中，创造出富有中国哲理和中国意象的科幻小说。照他自己的话来说，他的创作试图融系统科学、人道主义和中国传统哲学于一体，为个人寻找安身立命的基础。②可称之为华文科幻小说的融入传统派。从创作来看，张系国科幻小说融入传统的主要形式有二：一是对中国古典情境的想象性重建与反思，二是对中国传统哲学思想、古典意象的借用与借鉴。在其科幻小说代表作《城》三部曲中，张系国建构了虚拟的中国古典情境：索伦城及其依附的唤回文明，在城市和文明的起落沉浮中，张系国写成的是一部"既悲壮又诙谐

---

① 通常意义上，1968 年在《中国时报》上发表的小说《潘渡娜》视为台湾现代科幻小说的开山之作。

② 张系国：《为未来等一等吧》，《棋王》后记，转引自余光中《天机欲觑话棋王》，悠然文学网，http://www.yooread.com/6/2108/64659.html，2017 年 12 月 5 日。

的科幻武侠小说"。

从科幻加武侠的形式来看，张系国的科幻小说与倪匡颇有相似之处，都是以武侠小说的框架仿拟古典中国情境，展开丰富的想象。港台科幻小说的互动性很强，这是因为港台之间保持着长期宽松、深入的文化交流，影响了各自文学的发展路径。但不同的是，倪匡仅借历史场景达到想象的自由与情节的创新，张系国却借此在思想层面形成对人类命运与民族意识的反思。倪匡的科幻小说立足娱乐轻松，而张系国则欲提升科幻小说的品位与境界。故而张系国科幻小说里的儿童，也是哲人，是承载思想的血肉之躯，从神童到机器人小孩，都是思想者。

作为华文科幻小说的大家，张系国的影响面甚广。在台湾地区，因其开拓之功，被称为科幻小说之父。自 1969 年 3 月他在《纯文学》发表第一篇科幻小说《超人列传》后，长期致力于科幻小说的创作与推广。1972 年，他以"醒石"为笔名，在台湾《联合报》副刊开辟"科幻小说精选"专栏，译介世界各国科幻短篇优秀作品，而后陆续在台湾各大刊物发表科幻小说，集结成《星云组曲》（1980）、《城》三部曲（1983—1991），创办《幻象》杂志（1990），与《联合报》副刊合办科幻文学奖等，在他的大力推动下，20 世纪 80 年代后科幻文学在台湾纯文学场域占据重要位置。在香港，张系国的科幻小说难以拥有倪匡式的读者市场，但 1991 年，香港导演严浩、徐克将他和阿城的两部《棋王》合二为一拍成了一部同名电影，主演是当红影星梁家辉，可见其影响力不小。改革开放之后，两岸交流日益深入，张系国在中国大陆科幻文学界的影响才逐渐出现，1983 年，《棋王》出了单行本①，同年江西人民出版社的《张系国短

---

① 张系国：《棋王》，广西人民出版社 1983 年版。

篇小说选》① 也节选了他具有代表性的 9 篇科幻小说。叶永烈等科幻作家都对他有过正面评价和引荐。② 但张系国这种融入传统的科幻小说模式,与大陆流行的软性科幻小说相似度较高,可借鉴性不强;在 20 世纪 80 年代西方文学席卷大陆的情境之下,奇人或神童的形象反而不如超人形象具有冲击力。

张系国在中西之间的自觉偏向,让他的科幻小说在华文世界具有一定影响,却缺乏足够的指引力,如果科幻小说本土化的方向可以是立足现代都市的人心人性问题、挖掘自《山海经》以来的志异志怪传统、融汇庄老深邃的自然哲学与生命哲学的话,那么,张系国的奇人形象已经走出了重要的一步,未来仍在期待中。

(三) 面向未来派及其儿童形象的定位

20 世纪 50 年代至 70 年代,中国大陆的科幻小说多以科普为目标,归属儿童读物较多,改革开放之后才逐渐出现较高质量的科幻小说作品,特别是 20 世纪 90 年代之后,科幻创作向前飞跃,涌现一批具有创新意识和时代气息的佳作,崛起了一批深受读者喜爱的科幻作家。刘慈欣生于 1963 年,20 世纪 90 年代开始科幻创作,20 世纪 90 年代末展露身手,21 世纪之后才获得世界影响。在 20 世纪 80 年代西方现代文学如潮涌入中国大陆的背景中,港台已自成谱系、但不够成熟的华文科幻小说对他影响不大,西方科幻文学经典才是他的不尽源泉。他自述,影响他最深的科幻小说家,是英国的阿瑟·克拉克。1981 年,正是阅读克拉克的作品《2001·太空漫游》让他产生

---

① 我国大陆出版的张系国小说版本并不多,但代表性作品基本都涉及了。包括如下:1.《张系国短篇小说选》,江西人民出版社 1983 年版;2.《棋王》,广西人民出版社 1983 年版;3.《棋王》,中国友谊出版公司 1987 年版;4.《超人列传》,福建少年儿童出版社 1999 年版,中国科幻小说世纪回眸丛书;5.《城:科幻三部曲》,生活·读书·新知三联书店 2000 年版,三联·三地葵文学系列;6.《他们在美国》,中国文联出版公司 1986 年版。

② 叶永烈:《张系国与超人列传》,《世界科幻博览》2005 年第 12 期。

华文文学的跨语境传播研究

了创作的冲动:"读完那本书以后,出门仰望星空,突然觉得周围一切都消失了,壮丽的星空之下,就站着我一个人,孤独地面对着人类头脑无法把握的巨大的神秘。"① "如果说凡尔纳的小说让我爱上了科幻,克拉克的作品就是我投身科幻创作的最初动力。"② 虽然当代科幻创作中,对科学进行反思和批判,强调科技对人性的异化已成重要潮流,但刘慈欣依旧坚持西方科幻经典面向未来、崇尚科学理性的精神,在他看来,在农耕文明还尚未完全退出的当下中国大陆,科学精神没有真正形成,科幻小说却急于像西方科幻作品一样对科学进行反思和批判。这种做法会使得科学精神在大众层面丧失。③ 因此,当港台科幻小说向历史和古典情境沉潜,批判科技对人性的异化之时,刘慈欣选择的方向恰恰相反,他立足于对传统农耕文明的批判,坚定了面向未来的科幻文学理念,这种理念与正要走向现代化的中国情境是符合的。如在《乡村教师》里,正是科学理性所带来的耀眼光芒,照亮了孩子们的心灵,也预示了农耕文明的希望与前景所在。在刘慈欣面向未来、具有宏观视景的科幻小说里,人物的个性美让位给总体思想的高度和科技内涵的美感,蜕变成了集体形象和总体的隐喻。

倪匡和张系国的科幻小说主要在华文世界内部流播,而刘慈欣却产生了世界性的影响。④ 能产生世界性影响的主要原因,是他的科幻小说既以苦难深重的现实、源远流长的文化符号等中国特色满足

---

① 刘慈欣:《SF教:论科幻小说对宇宙的描写》,http//wenku. baidu. com/view/685644cfa1c 7aa00b52acb2c. html,2010年5月9日。

② 刘慈欣:《我的科幻之路上的几本书》,《南方周末》2007年9月13日,第23版。

③ 刘慈欣:《刘慈欣谈科幻》,湖北科学技术出版社2014年版,第53页。

④ 2014年11月11日,中国科幻作家刘慈欣的《三体1》英文版在美国发行,发行当日在全球最大图书销售网之一的美国亚马逊图书网(Amazon.com)上的"亚洲图书首日销量排行榜"上排名第一,发行短短一个多月,《三体》挤入"2014年度全美百佳图书榜"。《三体1》英文版目前已经卖出超过20万本,这几乎是其他中国小说在美销量的数百倍。

了西方读者的好奇心和窥视欲，又以经典科幻小说的审美范式满足了他们对文体的既定期待①，同时，在思考宇宙和人类的未来命运方面，达到了前所未有的深度，从而使得本土性、世界性和宇宙意识等方面达到了统一。刘慈欣在国际科幻界所得到的认同，必然在华文世界产生回音，作为具有中国气派的华文科幻小说的新范式，它所能产生的真正影响，还需耐心等待②。正如其笔下负重而行的村娃们，在走向现代文明的过程中也许会发生蜕变，不是在沉默中消失，就是变成都市里孤独的救世英雄，与西方科幻人物的神话只剩一步之遥。

从倪匡、张系国和刘慈欣三位科幻作家笔下儿童形象的特征、叙述策略以及渊源影响的差异来看，作为所在华文区域的优秀科幻小说作家的代表，他们都善于将自身主体性与区域语境因素融合，凸显了华文科幻小说的三种发展路径，形成了各自的独特风格。从创作渊源来看，三位科幻小说家都受中国古典文学文化传统、"五四"新文学传统、西方科幻传统等的共同影响，但彼此之间的代际影响情况却不够清晰。应该说，倪匡将武侠与科幻融合的书写路径在张系国的创作中偶尔出现，但张已注意收敛笔墨，祛除了近乎滑稽的港式风味。与此同时，作为前辈的倪匡和张系国，对于晚生一代的刘慈欣并无直接和明显的影响，刘的科幻创作，深深扎根在大陆的现实主义文学传统之中，生成面向未来的坚韧品格，与港台科

---

　　① 刘舸、李云在《从西方解读偏好看中国科幻作品的海外传播——以刘慈欣〈三体〉在美国的接受为例》（《中国比较文学》2018 年第 2 期，总第 111 期）一文中通过相关调查数据得出结论，刘慈欣被美国读者认可是因他的科幻小说具有以下特征：具有中国特色、科学色彩、人类终极关怀、熟悉感等。
　　② 刘慈欣在获得国际认可后，与港台地区有了进一步的交流。如 2011 年现身香港书展做专题演讲，2014 年与儿童作家代表团前往台湾访问等。

幻文类有着不同的轨道。

可见，比起中西之间的相互借鉴、中国传统文化因素的有意渗透，科幻小说在华文世界不同区域的横向移植与代际影响较为复杂，难以辨别。这也说明，尽管华文世界内部已存在频繁的区域互动，但短时段内，区域语境特性仍会在文学创作中留下深刻的烙印，特定文类仍会沿着各自区域的传统与特色继续发展，而作家主体性在创作中的位置与活力，也让区域华文文学在保持自身传统的基础上，出现文类创新的可能性。

但是，在区域互动的大趋势之下，这种凸显区域语境影响的文类创新过程，所能达到的深度和广度是有限度的。首先，虽然区域互动并未削弱区域的相对独立性，区域华文文学的独特传统和本土资源也许能够成为文类创新的基础，但文类创新必须遵循文类发展的内在逻辑，如果无法处理好科学性和文学性的融合问题，本土文化资源的不断渗透并不必然带来科幻小说审美的突破。其次，随着传播媒介的融合化发展趋势，不同文类之间、文学与非文学之间的融通进程也不断加快，华文科幻小说能否沿着三位作家所创立的范式继续发展，形成创新优势，并在世界科幻小说的舞台上占据一席之地，难有定论。再次，对于创作个体而言，在区域互动的语境下，面对华文世界之内与之快速抵达的各种影响，如何实现创新与超越，必然面临着更大的挑战和压力，在严肃文学创作领域，各区域作家之间的彼此致敬现象常有发生①，而在容易因袭和模仿的通俗文类和影视创作领域，跨域借用的现象更是屡见不鲜②，科幻小说的创作也

---

① 如马来西亚作家黎紫书对大陆作家苏童的借鉴；王安忆在创作中对台湾作家陈映真的敬意等。

② 通俗文类跨域借用的现象极为繁复，难以一一比较鉴别，但于正抄袭琼瑶案，金庸与大陆作家江南的文字官司，这些通俗文类跨域借用的极端，已经逾越了法律底线，引发了公众热议。

难以回避这样的现实问题。

第四节　跨域经典的生成规则:国际性华文文学奖与华文文学经典的跨域建构

随着跨语境传播在时间上的不断延续和在空间上的不断拓展,一些华文文学作品开始超越本区域的影响局限,成为跨域经典。作为跨语境传播的可能结果之一的跨域经典是如何生成的呢? 在此,不妨以具有国际性视野的华文文学奖作为语境,来思考与跨域经典的生成有关的系列问题。

文学奖成为具有现代性意味的文学运作机制是在 20 世纪初,重要的文学奖如诺贝尔文学奖等都是在此阶段逐渐定型,在文学场域发挥作用。虽然不同的文学奖,其具体目标和运作方式有所不同,但根本目标都是择优表彰,故而成为文学经典的重要遴选机制。其中,那些举办时间长、参与面广、影响较大的文学奖在经典化进程中,逐渐累积起丰厚的象征资本,位置尤为关键。20 世纪 80 年代以来,随着跨语境传播与交流活动的兴盛,一些华文文学的文学奖也开始跨越本土局限,形成开放性视野,介入华文文学的跨语境传播过程中,经过遴选、推荐、评比,逐渐推出了一批具有世界性影响的华文作家与作品,在华文文学经典的跨域生成中扮演了重要角色。从区域分布来看,国际性华文文学奖主要分布在华文创作相对发达、出版、传播条件较好的五大区域:中国大陆,中国台湾,中国香港,新马地区和美国;从影响力来看,较有影响的奖项包括我国台湾两大报系(联合报和中国时报)文学奖、香港的红楼梦奖、马来西亚的花踪文学奖,美国的纽曼华语文学奖和我国大陆地区的华语传媒大奖、中山华侨文艺奖等。

本节尝试以上述文学奖为考察对象，通过梳理华文文学奖介入华文文学经典跨域生成的过程及规律，敞开跨语境传播对华文文学发展的深层影响。

一　跨域选择——机构、时间及语境

华文文学经典的跨域生成是极为复杂的过程，具有世界性视野的华文文学奖，在这一过程中的作用有二：首先，它打造了一个公共平台，将不同区域的文学作品集装在一起，通过选择评议，推出了跨越本土影响的优秀之作，拓展了特定华文文学作家作品经典化的可能空间；其次，获得域外关注与声誉之后，获奖作品在本土的象征资本也相应增加，可能加速其在本土的经典化进程。显然，跨域选择是文学奖在这一经典化进程中发挥作用的基础和起点，跨域选择的广度和深度决定进入评奖视野的域外作家作品的数量和质量，没有数量和质量作为保障，就难以确保获奖作品的典型性，被进一步流播并成为跨域经典的可能性就减少了。由此看来，文学奖跨域选择必须建立在文学跨语境传播的力度之上。在华文文学的跨语境流播中，处于前台位置的是传媒和学术机构，由处在华文文学交流前沿的传媒与学术机构来创办文学奖，一定程度上能确保跨域选择的顺利进行。其中，传媒是华文文学跨语境传播的主阵地，学术机构也积极介入其中，两者间存在着互动互为的关系①。事实上，纵观

---

① 进入 21 世纪后，由于传统报刊不再占据传媒场域的中心位置，它所举办的华文文学奖影响力下降，反而是学术力量在文学奖中发挥更积极的作用。20 世纪 80 年代到 90 年代末，学者作为评委已积极介入传媒主办的文学奖之中。从 21 世纪初开始，一些大学的研究机构成为文学奖的主办方，自觉介入华文文学经典的跨域选择和建构之中，通过体制化的评奖过程以及相应的文学批评、文学史写作和文学作品选编等程序在华文文学经典的跨域生成中发挥了更大的作用。

近 20 年来较有影响力的华文文学奖，主办方也是以传媒与学术机构为主（见表 2 - 1）

表 2 - 1　　　　　　主要国际性华文文学奖的基本情况

名称	联合报文学奖	"中国时报"文学奖	花踪世界华文文学奖	华语文学传媒大奖	香港红楼梦：世界华文长篇小说奖	纽曼华语文学奖	华侨华人"中山文学奖"
创办时间	1978 年	1978 年	1993 年	2003 年	2005 年	2008 年	2009 年
所在区域	中国台湾	中国台湾	马来西亚	中国大陆	中国香港	美国	中国大陆
主办方	联合报	"中国时报"	星洲日报	南方都市报	香港浸会大学文学院，张大朋基金会	俄克拉荷马大学美中关系研究所	中华文学基金会和中山市委、市政府共同主办
主办方性质	传媒	传媒	传媒	传媒	学术机构基金会	学术机构	基金会，政府
备注			前身为世界华文小说奖,2001 年专设世界华文文学奖				2016 年，改由中国海外交流协会主办，世界华文文学协会等承办

在七种代表性的国际性华文文学奖中，有四种文学奖由传媒主办，两种由学术机构（大学）举办，唯一由基金会和政府合办的中山华侨文学奖，承办方和策划者中也有学术组织——中国世界华文文学学会。

然而，传媒与学术机构跨语境传播活动的起点、深度和广度，始终处在本土政策政治等语境因素的影响之下，并随着时代风气转移变动，故各区域华文文学评奖活动的跨域选择情况，都表现出明显的阶段性和特定的方位感。

全球性的华文文学奖中，历史最久、对其他华文文学奖的设立有引领和示范作用的是联合报文学奖和"中国时报"文学奖。从 20

世纪 70 年代到 90 年代，凭借两报副刊长期积累的文学影响力，两大报系的文学奖①不仅对台湾文学生态的形构具有重要影响，还对世界华文文坛产生了辐射力。对此，台湾学者张俐璇在其专著《两大报文学奖与台湾文学生态之形构》中做了系统梳理与论述②。虽然两报自创刊以来就对域外的华文创作就非常关注，但其设立的文学奖在域外选择时具有明显的阶段性，不同阶段所涉及的区域空间有所差异，所涉及的域外作家作品数量也有所不同。1988 年是一道非常明显的分界线。在区域选择上，1988 年之前，除了台湾本土作家外，进入视野的主要是旅台马华作家和台湾旅外作家，如马华作家商晚筠和李永平（1977 年商晚筠获第二届联合报小说奖《君自故乡来》，1978 李永平的《归来》获第三届联合报小说奖）和美华作家周腓力（以《一周大事》1985 年获"中国时报"文学奖）等在获奖后逐渐被经典化。1988 年后，中国大陆作家开始亮相两报文学奖。如《联合报》从这一年开始，特加设了大陆地区短篇小说推荐奖，当年获奖作品为莫言的《白狗秋千架》，《中国时报》也是在此年开始有意提升大陆地区作品的初选率。此外，1988 年后，两报文学奖中域外作品的入选率和获奖率呈逐渐上升趋势。根据台湾学者张晓惠在其硕士论文《解严以来三大报文学奖短篇小说奖之文学意涵研究》中的统计，截至 2010 年，两大报系文学奖中涉及的域外作家作品占据了所有获奖作品的五分之一。③ 应该说，两报文学奖跨域选择的变化体现了两报对国民党解严政策的及时回应和主动迎合，反映了时代

---

① 1976 年设立的"联合报小说奖"，首开台湾以巨额奖金鼓励小说创作风气之先河。无论是获奖作者还是评审专家都体现了该奖的权威性与专业性，1978 年"《中国时报》"设立了"中国时报"文学奖，涵盖了所有文体，影响面也很广。

② 张俐璇：《两大报文学奖与台湾文学生态之形构》，（台湾）台南市立图书馆 2010 年版。

③ 张晓惠在《解严以来三大报文学奖短篇小说奖之文学意涵研究》中提供了上述数据，硕士学位论文，淡江大学中国文学系，2010 年，第 105 页。

与区域政策变动对文学评奖的直接影响。其他区域的华文文学奖，其跨域选择的规律也与两报虽然并非亦步亦趋，但其过程颇有相似之处，转折性时间点多在 20 世纪 80 年代末期到 90 年代初期，如中国大陆文学期刊《四海》在 1988 年之后开始参与或主办面向域外的华文文学征文奖，马来西亚的《星洲日报》在 1993 年设立了世界华文小说奖①，等等。

　　进入 21 世纪后，随着传播媒介的电子化、移动化，文学交流也被推入了更深广日常的情境之中，区域文学的间隔不断被打破，文学奖域外选择难度下降，冠以"全球""世界"名号的文学奖随处可见。② 不过，在可能与现实之间依然存在着鸿沟，特定文学奖的域外选择总是有限度的。一方面，其域外选择的视野往往是部分出版社、文学评论家、作家组合的评委视野，评委的阵容既涉及与主办方相关的人事关系，也涉及评委们本身的有限性，这种人事方面的因素使得文学奖的跨域选择带上了某种偶然性。另一方面，资讯的畅通并未带来地域的真正消失，意识形态和地方性力量仍以隐秘的方式介入包括文学奖在内的文学生产场域，故而选择总是语境过滤后的结果。

二　如何经典：运作中的二元张力

　　华文文学的经典化正在进行时状态，严格意义上来说，我们所

---

　　①　马来西亚《星洲日报》设立世界华文小说奖，对中国大陆与台港地区以及欧美等地的海外华文创作兼顾并收，与马来西亚作为华语地区交流中心的位置分不开。马来西亚在 20 世纪 50 年代就与中国港台保持持续互动，与 1978 年和中国建交后，又开始传播引荐中国大陆文学。当华文文学的交流达到一定程度时，具有世界性影响的花踪文学奖就出现了。

　　②　如第一、二届"我心中的丹霞山"、全球华文散文大赛、"我与金庸——全球华文散文征文奖"等，但实际上，参与或获奖的人还是聚集在举办地。

认定的作家作品都是"准经典",选择哪些文本来探求经典化问题需慎之又慎,但立足剖析经典化机制的运转方式来敞开经典化问题的复杂性,反而是比较稳妥的途径。因为"对文学经典化的研究不但是文学经典形成过程的溯源和还原,也是对时间、空间、社会的事件参与者们的行为手段的考察与分析"①。

就我的观察来看,国际性的华文文学奖尽管主办方不一,延续时间也不同,设立奖项的初衷也有所差异,但在处理域外华文文学作品时,其运作的基本思维是一致的,都是在特殊化和普遍化、推陈与出新、加与减等二元对立的思维之中进行运转,从而使其运作处处彰显矛盾和张力。这样的运作思路使华文文学奖在华文文学经典的跨域生成中占据着暧昧的位置,也敞开了当下华文文学经典化的某些问题。

特殊化与普遍化是华文文学奖在面对域外华文文学作家作品时的两种基本思路。所谓特殊化便是针对域外作品单独设奖项。如1988年台湾《联合报》设立的大陆地区短篇小说推荐奖,1993年马来西亚《星洲日报》设立的世界华文小说奖,2009年中国大陆设置的中山华侨文艺奖,2013年由中国世界华文文学学会设立的全球华文散文大赛奖,等等。这些奖都是特意为本土以外的华文作家设立颁发的。特殊化确保了域外作品的展现空间与获奖机遇,同时也制造了一道隔绝的厚墙,使得域外作品与本土作品难以同台竞技,共同发展,故而特殊化的策略在提升域外作品影响力的同时也可能将之重新边缘化了。所谓普遍化恰好与特殊化策略相反,即无论作品区域来源如何,都被放在同一评价体系之中优胜劣汰,看似公平公正却难保先入为主的区域偏见或审美隔阂,最终入围和获奖的域外

---

① 蔡颖华:《沈从文学经典化研究》,博士学位论文,福建师范大学,2011年,第14页。

作品比例都不高。如2003年设立的华语文学传媒大奖,至今已经举办了15届,作为一个由传媒和专业评论家公同参与举办的文学奖,在中国大陆认同度很高,它宣称要成为"华语文学界的诺贝尔文学奖",放眼华文世界是其预定目标,但实际上域外作家作品的获奖比例极低。据统计,在获奖的102个作家之中,中国大陆作家占比约97.1%,中国港、台各一个,北美一个,其他华文创作区是空白;在获奖的15个评论家中,只有1个是北美的王德威,其他都是中国大陆的。(见表2-2)

表2-2　　　　　　　华语文学传媒大奖获奖区域分布表　　　　单位:个

作家作品或出版社区域构成	中国大陆	中国香港	中国台湾	北美	其他华文创作区	总计
作家	99	1	1	1	0	102
评论家	14	0	0	1	0	15
备注						

本土与域外获奖比例的差异,在国际性的华文文学奖中普遍存在,这并不是说文学奖的评奖规则不够公正造成的,而是有更为复杂综合的成因,其中有区域审美趣味的差异,有评委个人视野的因素,有传播出版方面的区域阻隔以及意识形态的因素等。

文学奖对域外华文作家作品的征集思路可简要概括为首发式和沉淀式,前者强调获奖作品应该是原创首发,意在推出新人新作,后者是对已有作家作品的衡量删选,优中选优。如"中国时报"文学奖、联合报文学奖以及花踪华文文学奖都以直投式为主,重点评选新作,后来开始增设一些突出经典意识的奖项,关注已有一定影响的作家作品,实现了两种思路的结合。中国香港的红楼梦奖和大陆的华语文学传媒大奖、美国的纽曼华语文学奖都体现沉淀式思路。华语文学传媒大奖是对过去一年中最重要的作家作品的总结,红楼梦奖是近两年长篇佳作的选拔，纽曼华语文学奖则倾向于终身成就奖，考察的时间段更长一些。从总体趋势来看，全球性的华文文学奖越来越凸显经典意识，沉淀式成为主要选拔手段，有时还有意在各类获奖作品中进行再选择。如红楼梦奖主要在十多个重要的华文文学奖小说类得奖作品内选择。这些文学奖项包括茅盾文学奖、"中国时报"文学奖、花踪文学奖及香港中文文学双年奖等。

然而，到底是首发式还是沉淀式更能凸显文学奖在经典化中的分量呢？根据童庆炳等人的经典化理论，发现人的角色在经典建构中的作用是极为重要的。① 首发式以发现人的角色推出新人新作，在经典化进程中的作用应该优于沉淀式，尤其是对于边缘作家作品的着意发现与建构，为不同区域的作家提供了同台竞技的可能。但在华文文学经典化的舞台上，新与旧的交替与博弈是永恒的旋律，新的文学经典，潜在文学经典，已被认可的文学经典之间的平衡与博弈关系必然会反映在华文文学奖的征集策略之中，出现变幻不定的轨迹。

从影响效应来看，华文文学奖介入华文文学经典化过程中体现了加减的辩证。华文文学奖在华文文学经典化过程中最为凸显的是加法效应。一方面作家作品在本土获得的文学奖及相关知名度，将成为其他区域华文文学奖再次选择的基础，如红楼梦奖、花踪文学奖、纽曼华语文学奖等都看重作家作品的本土影响力；另一方面，作家作品在其他区域获得的重要文学奖，会增加其在本土的影响力。如台湾两大报系的获奖已成为马华作家经典化的重要标识，一大批作家如李永平、商晚筠、张贵兴、林幸谦、陈大为、钟怡雯、黄锦树等由此进入马华文学史的经典行列。不过，文学奖的加法效应是

---

① 参见童庆炳的《文学经典的内部要素》（《天津社会科学》2005 年第 5 期）；童庆炳的《文学经典建构诸因素及其关系》［《北京大学学报》（哲学社会科学版）2005 年第 5 期］。

建立在更大规模的删减过程之上，处在文学奖视野之外的，已入围但未获奖的作家作品都可能失去凭借文学奖一跃成为跨域经典的机遇。当然，对于特定作家作品而言，华文文学奖在经典化中的作用并非简单的加减法，而是较为复杂的综合算式。我们知道，某些作家的创作在本土有一定影响，却因各种原因从未获得本土以外华文文学奖的青睐，无法成为跨域华文经典。而另一些作家作品在本土名不见经传，却屡屡得到其他区域文学奖的厚爱。如作家冯杰，被称为中国大陆获台湾文学奖最多的作家①，但他在中国大陆影响原本不大，获奖后在本土的文学声誉也未见提升，似乎与跨域经典有较远的距离。那么，是否那些内外受宠、重复出现在全球性华文文学奖榜单之上的作家，如马来西亚的黎紫书，中国大陆的王安忆、阎连科、苏童，中国台湾的白先勇、朱天文、骆以军，中国香港的黄碧云、董启章等的作品就一定会成为跨域经典呢？面对无法通过简单分析得出结论的问题与现象，我们必须承认华文文学奖在华文经典的跨域生成中有重要影响，却无法对此定性定量。

　　从运转思维的二元结构出发，全球性华文文学奖介入华文文学经典跨域生成的过程及其复杂性得到了呈现。

三　什么样的经典：精英立场和重复倾向

　　广泛的传播和深入的阐释是经典形成的基础，华文文学奖，不仅是一种传播的机制，还是一种批评和阐释的机制，在带有导向性的评价标准和机制之中，会生成具有某种倾向性的经典标准，促成同时代有关经典的定型想象。如张俐璇认为，台湾两大报文学奖就

---

　　① 获得过台湾《蓝星》屈原诗奖，《中国时报》文学奖，《联合报》文学奖，梁实秋文学奖，台北文学奖，宗教文学奖，第二届、第四届、第九届台湾现代儿童文学奖等。

促成了现代主义文风的主流地位，同时代创作主潮由此被导向和定型。① 那么，我们综观这七种代表性的华文文学奖，到底召唤出怎样的关于华文文学经典的想象，塑造了什么样的经典呢？

按照时间线索，我们梳理出域外获奖较多的十位作家及相关作品的图表（见表2-3、图2-1），提供了分析的线索和证据②。

表2-3　　　　　　　　域外获奖代表性作家作品情况

获奖作家	获奖时间	获奖作品	获奖名称	获奖区域	备注
李永平	1978 年	《归来》	《联合报》短篇小说佳作奖	中国台湾	作为马来西亚华裔作家
	1979 年	《日头雨》	《联合报》短篇小说佳作奖	中国台湾	
	1986 年	《吉陵春秋》	《中国时报》文学奖小说推荐奖	中国台湾	
	2010 年	《大河尽头》（上下卷）	第三届红楼梦奖决胜团奖	中国香港	
	2014 年	《大河尽头》（上下卷）	2014 年"中山杯"华侨华人文学奖大奖	中国大陆	
莫言	1988 年	《白狗秋千架》	《联合报》文学奖大陆地区短篇小说推荐奖	中国台湾	
	2008 年	《生死疲劳》	第二届红楼梦奖首奖	中国香港	
	2009 年	《生死疲劳》	纽曼华语文学奖	美国	

① 张俐璇：《两大报文学奖与台湾文学生态之形构》，（台湾）台南市立图书馆 2010 年版，第 3 页。
② 根据含糊一点的标准，李永平在台湾的获奖和张翎在大陆的获奖也称之为跨域。

获奖作家	获奖时间	获奖作品	获奖名称	获奖区域	备注
韩少功	1989 年	《谋杀》	台湾联合报大陆地区短篇小说推荐奖	中国台湾	
	2011 年	《马桥词典》	2011 年纽曼华语文学奖	美国	
	2014 年	《日夜书》	第五届红楼梦决审团奖	中国香港	
苏童	1990 年	《仪式的完成》	联合报文学奖大陆地区短篇小说推荐奖	中国台湾	
	2014 年	《黄雀记》	第五届红楼梦决审团奖	中国香港	
严歌苓	1994 年	《海那边》	《联合报》短篇小说奖	中国台湾	作为美国华裔作家
	1994 年	《红罗裙》	《中国时报》小说甄选奖	中国台湾	
	1995 年	《扶桑》	《联合报》长篇小说评审奖	中国台湾	
	2009 年	《小姨多鹤》	华侨华人中山文学奖最佳小说奖	中国大陆	
	2014 年	《陆犯焉识》	第四届红楼梦奖推荐奖	中国香港	
黎紫书	1996 年	《蛆魇》	联合报短篇小说奖第一名	中国台湾	
	2000 年	《山瘟》	联合报短篇小说奖大奖	中国台湾	
	2005 年	《七日食遗》	联合报短篇小说奖评审奖	中国台湾	
	2005 年	《我们一起看饭岛爱》	"中国时报"短篇小说评审奖	中国台湾	
	2012 年	《告别的年代》	第四届红楼梦奖推荐奖	中国香港	

获奖作家	获奖时间	获奖作品	获奖名称	获奖区域	备注
王安忆	2001 年	—	《花踪》世界华文文学奖；	马来西亚	《花踪》世界华文文学奖属成就奖，未提及具体作品，是综合考量的成果
	2008 年	《启蒙时代》	第二届红楼梦决审团奖	中国香港	
	2012 年	《天香》	第四届红楼梦首奖	中国香港	
	2017 年	《纪实与虚构》	纽曼华语文学奖	美国	
阎连科	2012 年	《四书》	第四届红楼梦奖决审团奖	中国香港	
	2013 年	—	花踪世界华文文学奖	马来西亚	
	2014 年	《炸裂志》	第五届红楼梦奖决审团奖	中国香港	
	2016 年	《日熄》	第六届红楼梦奖首奖	中国香港	
朱天文	2008 年	《巫言》	第二届红楼梦决审团奖	中国香港	
	2015 年	《巫言》	2015 年纽曼华语文学奖	美国	
张翎	2009 年	《金山》	华侨华人中山文学奖评委会特别奖	中国大陆	作为加拿大华裔作家
	2010 年	《金山》	第三届红楼梦奖推荐奖	中国香港	
	2014 年	《阵痛》	"中山杯"华侨华人文学奖大奖	中国大陆	

从表 2-3 中的统计数据可以发现，跨域华文文学奖生成的"经典"凸显两大特点。一是从作家作品的雅俗倾向来看，基本是严肃文学为主导，精英作家为主线。武侠、言情等在华人社会流行的类型文学没有出现，通俗作家和网络写手处在缺席状态，就是某些善

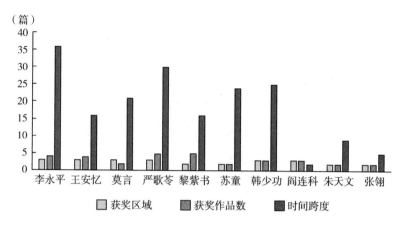

图 2-1　作家域外获奖情况综合对比

于与大众传媒融合的作家，如严歌苓，获奖作品也是她相对而言更具有纯文学气质的代表作。为什么会凸显精英的纯文学立场呢？在此，可能需要参照有关经典化问题的建构主义视野。在建构主义经典观看来，经典化问题应转化为"谁的经典"的问题，包括了谁具有裁定经典的权力，经典被推出后归谁所享有两个问题。从这一意义上来看，国际性的华文文学评奖主要出精英读者（批评家、作家和出版机构）来完成，其影响力也主要在精英阶层，推选出的获奖作品具有这一共同特点。然而，为什么这些国际性的华文文学奖都直面当下的先锋写作，捍卫的恰恰是这个多媒体时代面临危机的纯文学观念呢？精英立场之后，还有无更强大的支配原则呢？我们注意到，通过华文文学奖跨域生成的经典，必须能够跨越区域意识形态隔阂。具体而言，是华文文学奖以艺术和文学标准主导文学作品跨越区域进行传播，从而促成了跨域经典的形成。那么，这艺术性主导标准的确立，是否包含应对敏感时势和政治政策的策略性所在？如前所述，出于对社会情势、政治变动的敏感性，有关华文文学的文学奖，在跨域选择时体现出阶段性和时间感，如若需进一步对具体作品主题、题材和作家身份有所考量，艺术标准应是趋避或迎合区域语境的合法策略之一。那么，最后能在各类华文文学奖中脱颖而出的域外作家作品，会不会成为具有某种共通性的中性存在？是文学奖在诸多考量中加以平衡而形成的结果吗？如莫言小说《白狗秋千架》在1988年荣获《联合报》大陆地区短篇小说推荐奖是否就体现了这样的综合选择策略呢？如前所述，这一奖项的出现，本身就是传媒积极回应政治变动的结果，而评选的方式是由郑树森、马森、王德威等作家、评论家在近两年内出版的大陆小说集中删选，最终选出莫言的《白狗秋千架》，无论是作家还是作品，都不是同时期大陆文学界最有影响的。这篇小说创作于1984年冬天，发表于1985年，那正是大陆寻根文学风起云涌，在思想境界上极力拓展，先锋文学锐意求新求异，在叙事技巧上不断探索的时期，《白狗秋千架》与这两种潮流都难以直接关联①。但它直视命运无常，以乡村底层女性的挣扎与无奈，以灵与肉的萌动与冲突构造出一曲风格既粗犷又细腻的人性之歌。根据王德威的相关评价②，应该是这方面的叙述倾向使之获奖。事实上，对原始人性的敞开这一叙事策略不仅在台湾文学视野得到认可，在其他区域文学语境里也是畅通无阻的。③文学奖在跨域选择时的种种考量，敞开从政治无意识的角度来理解经典生成的可能，正如比较文学理论家佛克马所分析的那样，经典的变化可能是由政治形势的变化促成的，但另一方面，经典也可以成为一种政治工具。④随着时间的推移，华文文学奖在跨域选择中，

---

① 有学者分析，莫言这篇小说与寻根文学有着截然不同的审美趣味与思想旨趣，是反潮流的小说。参考王宇《遭遇乡村：〈黑骏马〉〈白狗秋千架〉〈小黄米的故事〉的互文性》（《文艺争鸣》2013年第10期）。

② 王德威评论莫言《白狗秋千架》的观点见《想象中国的方法》，生活·读书·新知三联书店1998年版，第241页。

③ 莫言小说《白狗秋千架》还入选1991年美国夏普出版社出版、著名汉学家杜迈克所选编的《中国现代小说世界》（*Worlds of Modern Chinese Fiction*）中。

④ ［荷兰］佛克马：《文学研究与文化参与》，俞国强译，北京大学出版社1996年版，第37页。

越来越强化学术主导和艺术主导的思维,有意忽略了政治无意识,从而使得获奖作品思想内涵和社会影响的中性化成为不可言说的部分,艺术标准被放在至高无上的位置。越是这样,越是说明在华文文学奖的跨域选择中必须面对界限,从而影响了经典的推送结果。

　　跨域华文文学奖经典选择的另一特点是,从较长时间段来看,具有集中和重复的总体趋势,也就是说,某些作家作品在不同区域文学奖中反复出现,且时间越长,这种集中的趋势愈加明显。原因主要是以下几个方面。第一,由于多数华文文学奖是面向当下创作的,如果某些华文作家保持了旺盛创作力,不断推出较有影响力的新作,被不同区域华文文学奖选择的可能性就增加了。如从 1978 年直到 21 世纪初,在不同区域华文文学奖的获奖名单上都能看到马华作家李永平,就是因为他的创作一直在持续,且有不断自我超越的创作实绩。第二,这一集中趋势还与作家在文坛综合影响力的提升有关系,因为作家作品的获奖率,除了创作成就的基础外,各种层面的影响力聚合而成的象征资本也不容忽视。如王安忆获得了三个区域的华文文学大奖,除了她骄人的创作实力外,还与她和美国、马来西亚、中国香港华文文坛有较多牵涉有关系,如父亲是从马来西亚回国的革命华侨,在 20 世纪 80 年代与母亲参加美国爱荷华大学的写作计划,频繁成为新马港台等地区文学评奖活动的评委等。第三,特定作家作品不断重复出现,本身就是文学经典化的典型现象,体现了时代经典化的某种规律,从某种意义上来看,经典就是通过各种删选机制凸显而出的极少数作品。此外,从更深层的影响来看,华文文学奖是华文文学经典的文化熟知化进程①的一部分。也

---

　　① 熟知化现象的说法参考学者李玉平的观点,在他看来,所谓文化熟知化(culturalfamilization)是指某一文学作品在特定文化范围内尽可能为广大的民众所知晓和熟悉的社会化过程。见李玉平《新世纪文学经典的生成与"文化熟知化"》,《文艺评论》2010 年第 7 期。

就是说，由于某些作家作品被各类华文文学奖反复推崇，久而久之，这些作家作品就跨越疆域，成为华文世界理所当然的名家名作，继而内化为大众的文学常识，而到达这一层次的华文文学作家作品，方可称之为真正的"经典"。华文文学奖促成华文文学作家作品文化熟知化的途径不仅是评奖过程本身，还包括对出版、传播和阅读接受的介入过程，对研究、阐释和评述的引导进程等诸多方面。

华文文学奖推出的跨域华文经典，体现了时代审美观念、区域互动语境、文学奖运转体制等多种因素的综合影响。它所指涉的作家作品有限，也可能带有某种不确定性，但从整体来看，具有一定的规律性，在经典化的繁复体系中，华文文学奖在形式上是对文学文本审美价值的确认，实质上却是对某种文学观念和思想的确证，其后还纠缠着千丝万缕的意识形态诉求。具体到每一文学奖的作用，则与其在整个文学场的位置有关系，在华文文学奖运转思维越来越相似，运转模式也越来越接近的情况下①，那些坚持时间越长，奖金越高，开放度越大，权威性和公共性越显著，在经典化进程中的位置就越重要。

我们不难注意到，华文文学经典的跨域生成涉及多种合力，文学奖之外，还有其他力量机制，而比起诺贝尔文学奖等国际化大奖的传播效应，华文文学奖的影响力极为有限。② 但是，华文文学奖在华文经典的跨域生成中所起到的桥梁作用，引导作用不容忽视。通过对其运转机制与华文文学经典化过程的梳理，我们还会清醒地认识到，华文文学所形成的跨域流散的性质，恰恰与华文文学奖

---

① 公开公正公平的评奖机制大概包括：各区域的代表性评委的选择，公开透明的评审程序，参与评奖的作家作品的广度。如果文学奖的规则变化多端，获奖方式屡有变动，难以产生持续效应的象征资本体系，就无法保证文学奖在经典铸造中的重要性。

② 如莫言获得诺贝尔文学奖后其向外传播的速度和深度、广度都不断飙升，有望成为真正的跨域经典。

等跨语境传播机制的存在与运转密不可分。因此，华文文学在华文世界的内部流转现象，也应看作其成为全球性文学景观的重要表征。

第五节 理论术语的跨域实践："离散"在华文(人)文学①研究中的旅行②

在华文文学研究中，理论术语的跨语境传播也是极为常见且值得关注的现象，通过梳理特定术语的流播机制及可能影响，探寻现有研究中存在的问题，寻求本领域诗学话语的建构方式，具有更为宏观的理论反思意义。

离散作为一个理论术语正式进入华文文学研究界，时间并不太久，但影响不小。20世纪80年代，当它从论犹太人离散经验的专用术语转变成对全球化进程中跨国跨区域流动现象的普遍所指、书写形式也从 Diaspora 变成 diaspora 的时候，已经和华文文学的创作主体与表现对象——华人群体建立了内在联系。随着 diaspora 作为专门学术研究领域的逐渐成形，其研究理念、方法对华人文学文化研究的影响也日益凸显，进入20世纪90年代后，离散理论视野下的华人学研究在欧美出现，继而在中国台港、新马地区散播影响，最终进驻中国大陆学界，席卷华文世界。如今，从术语的翻译与运用到理论渊源的梳理和总结，离散不仅成为华人文学文化研究的关键词，而且开始作为先验性的世界观和元批评模式困扰某些研究者，引发有识之士的忧虑。一些学者担心理论的先在性可能导致研究结果的

---

① 由于离散研究以离散人群为中心，有关华文文学的离散研究必然涉及华裔作家的非中文写作（主要是英文写作），故而用括号里的华人文学表示其可能涉及的研究疆域，更能符合研究实际。

② 本节在《华文文学》2020年第5期刊发。

同一性和无效感；一些学者则认为它已经沦落为边界模糊、滥用无度的术语，建议停止使用。① 但在笔者看来，理论术语的跨语境传播与实践不只是意义衍生与变异的过程，而且是符号多元化意义的生产过程，它本身就是值得细读的文本和文化现象。正如台湾学者邱汉平所总结的那样，在商品全球化的同时，文化意涵与态度也跟着传遍世界，经过复杂的吸收与挪用过程，专属某一国家的符号，可能变成多元文化现象。② 同样，在华文文学研究中，离散无论是作为方法论还是认识论，在不同区域情境中的使用都有着微妙的调适、改变，其衍生的差异性正好凸显出此时此地华文创作与研究的特色和问题。本节尝试梳理离散这一理论术语的跨域实践过程，敞开华文文学研究的区域情境及其问题，进而总结出理论术语跨语境传播的某些规律。

一 西方资源与术语翻译

"diaspora"的背后有盘根错节的理论资源，可以牵引出整个西方的哲学与人文社会科学理论脉络，但当代文学文化批评实践中有关"diaspora"的理论，立足的是后现代的解构、后殖民的混杂，全球化的流动三个基础的理论视点，与之相关的历史、现实和理论渊源也影响着"diaspora"在华文文学研究中的实践过程，留下深浅不一的印记。

从历史渊源来看，一般认为，犹太所罗门帝国崩解之后，犹太民族受迫害而四处漂泊的历史是"diaspora"的开端③，这一历史起

---

① 廖炳惠：《全球离散之下的亚美文学研究》，（台湾）《英美文学评论》2006 年第 9 期。
② 邱汉平：《单子、褶曲与全球化：人文学科再造的省思》，（台湾）《中外文学》2003年第 32 卷第 6 期。
③ 几乎涉及离散的每一篇文章都会追溯犹太人漂泊流散的历史。

点突出了"diaspora"包含的流离失所的无家意绪。经过不断衍射，它最终可以涵盖历史上所有因战争、自然灾难或其他因素导致的家园丧失现象，华文文学中的乡愁书写常建立在这种家园丧失感之上。

　　从现实基础来看，"diaspora"从古典走向现代，从族群的漂泊离散指向跨国跨族裔的生存方式及其可能的理论空间，表征了全球化的极速进程中人群流动的新动向，尤其是跨国企业和网络资讯的出现而导致的常态化的跨国跨族裔生存。故而有关全球化的描述及理论也构成了"diaspora"的当下知识背景。伊曼纽尔·沃勒斯坦（Immanuel Wallerstein）的"现代世界体系"（Modern World System）、曼纽尔·卡斯特尔（Manuel Castells）的"信息社会"（information society）、阿尔君·阿帕杜莱（Arjun Appadurai）的"离散公共领域"（diasporic public sphere）① 对全球化进程及其引发的世界秩序、传播方式、社会结构的改变做出的准确判断都构成了"diaspora"建构当下理论内涵的参照系。而哈特（Michael Hardt）与内格里（Antonio Negri）的《帝国》（*Empire*）和《诸众：帝国时代的战争与民主》（*Multitude：War and Democracy in the Age of Empire*）、约翰·汤林森（John Tomlinson）的《文化帝国主义》（*Cultural Imperialism：a Critical Introduction*），詹姆逊（Fredric Jameson）的《晚期资本主义的文化逻辑》（*The Cultural Logic of the Late Capitalism*）等对全球化的民主政治和文化后果的深入考察与批判，与"diaspora"也建立了密切联系。

　　因"差异"构成了理解"diaspora"的哲学起点，后现代哲学与后殖民理论成为其直接理论源头，福柯、德里达、德勒兹等人的理论可视为其认识论和方法论基础②。福柯（Michel Foucault）的《反

---

　　① 根据该书的观点，移居外国的人，可以透过无所不在的电子文化，观看母国的文化，参与其宗教活动，这就是移动意象与脱离疆域的阅读者相遇，创造了全球性的离散公共领域。

　　② 本雅明《翻译者》《发达资本主义时代的抒情诗人》《讲故事的人》中的一些论述也引用率比较高。

伊底帕斯：资本主义和精神分裂》（*Anti-Oedipus：Capitalism and Schizo-phrenia*）、德里达的（*Derrida Jacques*）的《差异与重复》（*Difference and Repetition*）、德勒兹和加塔利（Deleuze Gilles and Félix Guattari）的《千高原：资本主义与精神分裂》（*A Thousand Plateaus：Capitalism and Schizophrenia*），尤其是德勒兹的游牧思想、块茎理论、去疆域化与越界等概念构成了当下离散论述（diaspora discourse）的重要理论支点。离散理论与后殖民理论的关系更为直接，爱德华·萨义德（Edward Said）在《东方学》（*Orientalism：Western Conceptions of the Orient*）和《文化与帝国主义》（*Culture and Imperialism*）等著作中分析的错置、放逐、流亡；霍米·巴巴（Bhabha，Homi K.）在《文化的定位》（*The Location of Culture*）中提出的"第三空间"（the third sphere）与混杂（heterodoxies）的概念都成为离散理论的核心观点。同时，鉴于身份认同和身份政治在离散理论中的中心位置，文化研究中有关身份认同的论述也至关重要，从拉康到斯图亚特·霍尔（Stuart Hall）成为一条重要线索。霍尔在《文化身份与族裔散居》（*Cultural Identity and Diaspora*）中提出的反本质论的身份生产观，成为离散研究最重要的理论资源。此外，一些社会学、人类学的理论也在当下离散论述的建构中占据位置，如犹太裔学者列维纳斯的共群伦理以及他在《整体与无限》（*Totality and Infinity*）与《别于存有：或超越本质》（*Otherwise than Being or Beyond Essence*）等著作中基于离散视野对身体、情感与欲望的原创性诠释都成为离散研究者的理论营养。

在历史、现实和理论滋养下，欧美有关"diaspora"论述逐渐成形，各种专门系统的著述在 20 世纪 90 年代大量出现，并对当代文学文化批评产生广泛影响。它们包括莎福仁（William Safran）的《现代社会中的离散、故乡与返乡的神话》（*Diasporas in Modern Soci-*

eties：Myths of Homeland and Return，1991）①、柯立佛（James Clif-ford）的《离散》（*Diasporas*，1994）、阿瓦塔·布拉（Avtar Brah）的《离散的地图》（*Cartographies of Diaspora：Contesting Identities*，1996）、罗宾·柯恩（Robin Cohen.）的《全球离散概论》（*Global Diasporas：An Introduction*，1997）、强纳生·波亚林（Jonathan Boya-rin）与丹尼尔·波亚林（Daniel Boyarin）的《离散的力量》（*Powers of Diaspora*，2002）、盖布莱尔·薛弗（Gabriel Sheffer）的《离散策略：定居海外》（*Diaspora Politics：At Home Abroad*，2003）、布雷纪尔（Jana Evans Braziel）和曼妮（Anita Mannur）编著的《理论化离散：读本》（*Theorizing Diaspora：A Reader*，2003）以及拉成尼希特（Susanne Lachenicht）与海恩松（Kirsten Heinsohn）的《离散认同：过去与现代的流亡、国家主义与世界公民主义》（*Diaspora Identities：Exile，Nationalism and Cosmopolitanism in Past and Present*，2009）等②。此外还出现了离散视野下有关犹太人的历史、文化与文学研究文本以及非裔和亚美文学、电影的批评文本等，这些都构成了当下离散研究赖以借鉴的重要资源。

面对处在不同位置的西方有关 diaspora 的理论资源，华文文学研究是如何进行借鉴且将之融入批评实践的呢？总体来看，由于知识脉络的蛛网化，个人或区域群体接受知识途径的差异性，以及各自研究对象或目标的不同，出现了借鉴与引用的不同层面和形态：有通过某些文学批评文本接触到基本理念而加以发挥的，有经由引荐性理论著述了解缘起而尝试应用拓展的，也有系统阅读相关理论资源尝试建构华文离散美学的，但不少研究者处

---

① 1991 年，莎福仁（William Safran）在加拿大多伦多大学创办了学术期刊《离散》（Diasporas），从而为离散研究提供了一个交流与互动的平台，推动了世界范围内的离散研究。

② 此处引荐的欧美有关离散的论著也可参考台湾学者赖俊雄的《当代离散：差异政治与共群伦理》中的相关论述，（台湾）《中外文学》2014 年第 43 卷第 2 期。

在对"diaspora"理论底蕴较为混沌的感知层面,误解、误用的情况并不少见,"diaspora"融入华文文学批评实践的情况具有不稳定性和多层次性。能集中体现这一状况的是"diaspora"一词的翻译问题。

现有关于 diaspora 的汉译包括了"流布、家国之外、散居/族裔散居/散居者、离散、流散/流散族群、流离失所/漂泊离散/飘散、移民社群、流亡、飞散"等多种。造成学术用语一词多译的主要原因有二:一是华文使用所面临的区域性差异,不同区域对欧美同一学术用语的翻译会有所区别;二是华文世界有关特定研究领域的学术共同体意识较难形成。但这些形形色色的译名,是敞开了 diaspora 丰富不一的内涵,还是体现了研究者各自的偏向与位置?在此,不妨举出华文文学研究领域与 diaspora 翻译相关的一例进行分析。

旅美华裔学者周蕾(Rey Chow)的 *Writing Diaspora:Tactics of Intervention in Contemporary Cultural Studies*[1](1993)被认为是华人离散研究的最早且最为重要的代表作,也是后起的华文文学研究者引用、评述较多的著作。在该书中,周蕾立足自身经历,通过文学、电影、音乐等文本的解读反思了香港人在身份认同与文化属性上的迷失与追寻。学界在翻译这本著作时,对 diaspora 的翻译有三种。最早的中文版译者(1995 年香港牛津出版社)是包括董启章、罗贵祥、辛宇、张洪兵在内的香港作家群体,他们将 diaspora 翻译成"家国之外",一方面赋予了学术著作强烈的文学色彩,另一方面又强化了香港人身份的无根与漂泊感,凸显了译者身在其中的同情之感。这一译本刷新了大陆华文文学研究界的视界,也成为一些学者

---

[1] Chow, Rey, *Writing Diaspora:Tactics of Intervention in Contemporary Cultural Studies*, Bloomington:Indiana UP, 1993.

批判的对象；但从一些批评文章的视角来看，大陆学者是将这本书放置在后殖民理论与文化研究方法之中进行定位的①，尚未意识到其在离散研究中的重要性。台湾学者则将之译为"离散"，如台湾学者赖俊雄在对当代离散理论进行评述时，将周蕾这一著作作为英语世界离散论述的重要代表作列出，附上的中文译名正是《书写离散》。由于台湾学界较早接触、引荐和应用西方离散理论，对其理论渊源有较为清晰的把握，他们的这一译法似乎更贴近原著所在的学术脉络。还有一些学者将书名译为《书写族裔散居》，似乎也有道理，且有例可循。"散居"一词强调远离原乡故国的生活状态，意义较为明晰，已有不少学者沿用。如 1999 年王赓武的论文 "A Single Chinese Diaspora?" 被翻译成中文时就叫《单一的华人散居者?》②，2000 年斯图亚特·霍尔的 Cultural Identity and Diaspora. 也被翻译成《身份认同与族裔散居》③，但《书写族裔散居》的译法出现时间较晚，译者对有关周蕾的已有研究和评判了解不详④，另创新词、以为正声的做法多少有些随意。从周蕾书名的三种译法，可以看出华文世界对于离散的学术认知初期，运用情况比较复杂：或文学性使用，或学理性把握，或主观性认定。

---

① 有关它的批评文章有朱立立的《意识形态与文化研究的偏执：评周蕾〈写在家国以外〉》（《文艺研究》2005 年第 9 期），余夏云的《"后殖民"的洞见与盲视：读周蕾的〈写在家国以外〉》（《华文文学》2014 年第 6 期）

② 译者赵红英认为 diaspora 用于居住世界各地的华侨华人时尚无定译，暂译作散居者，可见其并不了解华人离散研究的脉络。见王赓武《单一的华人散居者?》，《华侨华人历史研究》1999 年第 3 期。

③ ［加勒比］斯图亚特·霍尔：《文化身份与族裔散居》，选自罗钢、刘象愚编《文化研究读本》，中国社会科学出版社 2000 年版。

④ 董雯婷在论文《流散还是离散》中引用周蕾这本书名为《书写族裔散居》（《华文文学》2018 年第 1 期），并没有标注出版信息；而另一马来西亚学者许文荣在《华文流散文学的本体性：兼及海外华文文学研究的再思》（《华文文学》2014 年第 4 期）中误以为《书写族裔散居》和《写在家国以外》是周蕾关于离散研究的两本不同著作，可能是两种译名相差甚远的缘故，让没有找到第一手材料的学者产生了误会。

不过，术语翻译的多元化与不稳定性往往是研究初期的情况，当相关研究进入成熟阶段后，针对术语、方法和理论等层面的学术反思就会出现，学术共同体意识也有望在学术协商、论辩与对话中形成。进入 21 世纪之后，华文文学研究界出现了不少有关 diaspora 的梳理、辨析文章，其中就涵盖了有关译名的讨论。在这些论述文章中，存在多种意见，有的认为离散的中文含义并不吻合当代语境下 diaspora 的内涵；应该用流散或离散替代①；有的认为离散和流散可以并存，分别指代不同类型的华文写作②；但更多的论者承认离散是一个通用的学术词语，并将之广泛运用在华人文学文化研究、外国文学与比较文学研究以及少数族裔文学文化研究之中。可以说，经过自 20 世纪 80 年代的酝酿期、20 世纪 90 年代的尝试期以及进入 21 世纪之后的广泛运用期，华文文学界有关 diaspora 研究已有一定积累和规模，研究者所要关注的，已经不仅是术语的翻译问题，而是其在华文文学研究领域的具体运用情况。

二 区域流播与"华化"进程

离散理论在华文文学研究中的运用存在区域差异，大体情况是：美国为发源地，我国台港地区为中转与再生产基地，新马地区为

①　倾向于流散译名的学者代表有王宁（《流散写作与中华文化的全球化特征》，《中国比较文学》2004 年第 4 期，总第 57 期）、钱超英（《流散文学与身份研究——兼论海外华人华文文学阐释空间的拓展》，《中国比较文学》2006 年第 1 期，总第 63 期）；倾向于选择飞散译名的是童明（《飞散》，《外国文学》2004 年第 4 期，后收入赵一凡等主编的《西方文论关键词》，外语教学与研究出版社 2006 年版）。

②　倾向于流散、离散可以兼用的有杨匡汉、庄伟杰（两人合著的《海外华文文学知识谱系的诗学考辩》中，流散与离散作为并列的关键词出现，中国社会科学出版社 2012 年版，第 80 页）、董雯婷（《Diaspora：流散还是离散?》，《华文文学》2018 年第 2 期，总第 145 期）、杨俊蕾（《"中心—边缘"双梦记：海外华语语系文学研究中的流散/离散叙述》，《中国比较文学》2010 年第 4 期）等。

泛影响区，中国大陆为推广使用区。在这一学术理论的区域地理
镜像中，地方性知识与全球化语境之间产生的微妙对话，不断改
写着离散话语的内涵与实践价值，不妨称之为"离散"的"华化"
进程。

（一）美国

除了受到西方有关 diaspora 的理论直接影响外，美国华人文化文
学的离散研究，其理论视野与渊源还建立在 20 世纪 60 年代以来港
台及海外华裔学者有关华人文学文化属性的相关论述之上，从有关
海外华人（overseas Chinese）朴实的现象概括与描述，到后学视野
中有关离散华人（The Chinese Diaspora）理论架构，[1] 逐渐形成了贴
近海外华人生存实际的离散理论框架，成为华文文学研究者广为借
鉴和引用的理论资源。

1961 年，新儒学的代表人物唐君毅[2]的某些观点，已包含了有
关离散的双重视野，成为"华化""离散"理论的一个重要源头。
在《说中华民族之花果飘零》中他观察到，由于回归母国的不可能，
世界各地华人被迫归化或主动融入居住国的情况增多，形成了一种
可能导致中国认同崩裂的风势："此风势之存在于当今，则整个表示

① 1992 年华人研究的著名学者王灵智、王赓武等人在加州大学召开的"落地生根：国际华人研讨会"（Luo Di-Sheng Gen：International Conference on Overseas Chinese）上依然选择的是海外华人这一传统表达，但 1998 年，会议论文集出版时，书名就叫"*The Chinese diaspora：selected essays*" Volume Ⅰ & Ⅱ，The Chinese diaspora 替代了 overseas chinese，1999 年 2 月，在澳大利亚国立大学华南离散研究中心的致辞上，王赓武还对 diaspora 用于指代海外华人的说法表示不安。他担心使用这一术语可能带来的政治风险。在他看来，它会让华人所在国政府产生一种华人具有分离意识的幻觉，对华人的安居乐业并非善事。（王赓武：《单一的华人散居者？》，赵红英译，《华侨华人历史研究》1999 年第 3 期）。但越来越多的华人研究者开始在学术研究中选用"离散华人"这一术语，包括王赓武本人。2008 年，王赓武在为新加坡新创刊的华人国际研究学报题词时，选择的英文表述就是 The Chinese diaspora。从 Overseas Chinese 到 The Chinese diaspora 的转变，既体现了欧美华人文学文化研究的历史变迁与范式转移，也勾勒了华文文学离散研究与海外华人研究的历史关联与内在联系。
② 唐君毅的学术阵地虽在香港，但他曾多次应邀前往美国、日本、韩国及欧洲各国参加学术会议或作专门学术演讲，在华人世界具有极大影响。

中国社会政治、中国文化与中国人之人心，已失去一凝摄自固的力量，如一园中大树之崩倒，而花果飘零，遂随风吹散；只有在他人园林之下，托荫避日，以求苟全；或墙角之旁，沾泥分润，冀得滋生。①"这一段"花果飘零、随风吹散"的描述可谓有关离散原初词义的形象描述，也道出了华文文学中家国情愁书写的动力机制。不久后，为回应读者疑问，他在另一篇文章中提出了中华文化可绝境再生、灵根自植的观点："故无论其飘零何处，亦皆能随境所适，以有其创造性的理想与意志，创造性的实践，以自作问心无愧之事，而多少有益于自己、于他人、于自己国家、于整各人类之世界。则此种中国人之今日之飘零分散在四方，亦即天之所以'苦其心志，劳其筋骨，饿其体肤，空乏其身，所以动心忍性，曾益其所不能'，而使其有朝一日风云际会时，共负再造中华，使中国之人文世界花繁叶茂，于当今之世界之大任者也。"② 这番"灵根自植"的表述祛除了移民生活的悲苦愁绪，强调跨国华人移民应积极融入当地，并肩负起弘扬民族文化、造福人类的使命，与当代离散的理论视野不谋而合。唐君毅的"花果飘零与灵根自植"说既是对海外华人生存经验的概括与描述，也是富有感染力的理论与实践指南，对华人世界影响深远。1992 年，王灵智教授等在美国加州大学主办的"落地生根：国际华人研讨会"（Luo Di-Sheng Gen：International Conference on Overseas Chinese）无疑正是这一理论视野的体现③。

---

① 唐君毅：《说中华民族之花果飘零》，（台北）三民书局 1977 年版，第一章，第 2 页，原刊于《祖国周刊》1961 年第 35 卷第 1 期。

② 唐君毅：《说中华民族之花果飘零》，（台北）三民书局 1977 年版，第二章，第 61 页。

③ 加拿大一些华裔学者的离散研究也处在与美国相似的学术语之中，相互影响，相似度高。如加拿大华裔学者马佳在《由离散到聚拢，从解扣到织锦——加拿大华裔作家英文创作的主题演变》中对离散与聚合的认定思路为"离散，不仅是指从 19 世纪中期开始的华人离乡背井的金山淘金，也是指早期排斥华人的歧视背景下，加拿大华人和大陆亲人的被迫间离和散失；聚合，既是废除排华法后亲朋家族的北国团聚，也是华裔的身份认同和多元文化宽松条件下，华人对加拿大社会核心价值的趋近"。也遵循着花果飘零到落地生根的叙述思路。

1989 年,周策纵①在新加坡作家协会与哥德学院合办的世界华文文学国际会议上,提出了双重传统论和多元中心论,对中国本土以外华文文学的独特性进行了深入思考,他说,"中国本土以外的华文文学的发展,已经产生双重传统(double tradition)的特性,同时目前我们必须建立多元文化中心(multiple literary center)的观念,这样才能认识中国本土以外的华文文学的重要性。"② 周的另一表述更为具体:"海外华文文学(特别是东南亚文学)是具有双重(甚至多重)传统的,既有延续自中国古典与现代文学的中华传统,又有从居住地社会与文化情境所发展起来的本土传统,也有从西方世界所借鉴而来的西学传统。多元传统的重叠与融合绘制成异彩纷呈的文学风景。"③ 周超越中西二元对立,强调华文文学的辉煌是在不同传统的融合重叠中生成,这种理论视野与思维方式与离散理论所标示的"第三空间"并无二致。经由其学生王润华的引申发挥和推广④,他的观点在华文文学研究界产生了较大影响。

1991 年,杜维明提出了"文化中国"(Cultural China)的命题⑤。他把"文化中国"定义为一个文化空间和符号世界,既包含又超越通常定义"中国性"(Chineseness)的那些族群、疆域、语言

---

① 以研究五四运动出名的美国华裔学者周策纵对海外华文创作有扶掖之功,自己也写过不少诗词。

② 王润华:《华裔汉学家周策纵的汉学研究》,学苑出版社 2011 年版,第 119 页。

③ 王润华:《越界跨国文学解读》,(台北)万卷楼图书股份有限公司 2004 年版,第 412—413 页。

④ 王润华在新马、中国大陆和台湾地区都有大量学术论文论著发表,又在新加坡、中国台湾等地教学多年,还培养了几位在中国大陆有一定影响的博士生,对周策纵理论的传播有重要贡献。

⑤ 1990 年夏天,杜维明到美国夏威夷中西中心任文化与传播学院院长,开始探讨文化中国的话题,1990 年 10 月 24 日在该中心主办的学术会议上正式提出了"文化中国"这一术语,1991 年他的英文著作《文化中国》(*Cultural China*:*The Periphery as the Center*,*Daedalus*,1991)正式出版;1991 年 2 月,在夏威夷用中文举办了"文化中国"的专题学术研讨会,后经由一系列的学术研讨,"文化中国"一说渐入人心。总体来说,以正式出版著作的 1991 年作为"文化中国"提出的时间较合理。参考张允熠、陶武《论杜维明对文化中国的思考》,《安徽史学》2005 年第 4 期。

与宗教的边界，他把地缘政治中国的文化权威"去中心化"，探索中国性作为一个分层的、有争议的话语的流动性，为重新理解中华文化开启了崭新的途径。① 杜维明还详细分析了文化中国的三个意义世界（或三个层次），其中第二意义世界是指中国和新加坡以外、散居于世界各地的"华人社会"，杜维明称这一部分人为离散华裔。在区分文化中国与政治、经济乃至现实中国的区别之后，他认为包括离散华裔在内的第二、第三意义世界可跨越现实政治、经济的疆域而保持对文化中国的认同。显然，杜维明的思路与当代离散理论对"文化离散"②的思考极为相似，都淡化了现实政治层面的回归诉求，凸显了离散族群在异域文化语境中对故土文化的理解认同的可能性③。杜维明的"文化中国"论从文化渊源上确立了华文文学创作的意义，现已成为基础性的理论视野，影响着华文文学研究。

华裔学者有关华人文学文化的上述观点，在思维路径和方法上都与离散研究有内在的一致性，经由一段时间的积累与传播，逐渐内化为华文文学研究的常识；但针对华文文学（文化）文本进行的离散研究应以旅美华裔学者周蕾（Rey Chow）的《离散书写：当代文化研究的介入策略》（1993）为开端，在她之后，涌现了一批将离散理论用于华文文学研究的美国华裔学者，影响较大的有王德威、

---

① 张松建：《"尤利西斯"的归来：张错的离散书写》，《中国现代文学丛刊》2017 年第 12 期。

② 20 世纪后半叶，"离散"现象从真实族群主体逐渐发展到"文化离散"，文化离散意味着遭遇一种异国传统文化，但是又没有散失自己的文化认同，而且还产生了一种对故土（homeland）家国的集体认同。离散族群并不完全是谋求一种"家园回归"模式的政治意义，而是转向对族群身份背后的文化有了更深的理解和认可。而且，"文化离散"由于摆脱了政治压力的束缚和局限，激发了族群成员在经济和文化上的创造力，这亦使离散族群的悲惨历史翻开了新的一页。参考刘冰清、石甜《族群离散与文化离散研究的来龙去脉》，《学术探索》2012 年第 2 期。

③ 杜维明的"文化中国"论是在美国学术语境中形成的，应该受到文化离散理论的影响，或者说，他的这一理论是在文化离散理论影响下形成的。

史书美、石静远等。

王德威是在离散视野中解读华文文学文本、作家和现象最为娴熟，也最富有成效的学者，在他笔下，离散衍生了多种含义，既是现象，又是心境，也是美学。一方面，他善于从具象中抽象出有关离散美学的种种可能。如从张爱玲在美国的创作重复现象提炼出了"回旋衍生的美学"，在台静农赴台后放弃文学、潜心书法的人生历程中领悟出"丧乱美学"。另一方面，他还善于将抽象的离散理论融入华文文学作品及现象的解读中实现对具体文本的精彩解读。如有关台静农书法的解读，正是依借离散视野凸显了其书法的美学特质及形成原因："书法在美学是台静农对北方大陆的乡愁图像，政治上是他暧昧的遗民意识表征，心理上是他用以排遣南方忧郁的手段，然而这三个面向还是无法完全解释台静农书法所透露的力度。我认为台静农书法最深刻的层次是，他理解书法不仅仅表达他的困境，更进一步，是他的困境证实了书法作为一种有关流离迁徙的艺术，一个图景（topos）和道统（Logos）此消彼长的艺术。"①

史书美②是华语语系概念的主要创建者，她在分析华语语系文学时，提出了有关离散的一些理论思考，并从反中国中心主义走向了反离散，强调离散终有时。相比王德威细腻的文本解读，史书美更多是提供了一种价值论的离散理论架构，她一些看似立足离散华人生存实际得出的宏大结论并不新鲜，也缺乏辩证意识，如她所谓的反离散指的是"相对中国文学、语言和文化的离散应该让位给对所居地的融入和同化进程"。而这样的理论目标，早已在唐君毅、周策

---

① 王德威：《国家不幸书家幸：台静农的书法与文学》，（台湾）《台大中文学报》2009年第 31 期。

② 史书美是美国加州大学洛杉矶分校（UCLA）比较文学系、亚洲语言文化系及亚美研究系合聘教授。

纵、杜维明等人从落地生根、双重传统到三个意义世界的理论视野里出现。

石静远①也是倡导华语语系文学的美国华裔学者之一，她在《华人（文）离散中的声音与文字》（*Sound and Script in Chinese Diaspora*，哈佛大学出版社 2010 年版）一书中，从"语言"（特别是文字和声音的物质与再现层面）与"文学治理"的角度出发探讨华文离散写作的复杂性，将创作的本体因素与创作的外在条件的内在关联做了更为细腻的揭示，在离散理论和华文文学文本研究之间建立起桥梁。

利用离散理论进行华文文学研究的美国学者还有童明、陈瑞琳等。童明是美国加州大学洛杉矶分校英语系教授，在《论飞散》《飞散的文学与文化》《家园的跨民族译本》等论文中，面向大陆学界，他经过一番辨析后，提出了用飞散替代离散的译法②，并在对木心等作家的个案分析中，凸显飞散意识在文学与文化的体现，倡导了一种富有世界性的美学，其基本的理论资源是本雅明和霍米·巴巴。另一位旅美学者陈瑞琳是在华文文学研究界较有影响的评论家，她对离散的认知和实践则代表了更接近大陆华文研究者的思路。在她的一些评论文章中，离散是华文文学创作心理、创作内容的一种朴实概括，如《离散与回归——21 世纪北美新移民女性创作的汉语文学成就》中她写道："在新移民女作家的作品中，无论是正面书写异域生活的'离散'文化冲突，还是站在海外的新角度'回归'独特

---

① 石静远是耶鲁大学中国文学与比较文学系教授。
② 童明认为，"飞散"是表述当今知识特征的一个重要符号，是全球化、后殖民时代一种文化（包括文学）观念，认为文化跨越边界以旅行（即"飞散"）的方式繁衍，是当今文化生产、文化生成的趋势。一种文化要有效地表述自身的差异，却必须参与跨民族、跨文化的关联：这个二律背反是后殖民批评对当今文化生产的看法，也是"飞散"的视角。参考童明《飞散的文学与文化》一文的摘要。（《外国文学》2007 年第 1 期）

的中国书写，都是在中西文化的大背景下展开生命价值的探讨，同时也是为世界华文文学的发展前景寻找着与世界文坛接轨的表现方式和创作技巧。"①

（二）台湾

台湾是较早接触离散理论的华文文学创作区域②，约在 20 世纪 90 年代初期就开始在离散视野中对文学文化现象进行研究，在拓展离散研究所能涉及的时间、空间与对象范围③的同时，也不断进行理论的省思，逐渐凝练和丰富了有关"离散诗学或美学"的丰富内涵。从对象范围来看，台湾离散视野下的华文文学论述主要集中于在台马华文学、台湾海外文学、台湾外省人创作三大群体，代表性的学者有廖炳惠、张锦忠、李有成、林建国、黄锦树等。

廖炳惠④对离散的理论渊源与当代转化有较为清晰的认知，他在《关键词 200：文学与批评研究的通用词汇编》⑤ 一书中对"离散"一词做出的系统描述，成为华文世界对该理论术语的经典阐释。当他将离散理论引入具体的文学文本研究中时，也能超越文本，做出理论上的探索与定位，他的《全球离散之下的亚美文学研究》⑥ 一文，从离散理论的古今嬗变入手引出华人（文）表达的复杂性，勾勒了离散经验与文化表达及认同的四个面向：离乡、失落、差异与

---

① 参见陈瑞琳《离散与回归——21 世纪北美新移民女性创作的汉语文学成就》（《苏州教育学院学报》2017 年第 34 卷），其中离散的英文翻译为"Leaving "而非 diaspora。

② 在美国和中国台湾之间游走的学者很多，不少美国华裔学者有台湾文化背景和生活经历，不少台湾学者又有美国留学背景，这一部分人在台湾学界十分活跃，往往第一时间将理论带入台湾。

③ 论述对象从当代到古代（如将卢思道作为离散文学的代表作家），从文学到艺术和社会现象（电影研究、亚美研究、华裔研究、社群研究、同性恋研究等）。

④ 廖炳惠，曾在中国台湾大学外文系、美国加州大学文学系、中国台湾清华大学等学校任教，现任加州大学圣地亚哥分校台湾研究讲座教授、台湾清华大学外语系特聘教授。

⑤ 廖炳惠编著：《关键词 200：文学与批评研究的通用词汇编》，台北麦田出版公司 2003 年版；江苏教育出版社 2006 年版，第 71—72 页。

⑥ 廖炳惠：《全球离散之下的亚美文学研究》，（台湾）《英美文学评论》2006 年第 9 期。

歧出，具有较强的概括力和借鉴性。

张锦忠、李有成、林建国和黄锦树都属于在台马华学者。他们的离散研究以离散马华文学为主体，兼顾其他区域的华文文学创作及文化现象，因其研究建立在自身离散经验的基础上，现实感极强且富有情感的力量。

张锦忠 2006 年至 2013 年间在台湾中山大学主持了一系列以离散为主题的研究计划①，创建了"离散文学工作坊"（Diaspora Literature Workshop），他与李有成合作编撰的《离散与家国想象：文学与文化研究集稿》② 等书也颇有影响。在对文学文本的解读中，张锦忠将离散诗学的内涵具体化了。无论是亚美研究视野中的华裔英语写作（林玉玲和陈文平的英语文学）③，还是在台马华文学的个案细读，张锦忠的作品中都凸显了"旅行跨国性"这一关键词，通过分析作家在流动、归返及历史记忆多重纠葛中创作的文本，他提炼出离散诗学的具体内涵，那就是融汇了语言、意象和思想等多个层面的美学杂糅性或含混性④。李有成也是较早接触离散研究的台湾学者⑤，2013 年的《离散》一书是其离散理论的集中展现。李有成认

---

① 主要研究计划有：2006 年 9 月—2007 年 12 月：文学离散与马华文学的写实主义；2006 年—2013 年：离散/现代性研究室。

② 张锦忠、李有成编：《离散与家国想象：文学与文化研究集稿》，台北允晨文化出版公司 2010 年版。

③ 张锦忠：《跨越半岛，远离群岛：论林玉玲及其英文书写的漂泊与回返》（《英美文学评论》1999 年第 4 期）；《流动与游离，或，交换与改变（之必要）：林玉玲的离散诗学》，（《中外文学》2004 年总第 32 卷第 10 期）；《历史记忆的两种重现模式：林玉玲的回忆书写与小说》，《迁徙与生/失根——东南亚的移民与再移民》，2012 台湾东南亚区域研究年度研讨会论文，"国立"暨南国际大学东南亚研究所与研究中心、中研院人文社会科学研究中心亚太区域研究专题中心合办，2012 年）。《变易与交易：亚美诗人陈文平作品中的文化属性与地方感性》（《英美文学评论》2012 年第 21 期）。

④ 张锦忠：《流动与游离，或，交换与改变（之必要）：林玉玲的离散诗学》，《中外文学》2004 年第 30 卷第 10 期。

⑤ 据他自述，他的所有研究都与离散有关，可以追溯到 20 世纪 70 年代对犹太裔作家索尔·贝罗（Saul Bellow）的研究，但真正发表与离散有关的论文时在 1993 年之后。

为，相比华语语系文学的争议性，"离散"这一概念倒更适合来定位华文创作的种种特质，"离散不仅是散居世界许多地方的华文作家的共同经验，同时也是这些作家思考的立足点，他们一方面与移居国的文化与现实对话，另一方面则必须面对自身族群或家国的文化与现实。离散因此可以是一个具有创造性的对话空间"①。"就华文文学而言，离散的经验繁复多样，不论从历时或共时的角度来看，都无法强加统摄与划一，但许多地区的华文文学充满了离散感性则是不争的事实，要将这些地区的华文文学连结在一起，离散作为一种网络是很重要的体认。"② 他用离散理论来解读当代的文学或电影文本，演绎出"一种混杂、错置、含混、差异"的离散诗学，与张锦忠殊途同归。林建国的《盖一座房子》是一篇为后来者广为引用的有关离散研究的佳作，他用李永平和蔡明亮的个案，说明作为离散主体的创作者，何以形成迥异的美学态度和创作选择，对离散美学的多样性及其形成原因进行了深入剖析。最终，离散美学在他眼里成为一种演绎梦境的美学，既源于与现实的疏离，也制造了与现实的疏离。③

黄锦树的创作与研究都可以放置在离散视野之中。作为离散马华文学的代表人物，他的文学作品成为建构离散诗学的必备之选；而在学术型的离散谱系里，其文学批评也是华文世界不容错过的学术景观。从早期的《马华文学与中国性》④ 到近来的华语语系批判，都有另立家门、别无分店的决然。除了对在台马华文学的离散书写进行厚描之外，黄锦树对华文文学研究中离散论述的学者因素也有所揭示，如他在王德威对抒情传统的执着建构中，看到了几代海外

---

① 李有成：《离散》，（台湾）允晨文化出版公司 2013 年版，第 3 页。

② 同上书，第 4 页。

③ 林建国：《盖一座房子》，（台湾）《中外文学》2002 年第 30 卷第 10 期。

④ 黄锦树：《马华文学与中国性》，（台北）元尊文化出版社 1998 年版。

华裔学者自身离散的命运①："重点在于，王德威教授也身在其中，他本身是那批流亡者（几乎就是民国遗民了）的后裔，继承了他们的文化教养（对京戏的爱好，对古典诗文、书法和中国画的认知），也继承了他们的花果飘零，因而有着近乎相似的感觉结构。"②

　　总体而言，台湾离散视野下的华文文学研究，首先，具有视野和对象上的综合性、对比性和灵动性，能将文学文本与电影文本（如蔡明亮的电影与李永平的小说）、华人的英语文学与华文文学（如林玉玲与白先勇）、华人的文学创作与非华人的文学创作〔如哈金与汉尼夫·古雷希（Hanif Kureishi）〕进行通融性的观照与对比研究，从而呈现了华文离散创作的世界性位置与意义。其次，他们对原初性的离散理论理解较为透彻，外文直接引用率较高，善于结合理论对文本与现象进行深入细腻的解读，也能立足自身研究对象，深化有关离散的一些思考，提出一些新命题或问题。如"华人离散家族、华文文学的离散传播、离散感性、华人离散电影、时空错置而产生的怀乡书写"③ 等。不足之处在于，囿于台湾的学术环境，论者对文本地方属性过于敏感，在离散理论视野中，强化了文本针对中心而言的边缘性、混种性、杂交性、越界性，文本的区域差异被本质化、普遍化，导致在离散视野中文本意义反而被固化与单一化，一些更有意味的文学问题被遮蔽，文本的社会功能与政治意味被强化。此外，对欧美离散理论的过于依赖，导致多数台湾学者的离散诗学或美学建构未能有真正的突破，往往成为现有离散理论在文学研究领域的重说。

---

　　① 白依璇：《李散文民国性的文学史范本：论夏志清〈中国现代小说史〉》，（台湾）《汉学研究通讯》2015 年总第 136 期。

　　② 黄锦树：《作为离散论述的抒情传统：读王德威的〈现代抒情四论〉》，（台湾）《中外文学》2012 年第 41 卷第 3 期。

　　③ 侯如琦：《〈狼〉〈铁浆〉〈破晓时分〉中的人物与朱西宁的离散情结探析》，（台湾）《台湾文学集刊》2007 年第 3 期。

（三）　新马①

鉴于新加坡和马来西亚华人的特殊历史经验，他们很容易被确认为离散华人群体，其文学创作也成为离散研究的主要对象，但所在区域的华文文学离散研究，尚未形成阵营，仅有王赓武、许文荣、张松建等少数学者涉猎。

王赓武对东南亚华人身份认同的思考，强调华人身份意识的多元性和随机性，与当代离散理论不谋而合。他通过区别华人的类型和分析华人身份的阶段性变化，将华人在东南亚的离散状态进行了细分，认为"对于东南亚华人少数民族所必须承认的最重要的事实是，他们的多样性，他们的缺乏一致性，以及他们根据环境和时机作为完全各行其是的集团而行动的倾向性"②。王赓武的华人身份理论为华文文学离散研究奠定了基础，但他本人对于"离散"一词的用法保持了警惕。在较长的一段时间内，他一直担心"离散"视野背后隐藏着一种将多样化的华人本质化的冲动，形成所谓单一华人离散的偏见。1999年他在一篇名为《单一的华人散居者?》的学术演讲稿中指出，离散研究必须避免掉入单一的阐释怪圈中，必须从多元向度切入进行具体研究③。在他看来，研究者应当关心的是不同的华人社群在不同的时间与地点移动时所产生的经济、政治以及历史文本的具体性。

许文荣是扎根于华文文学研究领域的马来西亚华裔学者，他在《离散文学与政治无意识——马华文学的个案》《华文流散文学的本体性：兼及海外华文文学研究的再思》等论文中，从现实诉求与诗学形式两个层面梳理了离散华文文学的几个层面：叙事视角上的边缘性、

---

①　旅台新马学者的学术阵地主要在中国台湾，故在论述区域差异时暂且将他们排除在新马之外。

②　王赓武著，姚楠编：《东南亚与华人：王赓武教授论文自选集》，中国友谊出版公司1986年版，第198页。

③　王赓武：《单一的华人散居者?》，赵红英译，《华侨华人历史研究》1999年第3期。

身份认同上的流动性、文体建构上的"混杂性"、意识形态上的"抵抗性"。① 在研究方法上，许文荣提出应避免以单一视角作为诠释法则，倡导吸纳与参照多元视角的交叉阐释的方法，② 他的研究在引用西方理论和王赓武的本土理论话语之外，也借鉴了大陆学者对流散文学的一些阐释，体现了新马学者在离散研究上的对话性和开放性。

张松建是另一位立足华文文学文本演绎离散诗学的新加坡学者，他综合本土、中国和西方话语等理论资源进行文本解读，生发出了自己的问题与观点。从美国华裔作家张错的诗歌与创作经验中，他剖析了一些作家固守家园意识，坚持"离散"与"回归"的传统文学想象的原因③。以新加坡作家谢裕民为例，他发现了新马作家从对中国中心的离散转向在地中心的离散这一历史进程，分析了离散经验对文化认同与情感结构的影响，离散经验对于文学创作的意义等问题④。

新马华文文学研究与我国台湾、大陆地区关联紧密，他们的离散研究较容易融汇在主流之中，故学者们立足区域情境，做出的独立探索值得关注。

（四）中国大陆

"离散"这一术语进入中国大陆学界的最早时间和具体途径，有两种说法。一种是移民社会学学者李明欢提出的，她认为是香港中文大学人类学学者谢剑在 1991 年将这个词首次引入内地⑤。另一种说法则认

---

① ［马来西亚］许文荣：《华文流散文学的本体性：兼及海外华文文学研究的再思》，《华文文学》2014 年总第 123 期。

② 同上。

③ ［新加坡］张松建：《"尤利西斯"的归来：张错的离散书写》，《中国现代文学研究丛刊》2017 年第 12 期。

④ ［新加坡］张松建：《家国寻根与文化认同：新华作家谢裕民的离散书写》，（台湾）《清华中文学报》2014 年第 12 期。

⑤ 香港中文大学人类学学者谢剑，在美国拿到博士学位，从事华人社群与少数民族研究，在内地刊物发表《试论香港客属社团对都市化情况的适应》一文，其中用 dispora 来定位香港的客家人。（《中国社会经济史研究》1991 年第 4 期，dispora 在此文中翻译成散处的地域，做了特别介绍）。

为是比较文学学者王宁①在 1994 年 8 月参加国际学术会议首次接触后引入。鉴于华文文学研究者与人类学研究的隔膜、与比较文学研究的融合度，就华文文学研究领域而言，后一种说法更能被接受。②无论如何，20 世纪 90 年代初期中国大陆学者仅仅接触到这一术语，尚未将之运用于研究实践。从笔者整理的文献来看，离散研究在中国大陆兴起的时间是 2000 年后，③2000 年以后，有关离散的术语反思④、理论综述⑤以及文本批评实践不断涌现，一些以离散为线索或主题的著作⑥开始出版，美国华裔学者及港台学者的离散研究著述也相继引入，依托这一背景，大陆离散视野下的华文文学研究已见声势，但探索与问题同在。

最大的问题是，大陆华文文学研究中，对"离散"这一术语的使用较为随意、粗糙。离散可以用来描述与聚合相对的创作手法⑦；也可以作为对现象的直观描述⑧；还可以与其他术语组合，衍化成与离散相关的诸多术语，诸如离散书写、离散作家、离散问题、离散

---

① 王宁自述是 1994 年 8 月在加拿大爱德蒙顿举办的国际比较文学协会第 14 届年会上最早接触到这一词语并加以引荐的，后来他组织过相关主题的讨论，并写了相关的学术论文两篇，因而这一时间点成为一些华文文学研究者在追溯离散进入中国大陆学界的标志性起点。

② 当然也不能排除，从台港学界流入了一些有关离散研究著述的影响，但未见到确切的论述。

③ 参见颜敏《"离散"的意义"流散"——兼论中国大陆海外华文文学研究的独特理论话语》，《汕头大学学报》（人文社会科学版）2007 年第 2 期。

④ 参见颜敏、杨俊蕾、庄伟杰、董雯婷等人的相关论述。

⑤ 参见李明欢、郝国强、凌津奇、段颖等学者的相关论述。

⑥ 朱立立：《阅读华文离散叙事》，人民出版社 2015 年版；徐颖果：《离散族裔文学批评读本——理论研究与文本分析》，南开大学出版社 2012 年版。

⑦ 如鲍旦旦的《"离散"与"交集"——浅谈〈裸者与死者〉的叙事特点》（《镇江高专学报》2009 年第 22 卷第 3 期）；张素娣的《"离散"和"融聚"：严歌苓与谭恩美小说比较》（《华文文学》2012 年第 5 期，总第 112 期）。

⑧ 如公仲在《离散与文学》中的描述：离散是一条美学原则，离散形成距离，距离产生美感……在人生道路上可能是悲戚、苦难的历程，然而在文学道路上，也许倒是创作成功的机遇。海外华文文学就是在这离散中产生、发展的，加拿大华文文学也不例外。离散正是海外华文文学一大特色，也是一大优势。（《华文文学》2007 年第 5 期，总第 82 期。）

主题、离散身份、离散视角、离散体验、离散经验、离散视域、离散心境、离散空间、离散族群、离散者、离散美学、离散诗学等。对于很多论者而言，这些组合的术语在研究中无须经过学理性的辨析，就可以在论述中使用。

同样，在运用离散理论进行文本与现象解读时，与台湾学者动辄花大量篇幅进行理论缘由的辨析相反，大陆学者往往只对离散理论作简单描述，或摘录某些理论表述为我所用，缺乏对理论渊源的梳理与认识。表面看来，大陆学者广泛使用了与离散有关的理论话语，也极大地拓展了离散所能涉及的创作问题与文学现象，但实际上，多数研究既没有借助离散视野实现对文本的深入解读，也未能让离散理论在实践中有所衍射、深化。因此，与台湾学界不同的是，大陆华文文学界离散研究的基本症结，不再照搬西方理论话语①，而在于理论意识和深度意识的缺乏，尚处在探索状态。故而那些基于离散视野而生发的问题意识和理论性较强的研究文本最为可贵，在此可从文本细读、诗学建构和理论反思三个层面介入，对这些研究成果加以梳理。

大陆华文文学研究界的离散研究主要融汇于文本细读之中。通过特定文学作品的分析，一些研究者尝试提出了有关离散书写的具体策略，形成一定的理论意识。如王桂莲以李彦小说《雪百合》为例，提出离散文学中文化拼合这一书写策略的渊源、特征及在文本中的具体表现。她认为"离散文学中的文化拼合是母语文化与主流文化交融中所产生的一种特殊的社会形态"②。"这种写作帮助了旅

---

① 如杨俊蕾认为大陆离散研究的最大症结是有可能导致对西方话语的依赖，她说：出于对中国当代文学批评过度依赖西方话语的不满，防止流散主题研究再次沦为西方批评话语在中国的又一场搬演，有研究者提出要增补历史维度，在考察海外华人流散写作时，自觉考虑移民问题与西方势力全球扩张之间的关系，借此体现海外华文文学离散主题的中国特性。（杨俊蕾：《"中心—边缘"双梦记：海外华语语系文学研究中的流散/离散叙述》，《中国比较文学》2010 年第 4 期）。

② 万桂莲：《离散文学中的中西文化拼合探析——以李彦英文小说〈雪百合〉为例》，《江西社会科学》2011 年第 10 期。

居国读者更好地理解作者的母语文化以及作品本身。随着全球人口移动的加剧,文学作品中的文化拼合现象必将得到进一步繁荣,离散文学正是为这种文化拼合提供了良好的载体。"① 陈学芬在聂华苓小说中发现了在两种文化、两个国家之间形成的"转变中的离散者"形象,他们的特点是"对根、对精神家园的渴求,对母国的思念和批判,对美国的隔膜与融入"。② 宋阳立足美国华裔诗人李立扬等人的诗歌创作,探讨了"在路上"这一母题的多元形态及其与离散空间建构的关系。③ 马海洋对严歌苓小说离散意识的缘起、表现和影响做了概括,并确定了其离散意识导致的写作形态及价值。④ 庄园以余光中、严歌苓和高行健为例,概括了华文作家的三种典型离散心态。⑤ 汪世蓉从华文作家作为文化翻译与传播者的角度,分析离散族群如何在写作中实现对中华文化的回归与守护。⑥ 王菲分析了华裔族群离散身份的多样性、异质性和杂糅性与华裔在美国生存、生活的嬗变结果之间的关系,以及这一变化在文学创作中的影响。⑦ 上述研究尝试从文本阐释出发,提炼出一些理论话语,可借鉴性较强。

值得重视的是,近几年来,一些大陆华文文学研究者开始超越具体文本阐释层面,自觉建构离散诗学。张春敏等人对美国亚裔离

---

①　万桂莲:《离散文学中的中西文化拼合探析——以李彦英文小说〈雪百合〉为例》,《江西社会科学》2011 年第 10 期。

②　陈学芬:《论聂华苓小说中的离散者形象》,《中央民族大学学报》(哲学社会科学版) 2014 年第 41 卷第 1 期(总第 212 期)。

③　宋阳:《全新离散空间的建构——论美国华裔诗歌中的"在路上"母题》,《河北工业大学学报》(社会科学版) 2016 年第 8 卷第 2 期。

④　马海洋:《身世浮沉　故国远望——论严歌苓小说中的离散意识》,《黑河学刊》2017 年第 6 期,总第 234 期。

⑤　参见庄园《乡愁的泛滥与消解:简论华文作家的三种离散心态》,《华文文学》2014 年第 5 期,在该文中,她以三位作家余光中、严歌苓和高行健为例,认为不同的乡愁书写显示了不同的离散心态。

⑥　汪世蓉:《守望乡愁:论华人离散族群对中国文化的翻译与传播》,《广西民族研究》2015 年第 4 期,总第 124 期。

⑦　王菲:《从生存到生活——徐忠雄小说离散身份的嬗变》,《文艺争鸣》2014 年第 4 期。

散诗歌的解读中，提出"迂回的诗学"一说。在他们看来，离散是包容和汇合多种文化传统并持续地将其重新定位的过程，亚裔离散诗歌开拓了有关离散的各种各样的表达方式，并展示了离散在"在全球化进程中的回转往复和自相矛盾"，从而形成了具有开放和动态性的"迂回的诗学"；由此研究者也需要一个"扩大的"视角来识别和欣赏各种文学和文化的迂回、变异、转移和脱轨①。此外，许燕转等人以聂华苓创作为中心提出了"华文离散美学"一说②，认为它是华文诗学和离散美学交汇共生的产物，具体体现在文本的华人性、异质性、原乡性、边缘性等方面③，同时，离散美学又是离而不散的美学，离散作家的文学创作在主观或客观上保持了对中华文化的坚守：坚守中国语言或中国文化。④ 许燕转将离散理论与海外华文文学的文本细读融合起来，尝试从审美层面去概括离散华文文学的诗学与美学特质，在其研究结论难以超越前人的情况下，实现了研究视角的创新。

理论的反思往往对研究具有总结、批判和引领作用，华文文学界有关离散研究的理论反思不多，但不容忽视。2005 年，饶芃子、蒲若茜对华裔美国文学批评理论发展趋势的概述，借对理论动向的梳理与总结，指出离散作为一种新的批评视野，与以往所强调的本土话语一样，都带上了身份政治的烙印，"这种政治的诉求使亚裔美

① 张春敏、龚建平、张跃军：《迂回的诗学：新解美国亚裔离散诗歌》，《学术论坛》2011年第10期，总第249期。

② 李伟、许燕转：《华文离散诗学的审美共性》，《赤峰学院学报》（哲学社会科学版）2017年第38卷第3期；许燕转：《跨文化视野下的聂华苓后期离散写作研究》，《当代作家评论》2014年第5期；许燕转：《离散美学研究——重论聂华苓的〈桑青与桃红〉》，《广西社会科学》2016年第9期，总第255期；许燕转：《离散主体的精神诗学——重论聂华苓〈桑青与桃红〉》，《华文文学》2017年第1期，总第138期。

③ 李伟、许燕转：《华文离散诗学的审美共性》，《赤峰学院学报》（哲学社会科学版）2017年第38卷第3期。

④ 同上。

国文学研究的视界过于狭隘，还没有全方位地展示出亚裔美国文学的丰富内涵"①。提出华裔美国批评的问题，对中国大陆以身份认同为中心的华文文学批评范式无疑是一种警示。2007 年，颜敏在分析了"离散"这一术语在华文世界的流散过程后，指出大陆海外华文文学研究界对离散研究的盲目跟进，反映的正是这一研究领域缺乏独特理论话语的尴尬现实。② 2010 年，杨俊蕾注意海外华语语系文学视野中，离散研究有着以边缘对抗中心的理论诉求，对于大陆华文文学研究界而言，如何在中国文学的视野之中或之外处理好离散视角的华文文学研究，应该是当下最令人困扰却又必须时刻面对的问题。她认为"如果说流散/离散研究，在大陆华文文学研究和海外华语语系写作，在中心与边缘的互设指认问题上，一度构成了反向的'双梦记'；那么，当海外华语语系文学研究，将作家个体感性的离散叙事提升为对主流文学史的'解构'与'重写'，新的反思与回应就成为大陆文论话语，尤其是流散主题研究即将面临的新课题"③。如杨所言，大陆华文文学界，很有必要对自身的离散研究基础和研究立场进行反思与清理。

　　如前所述，离散理论在华文文学研究中的区域差异包括了接受理论的不同步性、理论运用对象和研究成果的差异性等方面，但随着时间的推移，区域差异被区域融合所替代，发表园地的互渗性、学术会议的跨域性、传播网络的互通性等带来了研究者理论话语相互融通的可能性，离散理论在各区域华文文学研究中的运用变得更

　　① 饶芃子、蒲若茜:《从"本土"到"离散"——近三十年华裔美国文学批评理论评述》,《暨南学报》2005 年第 27 卷第 1 期。
　　② 颜敏:《"离散"的意义"流散"——兼论我国内地海外华文文学研究的独特理论话语》,《汕头大学学报》2007 年第 2 期。
　　③ 杨俊蕾:《"中心—边缘"双梦记:海外华语语系文学研究中的流散/离散叙述》,《中国比较文学》2010 年第 4 期。

为透明，也可相互借鉴，甚至带动了华文世界共同体意识的形成过程，当然，理论旅行中的一些共同问题也被彰显出来。

三 "离散"之旅的启思：术语如何借用与衍化

理论旅行，是赛义德提出的重要观点。他认为理论和观念的移植、转移、流通以及交换是非常复杂和具体的，但依然会有一些反复重现和可以辨识的形式。① 离散在华文世界旅行中出现的某些现象，既是具体的，也具有某种概括力和借鉴性。从 20 世纪 90 年代初期至今的数十年间，"离散"一词在华文文学研究界的运用形式日趋多样，指涉范围不断拓展。它可泛指历史上的一切远离家国、漂泊在外的行为；也特指当代跨越国家民族疆域的移民行为。它可一般意义上用以描述华人散居、流亡、放逐的生存状况，也指涉有关故园与异乡，此地与彼地，异国与家国等二元关系的创作题材；它可以指代与聚合相对的具体创作手法，也可以命名一种强调身份意识的诗学话语。理论术语运用形式的多样化，可能既是理论批评意识有所缺失的体现，也可能是理论在新的情境中被广泛使用和接受的表征，当离散理论被用来分析越来越多的有关华文文学的创作现象和问题时，就有可能出现赛义德所言的两种情况：一是理论下移，变成原本的简化教条，二是理论上移，变成"坏的无限性"②。离散理论在华文文学研究中出现的简单化和无限化的使用趋势，使得离散的华化过程不是赋予离散理论新的活力的过程，而是发现其有限性的过程。一方面，离散被认为是一个单一的理论框架，与华文文

---

① ［美］爱德华·W. 赛义德：《理论旅行》，选自《赛义德自选集》，谢少波、韩刚等译，中国社会科学出版社 1999 年版，第 138 页。
② 同上书，第 151 页。

学作品的丰富性相左。如刘艳认为，在离散文学的框架下很多书写中国的华文文学作品无法得到更好的解释①。另一方面，离散论述被看作意识形态的同一化过程，将原本异质性的华文暨华人同一化了。如有研究者在分析香港电影时认为:"讽刺的是，随着华人离散论述的开展，华人身份的异质性往往被忽略了，代之而起的却是'四海皆华人'的国族想象，以及以华人经济网络为基础的全球资本想象。华人离散因而成为文化中国寻求政治统合的最佳代言人，以及跨国资本前进中国市场的桥梁与渠道。"② 理论旅行既涉及理论本身的界限，也涉及研究者对理论的批评意识，旅行既是理论接受检验和挑战的过程，也是获得新的活力的过程。但对于研究者而言，必须保持对理论的批评意识，才能使得理论与新的研究对象和研究场域相适应，并出现创新理论的可能性③。离散理论发展至今，本身已经是庞杂的理论体系，问题在于，如果一些研究者将离散内化为有关华文文学的先验性观念，那么，理论的借用和衍化过程就必然成为同一化过程，原本多样性的华文文学作品及其背后的华人世界就可能被文本化，这种研究实践就不可能发现理论新的可能性，而是凸显了理论的有限性。因此，当研究者尝试以离散理论去考察有关华文文学的文本、问题与现象时，对理论前提本身的清理与反思依然是基础性的工作④。总体而言，华文文学研究界对离散理论的运用，适应超过批判和创新，跟随多于改造

---

① 刘艳:《新世纪海外华文写作的中国想象》,《广州文艺》2018 年第 9 期。

② 王智明:《张婉婷电影中的离散政治》,(台湾)《中外文学》2006 年第 35 卷第 1 期。

③ [美] 爱德华·W. 赛义德:《理论旅行》,选自《赛义德自选集》,谢少波、韩刚等译,中国社会科学出版社 1999 年版，第 153—154 页。

④ 事实上，离散的泛化问题早就引发了欧美学界的关注，如廖炳惠指出，20 世纪 80 年代以来，"离散"这个词被用来指代跨大西洋的黑人、亚洲移民、南美洲难民、全世界的契约劳动者、跨国的流动性、全球化、弱裔化、新族群、文化混交以及游牧空间等，而不再特指某个阶段，甚至不再具有意义，正如它被不加区别地使用在放逐、迁移、旅行及浮动的认同构成的讨论中。因此，不少文化历史学家建议我们应当全然放弃这个词语。用"离散"所冒的风险，是丧失了历史的明确性和批评的锋利性。离散具有太多的面向，以致无法满足具体的文化议题和文本批评。[参见廖炳惠《全球离散之下的亚美文学研究》,(台湾)《英美文学评论》2006 年第 9 期]。

和升华，批评意识严重不足，这是离散理论介入华文文学研究界之后，尚未催生新的研究范式的重要原因。

为了让离散理论为华文文学研究带来更多的可能，而不是随风而逝。研究者需要强化批评意识，对离散理论在华文文学研究中的运用需要正视的重要问题加以剖析，并提出可能的解决方法。

第一，作为离散研究对象的华文（人）文学，与犹太裔、非裔、印度裔文学的差异在哪里？如果对象的相似性是借鉴离散理论的基础，那么对象的差异性就是理论得以在借用中衍化升华的源头。我们知道，文学的差异性并非空洞的口号，而是会体现在具体的文本、作家与现象之上。因此，更好地运用离散理论的前提，是进一步提倡文本细读，在对大量文本的对比性阅读和阐释之中建立对华文文学的准确认知，最终寻求离散理论可能发挥功用的场域，划定其界限。

第二，有关离散理论的时间规划引发的问题。学术研究总有不断拓展时空疆域的内在动力，欧美学界的离散研究除了对象空间的拓展外，也形成高度自觉的时间规划意识，离散作为一种现象被划分为古典、现代和当下三个阶段，针对不同阶段的离散现象所衍生的研究模式和理论话语也有所差异①。那么，面对欧美学界立足离散

---

① 作为一种存在状态或者生存经验的离散，是现代性的后果还是现代性的发明？离散在人类历史中长期存在，还是 20 世纪后期特殊历史境遇中衍生的特殊现象？这本身还是有待讨论的问题，但离散研究中，先对对象进行时间规划，然后再推出不同阶段离散论述的特点，似已成为理论套路，如有研究者综述："综观历史，离散论述基本上可分成三个阶段。第一阶段是'传统离散'：从犹太所罗门帝国崩解之后，犹太民族遭受镇压迫害的沉重历史即正式开展，此种集体性的创伤与流离避难的现象，也扩大至往后各族裔因战争或暴力因素导致的离散。第二阶段是'现代性殖民离散'，15 至 20 世纪初期，西方开启了大航海时代及帝国主义，凭借着船坚炮利，遂行其殖民的暴力占有与掠夺，造成了人类历史上第二波集体离乡背井的暴力现象。这一波离乡者，被迫顺风波以从流，哀故国之日远，成为长期滞留宗主国或异乡的大离散族群。第三阶段是当代全球化离散：指的是二十世纪中晚期至今全球化经济与科技下的跨国移民离散；此一新时代的离散主体性，已开始走入一种国际公民共存的多元移动样态……在晚期资本主义的多元流动结构下，当代离散至此演化为一种族裔认同不断游牧与重组的'去疆域化'（deterritorialization）现象。虽然后现代思潮中各种'主义'或'研究'所追求的目标不尽相同，但是它们共存着一个相同的文化目标：借由介入文化、种族、性别、阶级等不同形式的认同，积极去中心。"参见赖俊雄《当代离散：差异政治与共群伦理》，《中外文学》2014 年第 43 卷第 2 期。

的当代视野所衍化出的一整套去中心化的理论话语，华文文学研究者的立场应该如何？是否应对离散的时间规划进行质疑？需要强化离散的当下视野吗？从 20 世纪 90 年代中期开始，针对华文作家的乡愁书写和中国文化想象，一些研究者提出了各种质疑和反对的声音，他们认为，这种书写已经远离了当下移民的生活真相，变得面目可憎，思想老旧。① 1995 年，黄锦树批评林幸谦在创作中"过度泛滥的文化乡愁"的立足点正是强调华文创作中的原乡内涵应随时代而变，面向当下。而林幸谦则认为文学应该凸显作家存在的个人性，对生存在多元文化、多元种族社会中的少数和弱势族群而言，乡愁书写依然可以成为有价值的时代命题。② 可见，离散本身的多样化和其对华文文学创作影响的复杂性，都需要研究者破除形而上的阶段意识，采取更符合创作实际的处置视野。如果强化离散的当下视野而对作家的乡愁书写进行质疑，无疑是用一种新的垄断性理论替代了旧的垄断性理论，阉割的依然是文本的多样性和具体性。事实是，任何理论都无法包揽、封闭、预言它可能在其中有所用处的情境。③

第三，必须正视离散的美学策略、美学表达与家国批判、文化政治之间的关系。由主体措置、空间措置、时间措置而产生的美学形态，被认为是离散美学的真正成因，与政治诉求之间未必有直接关联，但不可能没有关联，因此，理清两者之间的辩证关系是必要

---

① 一些研究者认为华文文学中的乡愁书写过于泛滥，没有必要再写，他们认为当下移民已经不再那么眷念故国，成为可以自由跨越边界的世界公民，但现实情况是，并非所有移民都可以做自由的世界公民，无论是心理层面还是实践层面，这些研究者无疑就是以价值批判取代对作家创作选择的尊重。

② 参考刘小新《乡愁、华语文学与中华性》，《福建论坛》（人文社会科学版）2016 年第 12 期。

③ ［美］爱德华·W. 赛义德：《理论旅行》，选自《赛义德自选集》，谢少波、韩刚等译，中国社会科学出版社 1999 年版，第 153 页。

的。华文文学研究原本就有重文化、轻诗学的传统，离散研究视角的介入，可能加重了这一趋势。离散研究如将文学文本作为社会文本来分析，无疑将犯下以偏概全的错误。因此，对于已经在文化研究范式内沦陷太久的华文文学研究者而言，不可再次将注意力集中在政治诉求之上而远离了对文学价值的守护。相反，应该将重心放在分析离散的美学表达和美学策略之上，也就是说，研究者的关注焦点应该从离散的政治美学转向离散的书写美学，深入分析离散美学（diaspora aesthetic）中隐喻、换喻（metonymy）、嘲仿（parody）、杂种性、偏离中心、越界等的文本投射，分析混杂的美学如何具体化于文本之内、创作之中，从而在混杂的美学与反抗的政治之间保持某种平衡。

第四，正视离散理论在华文文学研究中解构与建构的关系。当代离散理论立足于后现代、后殖民等理论体系之中，其本质就是解构，解构生命对自身"血缘"与"地缘"符码化的迷恋与自恋，解构以往基于故国与异域二元对立而形成的研究思维与研究模式。但若想让理论能够在华文文学研究中焕发活力，就不能只是利用离散视野解构以往文学创作模式的价值，而是应该在文本细读中建构华文离散诗学的具体内涵，形成对创作的辐射力。

总之，理论如果不经过批判和更新，无论其起点多么创新和革命，也很快会衰败，原因就在于理论的有效性取决于与实践语境的吻合度，如果不能为我所用，就会停止流动。但反过来，如果实践者不能在运用之前进行理论的反思和更新，不能经过理论的实践提升理论的活力，理论也会停止流动。离散理论在华文文学研究中的运用，就应该注意这个相辅相成的双向循环运动。

离散在华文文学研究中的旅行过程，体现了作为一种文化产品和文化现象的理论术语的流动性及其流播的一般规律，也成为我们重新梳理与反思华文文学研究中存在的现象和问题的重要契机。但是，这一理论的旅行过程，也体现了在学术立场之外的某种情结，或者说离散理论入驻华文文学研究领域的过程，还有学术之外的伦理诉求。对那些经历过离散或者处在离散状态的学者而言，这一理论术语超乎诗学与美学空间的羁绊，获得伦理的意义，凸显了研究者自身的位置。但是，无论如何，我们对于任何理论都需要进行抵抗，"使理论向历史现场敞开、向社会、向人的需要和利益敞开，指向取自处在阐释领域之外或边际的日常生活现实的那些具体事例"①。

---

① ［美］爱德华·W. 赛义德：《理论旅行》，选自《赛义德自选集》，谢少波、韩刚等译，中国社会科学出版社 1999 年版，第 154 页。

第三章　媒介作为网络：跨语境传播与华文文学的生态重建

　　跨语境传播既是一个对话融合的文学共存机制，也是制造差异与歧义的文学生产流程。在梳理 20 世纪 80 年代以来华文文学跨语境传播的流变趋势、深入分析跨语境传播构建的跨域文学景观之后，我们意识到，为了进一步理清流变趋势与跨域景观背后的知识逻辑，需回到华文文学体系的构造规则这一根本问题上来，思考区域华文文学之间的共生互动关系，也就是华文文学的生态问题。一般意义上，多元共存与共同发展是有关理想文学生态的简要描述，但在很长一段时间内，华文文学生态被视为中心与边缘的固化结构，其中，中国大陆文学成为圆心，中国台港澳、东南亚、北美等依次向外拓展而被不断边缘化①，同时，边缘与中心构造隐含的权力关系，及其对文学创作与研究的限制已显现出来；因此，这一因缘特殊历史渊源与现实境况而形成的华文文学生态，期待改变，也正在改变。而文学的跨区域传播与交流已经成为引发华文文学生态调整的重要力量，故而，本章尝试从生态重建的角度来思考跨语境传播对华文文

---

　　①　关于华文文学的三个中心——中国大陆、中国台港澳与东南亚——的说法也有一定影响力，但其实是中心与边缘结构的一种演化，其后的思维是一致的。

学创作与研究的影响模式与力度。具体而言，就是要探讨"20 世纪
80 年代以来不断加速的跨语境传播过程，是否强化华文文学的共同
体意识，各区域华文文学之间的关系是否重建，如何重建，中心和
边缘的构造是有所弱化还是重新加固?"等问题。

在此，各类媒介因连接了物理因素、社会因素、生理因素、心
理因素而构成了复杂的网络，牵一发而动全身;无论是传统物性媒
介，还是具有组织功能的学术会议、具有影响力的研究者等，都构
成了我们审视华文文学生态的重要网络，从中可发掘生态重建过程
的复杂性和微妙性。循此思路，本章选择了从三个层面、三个个案
介入问题的具体分析之中。首先，分析世界性在不同区域纸质传媒
中的内涵差异，思考共同愿景下区域诉求的差异及其背后的原因，
探讨中心与边缘结构的滑动过程。其次，通过梳理近 30 年间华文文
学国际学术会议的诸多特性与规律，展现组织性媒介调节文学生态
的方式及结果。再次，在传媒与学者的互动视野中，思考跨语境传
播对研究生态的影响。

第一节　演绎世界性的多重方向:三地文学期刊的
华文文学传播策略比较①

在华文文学的跨语境传播进程中，越来越清晰的理念，无疑是
有关华文文学的"世界性"口号。走出本土，走向世界，造成超越
地域的影响，应是不同区域、不同位置的传播者能够共享的观念。
然而，华文文学跨语境传播所要建构的世界，是谁的世界? 是怎样

---

① 曾发表于《广东第二师范学院学报》2012 年第 4 期。在本书中标题与内容均有修改。

的世界？世界性的具体内涵如何？

20世纪80年代以来，随着冷战思维的逐渐解体，交流和对话成为主题，世界各地的文学文化交流开始启动，三大华文中心——中国大陆、新加坡、马来西亚和中国港台等地的文学期刊也逐渐打破各自的壁垒，将视线延伸到本土以外，形成了世界性视野，华文文学的世界图景也得以在各区域语境中被呈现出来。在此，期刊的"世界性"视野可理解为其作为交流平台的开放性与包容度，它会集中体现在办刊理念与刊物格调品味等高屋建瓴的层面，也会具体显现在作品选择与刊载形式等细节层面。然而，如果不将期刊看成纯粹的客体，而是作为熔铸了人之生命气息的物我融合体，那么，每一期刊在吐纳共通的时代气息之时，又将受制于此时此地之人事影响，极力彰显各自的个性与风貌。从这个意义上来说，虽然"世界性"视野逐渐成为20世纪80年代以来各区域华文期刊的共同理念，其演绎"世界性"视野的策略与程度却未必相同，势必受到多种因素的制约影响。那么，其中最为重要的区域语境因素是如何限定其演绎"世界性"的方式，又如何在有关华文文学的传播策略与整体定位这一层面上体现出来？本节试图分析在世界性视野中，中国大陆、新马和中国香港等地期刊有关华文文学的传播策略与整体定位的差异及其对华文文学发展的影响，进而思考跨语境传播对华文文学中心与边缘构造的回应。

一 中国大陆文学期刊：中心意识制约下的世界性

20世纪70年代末80年代初，中国大陆在解放思想、改革开放的大潮中开始关注本土以外的文学文化。鉴于当时电子媒介的不发达不普及，文学期刊仍是本雅明意义上的文学生活的中心，是最为积极和迅捷的文学传媒，文学期刊在文化交流中作为"前沿阵地"，成为对外开放的"窗口"。一些文学期刊在积极译介外国文学作品之外，也零散地刊载本土以外的华文文学作品。最初由于获取稿源不易，又难免文化统战思路的影响，刊载作品在主题体裁、创作手法和作家作品数量上都捉襟见肘，有时宣传意义多过文学影响。如聂华苓的《爱国奖券——台湾佚事》1979年3月在《上海文学》刊载后，新华社和中国新闻社都向海外发布消息，已有宣传的性质；然而其影响远不如同年6月《当代》创刊号刊发的白先勇《永远的尹雪艳》一文，甚至研究者在追溯源头时也以《永远的尹雪艳》为起点。原因何在？据该文责任编辑，当时《当代》的副主编孟伟哉回忆，由于作家身份的敏感性——作者白先勇作为国民党大将白崇禧之后以及《当代》所占据的特殊地理位置，此举被认为是"中共在文艺方面的新动向，海内外反响相当强烈"，[①] 可见最初华文文学（主要是港台文学）在中国大陆传播的政治意味等于文学意义，社会价值胜过审美价值，这自然会带来种种局限，但正因此，本土以外的华文创作得以被持续关注和认可。

从20世纪80年代中期到90年代初，大陆传播过程中的意识形态压力被商业标准和纯文学标准化解，世界性视野进一步凸显，从台港文学到海外华文文学，本土以外的华文文学空间被一一展现出来，但其位置依然是微妙而尴尬的。一方面，台港通俗文学以其世俗性和趣味性瓦解着内地风行已久的政治文学，开始占据出版市场的很大份额，这诱使《华文文学》《台港文学选刊》《海峡》《华人世界》等一批专门性期刊相继出现并获得可观的经济效益[②]；同时，

---

① 孟伟哉：《白先勇〈永远的尹雪艳〉刊出始末——关于〈当代〉答博士生颜敏问》，《出版史料》2007年第4期。

② 《海峡》《台港文学选刊》和《华文文学》分别在1981年、1984年、1985年创刊。

这些专业性期刊将台港澳与海外华文文学并置的刊载策略强化了内地有关"台港澳暨海外华文文学"的整体想象①。另一方面,《收获》《花城》等主流期刊(文学场中被认为具有话语权和象征资本的期刊)开始以纯文学标准对"台港澳暨海外华文文学"进行整体的排斥和否定。《收获》是大陆的老牌期刊,被认为是"当代文学的简史",当1985年《收获》树立"纯文学"理念时,它开设了"文苑纵横"和"朝花夕拾"两个专栏②引荐了"台港暨海外华文文学"作品,这些作品的艺术创新程度比内地先锋作家的作品有过之而无不及;但1990年《收获》却以"台港与海外缺乏优秀之作,横行通俗文艺"为由结束了这一专栏,"台港澳暨海外华文文学"被定位为与高雅文学对峙的他者形象。另一本新锐杂志《花城》最先以"海洋特色"为特色,较多地刊载台港澳作品,当20世纪80年代中期它逐渐倾向于"先锋"性,"纯文学"立场鲜明起来之后,也同样以"审美性"问题将"台港暨海外华文文学"放逐到了边缘③。商业价值提升之时文学价值下跌,大陆对"台港澳暨海外华文文学"这种定位,似乎演绎了布尔迪厄有关文学场的"输者为赢"的颠倒经济学逻辑:文学作品在商业市场越是火爆,它越是在主流文学评价体系内缺乏价值,因为文学价值的体现除了依赖经济资本之外,更重要的是象征资本。④ 然而,如果审美性之高确可成为文学作品之

---

① 专门性或半专门性的期刊,不管是刊物口号还是刊载文本的实际构成,都涵盖了台湾、香港、澳门文学及海外华文文学,如《海峡》海峡创刊词:它将成为中国大陆、中国台湾以及中国港澳、东南亚、欧美等海外华侨作家百花争艳的园地。此外,非专门性刊物也在强化这样的想象,如《特区文学》的港澳及海外作品,《收获》的"朝花夕拾"宣称主要刊载中国台湾与海外华文文学作品等。

② "文苑纵横"1985年第3期推出,1986年被"朝花夕拾"替代。

③ 1980年元旦前后,《花城》在北京和广州两地召开座谈会,座谈会上不少作家和批评家们对台港澳文学的审美性表示了怀疑,认为过多地刊载这类作品,将影响杂志的品位。会议之后,《花城》的《香港文学选载》专栏由第2栏移到第6栏,刊载量和刊载密度也有所减弱。

④ [法]皮埃尔·布尔迪厄:《艺术的法则——文学场的生成与结构》,刘晖译,中央编译出版社2011年版,第199页。

象征资本的话，那么，为何是几年之后大陆才得出"台港澳暨海外华文文学"缺乏审美性的结论呢？是大陆文学发展迅猛而"台港澳暨海外华文文学"停滞不前，还是这类观感本身就是自我中心的反映呢？20世纪80年代中期到90年代初是中国大陆文学文化的转型期，当时文学的雅俗之争颇为热烈，可想而知，"台港澳暨海外华文文学"作为通俗文学被接纳的同时也被排斥，是因为当时的主流话语之中，高雅文学依然占据着道德高地，在与市场的对抗中保持着悲怆的英雄形象，可见，主流文学期刊的"台港澳暨海外华文文学"的价值评判虽然无意中形塑了中心与边缘的话语模式，但未必是中心主义的直接反映。

20世纪90年代中期后，大陆改革开放的力度增大，文学传播领域的开放程度提升，网络等新型媒介的兴起也使得地域意识淡化，世界意识强化。大陆文学期刊对"台港澳暨海外华文文学"的传播也进一步强化了世界性视野。专门性文学期刊在意识形态、文学和商业需求之间小心翼翼地寻求支撑点，关注视野不断拓展，尽可能地展现全球华文创作的状况。如1990年创刊的《四海》（1998年更名为《世界华文文学》被称为"台港澳暨海外华文文学"领域的四大名旦之一）便打出了"世界性"的鲜明旗帜，强调文本在地理空间分布上的广泛性，力求各区域华文文学在数量与地位上求得均衡。为了给某些区域的海外华文作家提供创作动力和发表园地，该刊还经常刊载一些质量偏低的学生习作，举办各类针对全球华人的征文评奖活动，有意构造出世界华文文学的整体图景。显然，这种培养性的传播使得《四海》—《世界华文文学》上刊载的文本可读性和艺术性都不强，在大陆文坛无法获得广泛认可，也难以产生经济效应，失去政府支持后刊物日见艰难，2000年宣告休刊。与之相反的是，大陆主流文学期刊则淡化了地理空间逻辑，突出作品中心原则，以可读性或艺术性标准选择性刊载"台港澳暨海外华文文学"作品。虽然也有一部分作家如白先勇、余光中、严歌苓、张翎、钟怡雯等其作品在《收获》《人民文学》《当代》等影响较大的期刊中常见流播，获得了相当大的知名度，但他们往往不是作为"差异的成分"而是作为"回归的同类"被认可和容纳，被整合在中国文学之内或作为中国当代文学的延伸而被关注。在这种作品主义原则中"台港澳暨海外华文文学"还是边缘的存在。

应该说，大陆文学期刊在华文文学传播中的世界性，受到意识形态、文学性和商业性的多重规整。当初期的意识形态需求很快转换为商业性和文学性标准时，其传播视野也越来越开放与多元，也显现出了某种局限。专业性期刊坚持地理空间的拓展原则，为世界各地华文创作提供了重要的发表园地，却无意中形成了"台港澳暨海外华文文学"的固化结构，形成了中心与边缘的对立。与此同时，主流文学期刊以纯文学观念和经典意识等为核心的选择意识，又仅关注少数作家作品，忽略了多数别具特色与意义的区域华文作品，强化了主流汉语文学标准，同样形成了排斥机制。可见，中国大陆文学期刊的"世界性"视野兼顾了地理空间的广度和文学性至上等普遍主义价值标准，却有意无意间呈现了中心对边缘的挤压，未能为汉语文学的多元发展提供更大的舞台与可能。

二 《蕉风》：本土性焦虑中的世界性

在新马地区，《蕉风》是历史最为悠久和影响较大的一本期刊，也是特别注重世界性的文学期刊。1955 年，脱胎于香港友联出版社的新加坡友联出版社创办了《蕉风》半月刊，另一香港出版社高原出版社社长则是创办人之一①，创刊初期编辑也主要由香港来的方天、姚拓、彭子敏、黄思骋、黄崖等担任。可以说，《蕉风》作为马来亚化了的香港式期刊，一开始就有跨越本土放眼世界的视野。然而，马来西亚华裔作为少数族群的特殊境遇始终影响着《蕉风》走向世界的方式与步伐，这集中体现为本土性的焦虑与困扰。

强调"纯马来亚化"是早期《蕉风》的坐标，"蕉风"之名，即意味着椰风蕉雨的本土特质。应该说，在马来亚独立前后，面对波涛汹涌的独立之潮，面临单一国籍的现实选择，华族为适应本土生存必然作出某种文化选择，以求进入国家之内并求得文化身份的合法性，《蕉风》的本土化定位是有其积极意义的。不过几年过后，《蕉风》逐渐发现，仅仅在题材内容层面本土化是远远不够的，因为其文学本土化的实质是要建立马华文学的主体性，而这必然对作品的艺术水准提出更高要求，如何提升本土华文创作的水平呢？那就是"引进来"。在20世纪50年代末从新加坡移入吉隆坡之后，对中国现代文学、中国港台当代文学和西方现当代文学的持续关注与传播成为刊物的重要特色②。不过，中国内地文坛的当下创作则因政治隔阂等原因无法被广泛关注，直到20世纪70年代末至80年代后，随着中马建交后两国文化交流的深入，才慢慢进入了刊物视野中。

进入20世纪80年代后，《蕉风》在形式内容上的诸多变动，都显现了《蕉风》的世界性立场。从版式文字的选择来看，《蕉风》早期深受香港文坛影响，以竖排和繁体字为标志，但从1982年6月开始以横排为主，并最终过渡到均为横排，以符合国际通行的阅读习惯。从内容来看，期刊中区域华文文学的结构与位置发生了很大

---

① 《蕉风》初期为吸引订户，以高原出版社的文学书籍为赠品，以至订购《蕉风》的读者都有高原版的书籍。

② 1957年6月10日起设置"文讯"（后改为文坛杂话）栏目，介绍中国香港、中国台湾、中国大陆等地的文学事件，也没有突出纯马来西亚化的口号了。

变化。由于编辑张锦忠等人的旅台背景，台湾文学的分量逐渐超越了以往占主导地位的香港文学，刊物的台湾色彩愈见浓烈。而中国大陆的文学也渐见影响，如对大陆文坛新秀贾平凹、顾城等的及时引荐显现了刊物对大陆文学变动的敏感（如 1987 年第 400 期迈克的《贾平凹：不描白不描》，401 期苏旗华的《月朦胧，鸟朦胧》有关顾城的引荐文章以及 403 期的《顾成的诗歌》）。有意思的是，《蕉风》对 20 世纪 80 年代马来西亚的时局动荡①并无直接反映，仍坚持着它多元引入的文学传播思路，这种谨慎沉默或许正是其在国家体系之内失语的症状？

20 世纪 90 年代以后，《蕉风》与世界华文文坛的互动日见频繁，在持续关注中国港台和新加坡、印尼等地华文文学之外，还强化了对中国大陆和欧美地区华文文学的传播。首先是中国大陆影响力的上升。历届主编从小黑、朵拉到后来的林春美都积极参与大陆组织的文学活动，在各种研讨会上踊跃发言。同时，在转载中国大陆文学作品之外，还盛邀一些作家如王安忆和莫言等前往新马访问，促进互动。而刊物对中国大陆马华文学批评也是积极接纳的，出现了如潘亚墩的《从〈蕉风〉看马华作品的风味》（1989 年第 433 期）和《一部浸润民族文化精神的佳作——喜读傅承得的散文集〈第一株树〉》（1992 年第 450 期）、王振科的《痛苦的美——宋子衡小说集〈冷场〉》（1992 年第 451 期）、余秋雨的《陈瑞献印象》（1990 年第 442 期）、钦鸿的《略论中国大陆文坛对马华文学的研究》（1991 年第 460 期）、黄万华的《论马来西亚华文文学的本土特色》（1995 年第 465 期）等大量的评论文章。其次是随着本土留学群体

---

① 对于马来西亚华人而言，80 年代是一个令人困惑尴尬的时代，1986 年的合作社风暴使得华社经济遭遇浩劫，1987 年的茅草行动则对华文报刊形成致命打压，马华文学进入国家文学的希望几乎破灭。

的增加，对欧美地区华文文学的引荐也成为一大特色，亦如中国大陆一样，这些作品也被称为留学生文学或海外华文文学，虽与本土文学相区别却无主次之分。《蕉风》"喜新又恋旧"，"没有围墙，谁都可以踏进来"①，从而型构了更加多元丰富的世界华文文学版图。

　　然而，20 世纪 90 年代《蕉风》的开放性思路中，仍纠缠着强烈的本土诉求。一方面，《蕉风》在世界华文文坛的有所作为，不妨看成整个马华文学的一种挣扎，它被排斥在国家文学之外，不得不寻找新的出路，融入世界华文文坛也是另一种可能性。《蕉风》在 20 世纪 90 年代表现出的交流意识以及从单向的"引进来"转变为双向"出入"的传播思路，正是要拓展马华文学的世界影响。正如刊物所宣示那样，是希望《蕉风》"能流传得更广，接触更多人"②。而为了增强马华文学与其他区域华文文学的竞争优势，刊物必须坚持对文学质量的高标准。诚如 90 年代末，面临重重危机之时主编林春美所言："作家的背景、文学观和作品的内容与形式都不是问题，文学性才是我们最重要的考量。"③ 另一方面，当《蕉风》中海外作品的质与量都胜于本土作者时，那种失去自我的焦虑卷土重来，编者开始对海外色彩过于浓烈的现象表示无奈和惶惑，呼吁"本土"作者积极投稿，让刊物得以保持地方色彩④。可见，《蕉风》的海外与本土之争与中国大陆文学期刊恰好形成了鲜明对比。在中国大陆，海外华文是边缘，难以对本土中心形成挑战。在马来西亚，海外军团构成了对本土作家的强大压力。若联系 20 世纪 90 年代马华文坛"去中国性"的思潮，马来西亚华人文化主体性建构左右为难，无论在国家文学之内还是在世界华文文学体系之中，他们都有一种难以

---

　　①　编者:《喜新恋旧》，(马来西亚)《蕉风》1997 年 7、8 合集总第 443 期。
　　②　同上。
　　③　编者:《编辑室报告》，(马来西亚)《蕉风》1997 年第 12 期，总第 483 期。
　　④　编者:《本地色彩》，(马来西亚)《蕉风》1995 年第 12 期，总第 472 期。

消除的身份焦虑。这必然影响《蕉风》世界性的实践过程。

实际上,《蕉风》在确立世界性理念时,和中国大陆一样涉及多元的复杂关系,如"两岸三地关系"(两岸:新加坡与马来西亚,三地:中国台湾与中国大陆和马来西亚),"本土与海外关系"(移民文学,留学生文学)。但不同之处在于,《蕉风》虽然也想营造一个世界性的华文传播中心,但始终有画地为牢的紧张感。在本土性焦虑之下一方面它具备决心崛起的前进意识,故大力引荐世界各地的文学作品以促进本土文学的发展以确立起主体性,另一方面当海外的华文写作超越了本土时,又不由自主地产生了新的焦虑,这种鉴于文化位置的执着寻找而形成的世界性,总带有某种扭曲的意味,不过印证了弱势族裔在政治/文化夹缝中觉醒、突围的艰难过程。

三 《香港文学》:去中心化的世界性

香港常被认为是具有边缘、越界等特殊属性的文化空间,作为相对宽松自由的文学港口,它成为世界各地华文文学出版与流播的公共空间,各种倾向和流派的文学均可占一席之地。但在香港众多华文传媒中,1985 年创刊的《香港文学》应是对这一"交流使命"有着自觉追求的刊物之一,它一面世,便宣称自己是"世界性的中文文艺期刊",并以促进"世界华文文学的交流与创作"为己任。虽然有人强调它与中国大陆的情缘,在其对华文文学的传播中却显现了香港语境的特殊性所在。刘登翰先生曾认为,守住"边缘"是《香港文学》的特殊魅力所在。① 但准确地说,《香港文学》的特殊魅力与其说是其游离的边缘位置不如说是它借助这种边缘性而形成

---

① 刘登翰:《守住"边缘"》,《香港文学》2003 年第 1 期,总第 219 期。

的世界性视野。在带有香港特色的世界性视野中,《香港文学》扮演了与中国大陆及新马文学期刊截然不同的角色,为华文文学生态的重建提供了另类的思路。

《香港文学》至今已有近 30 年的历史,2000 年,鉴于主编变动等原因进行了改版,改版之前与之后,其"世界性"立场的内涵与运作方式有所变化,但始终反映了香港的主体性诉求。而刊物这种主体性的诉求,正是 20 世纪 80 年代以来随着"中英谈判以及《联合声明》的签订,香港文学的本土身份意识越来越强烈"① 的折射与反映。

《香港文学》的首任主编刘以鬯在发刊词中基本勾勒出了刊物演绎世界性的基本思路。一方面他强调利用香港作为国际城市的地理优势沟通世界各地的华文创作,推动文学的发展;另一方面,则强调在高度商品化的香港要为严肃文学提供发表园地,促进文学的发展。② 可见,其世界性首先体现为作品空间分布的全球性,经常性推出了诸如马来西亚华文作品特辑（1 期）、加拿大华文作品特辑（2 期）、新加坡华文作品特辑（3 期）、美国华文作品特辑（4 期）、菲律宾华文文学作品特辑（11 期）、泰国华文文学作品特辑（36 期）、沙劳越华文文学作品专辑（64 期）、泰国华文文学作品特辑（84 期）、印度尼西亚华文文学作品专辑（87 期）等区域华文文学的专辑,显现出它与同期中国大陆文学期刊相似的立场和思维。但它的世界性也显现为捍卫文学性而特有的非意识形态氛围,如刊载作品时倾心于艺术技巧,在文体创新、史料整理和研究评介等方面持续耕耘,一些在中国大陆还是禁区或尚未领略的文学现象与作品总能

---

① 计红芳:《从大陆性到香港性——香港文学理论批评的发展演变》,《第二师范学院学报》2007 年第 1 期。

② 同上。

华文文学的跨语境传播研究

在《香港文学》之上一睹为快，由此，刊物将世界性演绎成了一种开放性的人文关怀意识。当然，在对文学本体价值的坚守和对各区域华文文学的广泛关注之间似乎也难免矛盾，毕竟并不是所有的区域华文文学都经得起"纯文学"的技术考量。

耐人寻味的是，作为香港的一本文学期刊，它并未将香港文学作为中心来传播，外来作家的比例明显高于本土作家，这是否如某些本土作家所质疑的那样，是大中华意识之下对香港文学主体性的压制呢？对此，《香港文学》在创刊词中早有阐述：香港文学与各地华文文学源于同一根源，都是中国文学组成部分，存在着不能摆脱也不会中断的血缘关系。对于这种情形，最好将每一地区的华文文学喻作一个单环，环环相扣，就是一条拆不开的"文学链"①。既然各区域华文文学之间是"环环相扣"的关系，并无主次之分，那么，《香港文学》就不必拘泥于中心或边缘的思路，可以在文学的名义下尽可能地拓展传播的视野，包括对同期西方文学的大力引荐②。因此，虽然刊物最初的"世界性"视野中隐含着大中华意识③，其具体运作却无意中凸显了"去中心化"的传播策略，在以交流和对话④促进区域文

---

① 刘以鬯：《香港文学》发刊词，《香港文学》1985 年总第 1 期。

② 《香港文学》不但引进介绍国外的流派、作家、作品（第 6 期《薛非特专辑》，第 12 期《克罗德·西蒙特辑》，第 14 期《西蒙研究特辑》，第 16 期《麦思·弗里施特辑》，第 35 期《玛格丽特·尤瑟娜特辑》），而且引进海外学者同人对中国现当代文学的前沿性的研究成果。

③ 当然，在香港即将回归的过渡时期，一本渗透着人文情怀和国家意识的华文期刊在香港也是有其位置的。

④ 《香港文学》特别注意利用香港作为海峡两岸作家最适宜在此进行联谊交流聚会的方便条件，广泛地开展海峡两岸多种形式的文学对话。这种对话主要有三种形式：一、作家专访，二、相互评述，三、开展比较研究。在作家专访上，《香港文学》做得最多，其中重要的作家专访有：第 1 期的《林海音、何凡访问记》，第 20 期的《与邓友梅谈小说创作》，第 25 期的《白先勇谈对海峡两岸中国文学的看法和期望》，第 26 期的《访丛延》，第 27 期的《王安忆访问记》，第 29 期的《与五位中国作家谈中国当代文学》，第 33 期的《从维熙访问记》。这些专访谈及内容广泛，议题众多，提供了许多从未披露的有关作家生平思想和创作的第一手材料和文坛最新信息，非常有价值。

学之间的互动共进的过程中，改变了包括香港文学在内的各区域华文文学相对封闭的发展路径。

《香港文学》改版之时，已是香港回归三年之后，在新的语境下，刊物就如何演绎香港性与保持世界性作出了新的探索。首先，从版式到内容，刊物都更适应时代需要，如文字由竖排变横排；栏目设置突出文体与主题线索而淡化区域意识等。在陶然主编期间，虽然也不断推出各区域专辑，如纽西兰华文文学作品特辑（172期）、异性时空中的灵魂守望——透视"旅居法国华文作家作品展"（242期）等；但总体而言，其专题策划更注重世界各地华文文学的对话与整合，显现全球意识。如《香港文学》（2001年8月）200期纪念之际，推出了"全球华人作家作品大展"。作者来源包括中国大陆、中国香港、中国台湾地区及美国、加拿大、法国、英国、日本、新加坡、马来西亚等国，但这次作品展并不强调区域代表性，而是彰显灵动的艺术视野，所选作品都能体现刊物所追求的水准。这种以艺术为起点的全球视野在陶然主编期间是基本的，如2002年7月《香港文学》（211期）又一次以"全球华人作家散文大展"为主题，刊登共25篇来自各地著名华人作家的散文作品。包括白先勇的《人间重晚情——李欧梵与李玉莹的"倾城之恋"》、李欧梵的《音乐的往事追忆：听修伯特》、余光中的《新大陆·旧大陆》、钟玲的《落水狗》、苏童的《南方是什么?》、舒婷的《台风留白》、金依的《出门》、杨炼的《那些一》等，自然也有香港作家的作品，如王良和的《F日光下》、蒋芸的《蝶啊蝶》、胡燕青的《太子道上》、陈惠英的《夏色浮动》、叶辉的《黄南镜器》及黄仁逵的《人间烟火》等。从这样的作品选集过程中，《香港文学》的文学视野既不是香港中心也不是大陆中心，去中心化的原则被进一步突出，由此，世界华文文学的版图也不再是简单的区域拼接，而是灵动地融合在专题与体裁之中的文学氛围与意境。

一些研究者常以刊载作品的都会色彩作为《香港文学》改版后强化本土意识的表征，其实不甘以边缘自居的姿势才是它突出的主体标记。主编陶然承接叶辉等人在《香港当代作家作品合集选·小说卷》中对香港文学的定位，提出了《香港文学》也应该具有"中间性"的位置。① 所谓"中间性"自然令人联想到刊物一向的桥梁作用，其次是不妨当成是其淡化意识形态的中正立场，但我觉得，其潜台词应该是强调自身在世界华文文坛的重要性。事实上，当改版后的《香港文学》将香港性理解为开放性与多元性而不是狭隘的本土保护主义时，即当地方性等同于世界性之时，不但香港有望成为世界华人文化与文学的传播中心，便是香港文学自身也有了融入世界的信心与姿势，所以陶然相信："文学没有疆界，香港作家的作品和其他地方华文作家的作品甚至外国作家的译文置放于同一个平台上，绝对有相互参考与促进的作用。"② 在去中心化的持续努力下，《香港文学》不但有效地化解了大陆中心意识和香港本土主义，同时还试图促成华文文学与其他语种文学的交流与融合。

香港特殊的社会历史条件，特殊的经济文化地位，使它在文学交流上具有"优越性"，《香港文学》正是得益于这样的空间优势，选择了淡化意识形态的视角，专心于经营文学性。纵观《香港文学》，其文学作品或以情意真切的美文娱人心怀，或致力于人性善恶的开掘以彰显人文关怀，或以实验性的叙事形式开拓文学空间，都在宣示追求文学发展的本体意识，其世界性由此也演变成一种更具有深度的诗学意识和人文关怀意识。不过，令人遗憾的是，《香港文

---

① 陶然：《"中间状态"的香港短篇小说》，《香港文学》2012 年总第 325 期。
② 陶然：《香港文学选集系列·第二辑·前言》，选自《香港文学选集系列·第二辑》，香港文学出版社有限公司 2005 年版，第 1 页。

学》的运作也具有香港特有的随意性和个性化趋势，实际影响力非常有限。一方面是刊物仅仅依靠主编的个人影响和交际网络组稿，随意性很强，缺乏评奖征文等当代文学传媒的运作意识，自然难以积累象征资本，产生名刊效应；另一方面是身处网络时代还固守印刷思维，缺乏网络版，缺少与读者互动的渠道，读者群体日益狭隘与人缘化，这些都将其开放的世界性推向了未知的困境之中。

对于文学期刊而言，如何践行世界性的传播理念，既要看其传播策略又要看其传播效果。自20世纪80年代以来，世界各地的华文期刊在淡化意识形态、注重区域互动、推行文学至上理念等方面已经形成共识，一定程度上淡化了中心—边缘的结构。然而，区域语境对期刊传播效应的影响不可低估。中国大陆文学期刊，从早期简单的地理逻辑到近来的文学性标准，以带有普遍性的传播理念提升了影响力，为各区域华文文学留下了广阔的发展空间；但依然难以避免中心对边缘有意无意的挤压。如何化解这种中心逻辑，是大陆华文文学传播需要解决的问题。《蕉风》对世界华文文坛的持续关注，显现出了一如既往的开放视野，但在少数族裔文化主体性建构的困境之中，它既将海外华文文学（包括中国内地文学）看成推动本土文学发展的源泉，又视为影响的焦虑，本土与海外华文文学在张力中共存，地方性形成了对世界性的压制。《香港文学》追求香港性和世界性之互动契合，在去中心化的策略中重组各区域华文文学，形塑流动随意的世界华文文学画卷。但在香港本身需要重新定位的时代，《香港文学》也以这种犹豫不决的中间姿态宣告其世界性诉求的现实瓶颈。如此，期刊在世界性视野下的文学传播，既局限于区域本位诉求，又被区域语境所困扰，未能对华文文学的发展提供更多的空间与动力。

三本文学期刊的世界性理念及其实践困境，从传媒物性媒介的视角，镜照出了跨语境生存时代，华文文学的生态重建所遇到的媒介阻力和语境阻力。从物性传播媒介的角度而言，如何开拓出真正有利于华文文学多元发展的交流空间，需要在技术、理念和语境适应之间做出持续的协调。从创作的角度来看，在世界性视野之下，"本土以外"已成为华文作家的重要生存方式，这既是机遇，也是挑战。在共存共享的华文文学发展趋势中，固守自己的区域写那么几笔就可以成为作家的现象只能是戏言；如何在华文世界之内，发挥本土的优势与个性，冲击既定的创作模式，促成文学的多元化生态，将成为每个华文作家所要面对的现实问题。对研究者而言，我们不但需要形成一种超越性和整合性的研究思维，而且要对所获取的文学资料进行语境性反思，以研究促成华文文学生态的良性循环。

第二节　文学生态的微调机制：跨语境传播视野下的华文文学国际学术会议

国际学术会议在华文文学的跨语境传播中占据着非常重要的位置，它与文学期刊等物性传播机制不同，主要注重人的组织，通过汇聚不同国家与地区的作家、评论家和传媒人士等，在短时间内跨越区域、语言，文化和生活语境，集中交流有关华文文学创作与研究，推进华文文学的发展。作为逐渐组织化、制度化、系统化的文学传播形式，它已经深度介入华文文学生态系统的运转与重建之中，成为不容忽视的影响华文文学发展的媒介力量。据不完全统计①，自 20 世纪 80 年代至今，有关华文文学的国际学术会议②已召开 140

---

① 笔者通过学术会议综述、会议网络新闻、学术会议数据库、国外华文作家组织等多种途径搜集了有关国际学术会议的信息，仍难免挂万漏一，故只能称为不完全统计。

② 国际学术会议通常指的是除了本国学者之外，至少还有其他两个国家的学者参与的学术会议。

多次。本节尝试将之作为表征的场所与建构的力量，借之深思跨语境传播中组织与人际传播力量对华文文学生态重建的影响方式及结果。

一　华文文学版图的重现与微调

学术会议的主要传播方式是组织传播，或因组织而传播，组织一个学术会议的过程就构成了学术传播的过程。根据泰勒等人的观点，组织传播就如同绘制地图，它并非刻板再现社会过程，而是具有超越现实、进行想象性建构的性质①。国际性华文文学会议的传播过程正体现了地图绘制的特性，它既有试图呈现华文文学创作与研究现状的目的，又有试图对现实进行修正、拓展的基本诉求，也就是说，国际学术会议的实施过程在不断重现华文文学现实版图的同时，也变成了华文世界重组彼此关系、建构有关华文文学共同意识的社会过程。

将学术会议作为承载历史变动的场所，通过其历时变化来观察文学创作与研究的动向，是当下相关研究的总体思路，而在会议综述、会议论文集等会议文献的梳理中呈现文学史和学术史的线索是其具体的研究路径。对华文文学国际学术会议的现有研究不多，遵

---

①　泰勒和凡·埃夫里创造性地使用了"绘制地图"（mapping）的概念来描述日常组织语境中的文本化过程。在他们的观念中，地图是一种人造物：它不是世界本身，而是世界的表征。地图的作用在于超越现时当下的地平线，因而是想象的再建构。就像一个帝国需要借助地图进行建构一样，一个组织也需要用地图来想象地建构。进而言之，地图通过具体化手段而向每个人提供了客观程序，行动领域的轮廓以勾勒并赋予意义，于是传播可以在"组织中"进行了。如果没有地图，就没有传播开展的领地，也没有传播者的位置。组织地图镌刻于文本之中，而"绘制地图"的过程是一个社会过程，文本不被阅读、引述或使用，就没有意义。"绘制地图"的文本并不局限于书面文本，口头语言、肢体符号等也都具有文本性质。参考谢静的文章《经由传播而组织——一种动态的组织传播观》，《新闻大学》2011年第4期，总第110期。

循的正是这一思路。2001 年吴奕锜曾写了一篇颇具影响的文章《近20 年来台港澳及海外华文文学研究述评——以历届学术年会及其论文集为例》，他认为"从总体上来说，它们（学术年会及其论文集）与近 20 年来中国大陆世界华文文学研究所经历的从无到有、从狭窄到宽泛、从单调到丰富这样的一个历史发展历程基本上还是相互吻合的。而这，也就是本文选择历届年会及其论文集作为评述近 20 年来这一学科发展历程的文本的可能性依据"①。2009 年姚晓楠的博士论文也是以世界华文文学国际学术研讨会为对象来探寻"学术史视野中的台港澳暨海外华文文学研究"②。两位研究者得出的结论一致，从 20 世纪 80 年代到 20 世纪初，学术会议的数量和质量的不断提升，说明华文文学创作与研究的版图都处于不断拓展的状态，这种拓展是以中国大陆文学为参照，从中国台港澳文学延伸到其他国家的华文文学的过程。最终呈现的华文文学地图中，中心与边缘结构被凸显。

但学术会议并非被动复制文学现实，而是积极介入和引导文学发展的力量之一，以传播媒介视之，如同所有媒介一样，学术会议的建构意识和效果也是通过多样化的选择机制得以实现的，这不仅体现在会议议题的设置、参会人员的限定、会议信息的传播、会议现场的布置与组织等显性环节，也体现在入住、就餐、茶歇、旅游等隐性环节。通过简要梳理 1980 年至 2017 年有关华文文学的国际学术会议（见表 3 - 1、表 3 - 2），从会议的名称或主题、各类会议的数量变化、开会地点以及参与人员的区域构成等几个要素进行分析，可以敞开学术会议再现与建构华文文学版图的方式及效果。

---

① 吴奕锜：《近 20 年来台港澳及海外华文文学研究述评——以历届学术年会及其论文集为例》，《汕头大学学报》（哲学社会科学版）2001 年第 2 期。

② 姚晓楠：《学术史视野中的台港澳暨海外华文文学研究——以历届世界华文文学国际学术研讨会及典例与个案为对象》，博士学位论文，暨南大学，2009 年，第 1—10 页。

表 3 - 1　　　　　　　　　　　历年会议主题　　　　　　　　单位：个

时间	区域文学会议						综合性会议	专题会议	其他会议	总计
	中国台湾	中国香港	中国澳门	东南亚	北美	其他区域				
1980—1990	2	0	0	1	0	0	7	7	1	18
1991—2000	0	0	1	5	1	0	10	10	2	29
2001—2010	1	0	0	7	6	0	10	11	1	36
2011—2017	3	3	1	5	7	0	24	21	1	65
总计	6	4	2	20	14	0	49	36	5	136

表 3 - 2　　　　　　　　　　历年会议举办地点　　　　　　　单位：个

时间	中国				东南亚（新加坡，吉隆坡，曼谷）	北美（洛杉矶，纽约，温哥华）	其他区域（韩国，德国）
	大陆	台湾	香港	澳门			
1980—1990	7		1		2	1	1
1991—2000	17				7	1	
2001—2010	31	1	1	2	1	3	
2011—2017	33	1	5	5	9	6	8
总计	88	2	7	7	19	11	9

　　从会议的名称或主题来看，可分为区域性会议、综合性会议、专题会议三大类（其他难以归类的会议为数不多）。虽然任何会议都具有整合和凸显的功能，但整合和凸显的对象不一导致了其介入现实的效果可能不同。华文文学的国际学术会议，三大类型所指目标有一定区别，但都以凸显国际而处在华文文学的世界性图像之中。区域性会议引导形成有关东南亚华文文学、中国香港文学、中国台湾文学等区域华文文学的想象，凸显了特定区域华文文学的独特价值的同时，屹立在华文世界的背景之上；综合性会议和专题会议对

各区域华文文学进行整合和重新组合，引导形成有关世界华文文学的整体想象或主题想象，凸显了华文文学宏观价值的同时，也将区域华文文学引入总体图景之中。从数据变化分析，进入 20 世纪 90 年代后，相比区域性会议，综合性会议和专题会议的数量更多，且有不断增长和常态化①的趋势，故而总的趋势是，有关华文文学版图的"世界性"和整体感通过一系列常态化的国际学术会议得以确立和不断强化。

　　由于历史渊源、政治因素等的影响，华文文学的创作与研究一直存在区域发展不均衡的情况。20 世纪 80 年代至今，从创作层面来看，中国台港澳地区与东南亚、北美地区较为活跃；从研究层面来看，中国大陆一直是重镇。这种区域不均衡状态也反映在学术会议的主题、数量等的变化上，但不全然是现实的写照。从统计数据看，在各类区域性会议中，东南亚地区和北美地区无论是总的数量还是历年增幅都最为明显，台港澳文学的专题会议在 2011 前较少，之后有所增加，其他区域文学一直处于空白状态，这种区域不平衡很难说是全是文学创作实力高低的折射，而是有更为复杂的原因。此外，从开会地点以及参与人员的构成分析可见另一种区域不均衡状态。华文文学的国际学术会议中，有 88 次在中国大陆的广州、厦门、北京和上海等中心城市召开，在境外国外召开的华文文学学术会议，中国大陆学者也日渐成为庞大的主力军。这意味着多数华文文学国际学术会议是以中国大陆的学术资源与学术力量为主导的，它固化

---

　　① 自 20 世纪 80 年代至今，华文文学国际学术研讨会的常态化、制度化、系列化发展线索已经清晰可见。笔者共整理出 15 类，包括世界华文文学国际学术研讨会系列（中国大陆）；花踪世界华文文学研讨会（马来西亚）；韩国世界华文文学研讨会系列；东南亚华文诗人大会系列；东南亚华文文学研讨会（中国大陆）；马华文学国际研讨会系列；世界华文旅游文学国际学术研讨会系列；世界华文作家协会会员代表大会系列；亚细亚华文文艺营系列；界华文微型小说研讨会系列；两岸四地当代诗学论坛系列；国际新移民作家笔会系列；等等。

了中心与边缘的形构,使得华文文学成为以中国大陆文学文化为向心力的世界文学景观。但 2011 年后,出现一些新动向,逐渐改变着会议的地缘构型。如开会地点开始转向北美、东南亚、欧洲等地的中心城市,参会人员中华文作家的比例逐渐上升,以华文作家为中心的创作研讨型国际会议不断增多,针对处于边缘华文创作区域的学术会议也开始出现(如关于印尼、文莱华文文学创作的专题会议)。这一方面是因为学术会议反映了随着华文文学研究的区域拓展,华文文学地图日趋完整的事实;另一方面也是因为以求真求知为底线的学术会议,在固化现实的同时,也具有自我超越的微调机制,创新的意向和举措在不断填补现有文本的空隙。具体而言则是,在大陆以外区域举办学术会议,或以边缘区域的华文文学作为中心议题筹办学术会议,都是以该区域为中心重新规划华文文学地图的一次建构行为,具有丰富、修改地图局部的可能性。如 2002 年 11 月 2 日在中国广州暨南大学举行的首届印尼华文教育与华文文学国际研讨会,作为世界范围内第一次以印尼华文文学与华文教育为中心的国际学术会议,除了来自印尼本土的作家和评论家 39 人与会外,还吸引了 40 多位学者参与,这次会议不但全面展现了印尼华文文学取得的成就,也提出了如何促进印华文学发展的切实建议,相关会议论文在《暨南学报》《世界华文文学论坛》《华文文学》等刊物以专辑形式发表,随后还推出了会议论文集和作品集,由此,印尼华文文学的整体形象得以凸显,相关研究力量得以壮大,更多研究成果得以出现,此次会议可谓当代印尼华文文学发展史上的重要一笔,充分体现了学术会议介入与建构文学现实的过程与效应。

二　华文文学主体的交互与抗衡

人是学术会议的灵魂,由谁来办会,哪些人与会,构成了考察学术会议实际效果的重要指标。但若想对学术会议的主体进行整体观照，仅分析单一个体的作用还不够，还应从举办方和参与者的结构特点进行分析，方可考察其复杂效果。首先，举办方的重要性显而易见，会议邀请哪些人参与、怎样设置议题、如何开展学术讨论、学术综述如何呈现会议概况、会后是否形成对学术的持续推动力和影响力等，都与举办方的性质与活力密切相关。其次，参与者的构成情况及其对学术会议的参与度与贡献率，是衡量特定学术会议成效与价值的主要指标。具体而言则是，学术论文的数量与质量是衡量学术会议价值的第一指标，现场的学术演讲与学术讨论是第二指标，这两者都与参与者的构成情况以及其对待会议的态度密切相关。有关华文文学的国际学术会议，如果从主办方和参与者两个层面来观察的话，则可以发现其构成主体的多元性和复杂性，从统计情况来看（见表3-3），20世纪80年代以来，有关华文文学的国际学术会议，无论是主办者还是参与者，都并不单一，呈现复杂的结构。

表3-3　　　　　　　　　　　举办方情况　　　　　　　　　单位：个

时间	高校、研究机构及学术团体		作家协会		传媒组织		政府及党团		企业等其他社会力量	
	合	独	合	独	合	独	合	独	合	独
1980—1990	8	0	2	0	3	0	0	0	0	0
1991—2000	13	2	8	0	0	1	5	0	2	0
2001—2010	30	0	14	0	5	0	10	0	1	0
2011—2017	53	2	20	0	11	0	10	0	3	0
总计	104	4	44	0	19	1	25	0	6	0

　　举办国际学术会议是综合建设工程，牵涉到方方面面的问题，在会议本身的内容与程序设计之外，还需考虑经费来源、场地安排、交通接送、人员调度、国际影响等问题，故而多方联合举办已经成

为常态，从统计数据来看，97%的华文文学国际学术会议采取联合举办形式，有些学术会议举办方多达十几个，充分体现了支配华文文学发展的各种力量之间交互协同的一面。从举办方的性质类型来看，华文文学国际学术会议的举办方包括学术机构（高校及相关研究机构、学术团体）、作家协会、传媒组织、政府及党团、企业等其他社会力量。在多元力量参与的华文文学国际学术会议中，到底哪些因素在运作中占主导作用，各种力量之间的关系如何，需联系实际情况进行定位，但不同类别的举办方，其基本功能有所区别，通过简要概括其主要功能，大致能定位其在华文文学界的位置。

学术机构显然是华文文学国际学术会议的主要推动力。从其参与举办会议的数量来看，高达108次，占比约89%。但独立办会次数只有4次，比例极低，协同合作是主流。合作办会的形式可细分为两种。一是学术机构与外部力量的联合，学术机构通过与政府党团、作协以及传媒的协同办会，让会议超越文学之外，产生政治、文化等多重影响。二是学术机构内部的协同，通过联合办会，世界各地有关华文文学的研究团体与研究力量有了较为深入的交流和合作，形成了一体化、常态化的学术互动机制。因此，某种意义上来看，学术机构在华文文学国际学术会议中的开放和合作立场，体现了华文文学研究不仅是纯粹的学术研究，也是具有交流性质的文化互动行为。

在各区域华文文学逐渐壮大的背景下，华文作家协会参与举办的学术研讨会也日渐增加，从统计数据来看，20世纪80年代仅参与办会2次，到2011—2017年间已高达20次。各区域华文作家协会①协同办会日渐频繁，一方面意味着华文文学创作界与研究、传播、

---

① 源于两岸分离的特殊历史际遇，生成了本自台湾和大陆的华文作家协会在世界各地的不同流向，各区域华文作家协会的协同办会情况也受到制约，但近年来合作互动的情况有所增加。

政治及其他社会因素之间存在良性互动关系。另一方面则体现了华文文学创作逐渐打破区域界限，呈现国际化流动的趋势。

华文文学的国际学术会议中，政府及党团的存在意义值得重视，他们直接参与会议的次数不多（仅25次），但作为会议物化环境的提供者和学术研讨的政策支持者，是不容忽视的存在。在此需指出的是，随着当代政治介入学术形式手段的变化，我们无须过于担心区域意识形态对学术会议的直接干预。某些由政府部门主管的华文文学国际学术会议上，官方代表也只是在开幕闭幕式上留下东道主式的欢迎和期待，会议的真正主体是学者和作家，也就是说，以缺席方式存在的政治力量，恰恰为华文文学多元主体的在场留下了空间。另一个新的发展趋势是，进入21世纪之后，有关华文文学的国际学术研讨会逐渐融合在由政府牵头或参与的以文化旅游、经济开发为线索的国际文学艺术节、文艺创作坊、作家节等大型文化交流活动中，某些处在弱势的区域华文文学反而成为政府行为的受益者。如中国国际华文作家写作营①、亚细亚华文文艺营、新加坡作家节、马来西亚的花踪国际文学研讨会等活动中出现的某些小型学术研讨会。作为影响华文文学发展的经济与环境力量，政府及党团的存在意义和方式以及可能的症结还等待研究者长期观察和深入思考。

在华文文学国际会议中，企业等其他社会力量主要是提供经济支持，与会的因缘可能是因为领头人对文学有兴趣或与会议组织者有私交，基本不介入会议议程，但少数企业家的慷慨解囊往往能为来自世界各地的华文文学创作者与研究者提供研讨的良好环境，客观上促成了华文文学多元主体的交互过程，对华文文学的发展做出了贡献。

---

① 此类国际写作营在中国大陆逐渐增多，如深圳文学季国际华文作家写作营，首届"中国庐山国际作家写作营"、中国宜春·明月山第二届国际华文作家写作营等。

自然，同其他场域一样，学术会议也具有圈子意识、等级秩序感等权力抗衡的痕迹①。渊源不同的学术会议，会出现各自为政、独立发展、闲人不可入内的自闭现象。对于特定学术会议而言，参会者的复杂层次和不同位置体现在座次、讲话的次序、发言的安排与否甚至会议接站、送站等小事之上；也表现在不同系别的华文文学会议有着相对稳定的参会群体，形成了自己的会议圈子。但是，随着交流的日渐便利和深入，隔绝的体系之间也开始流动对话，突出表现在部分学者、作家和传媒跨越界限，频繁出现在渊源不同的会议现场。这样，从流动性层面考察，华文文学国际学术会议的与会者可分为常驻代表、游侠、过客三个层次②，常驻代表的存在既意味着华文文学研究领域及其研究队伍的稳定和秩序化，也说明随着研究时间的延续，可能形成具有固化作用的圈子效应、出现自言自语的学术形态。因特殊机缘偶尔参与某一会议的人可暂称为过客，他们往往是专业研究领域外的与会者，可能以自身的知识结构和学术背景的差异性为华文文学研究带来新的思路、新的问题，成为不可缺失的反思力量。而游侠则可以指称可自由出入于各类性质的华文文学国际学术会议者，如知名学者、华文作家以及传媒界的人士，他们借用自身的影响力散播学术观点、创作经验或宣传报道会议概况，制造某种舆论氛围。其个人影响在特定会议中或大或小，但整体的影响极大，不容忽视。随着流动人群的增加和流动速度的加快，华文文学国际学术会议构成了一个饶有意味的接触地带，越界的交

---

　　① 张斌在《仪式、象征权力与学术秩序：学术会议过程的社会学分析》中认为，学术会议的地位等级结构鲜明，权力关系井然。从座次、讲话的次序、主题发言的安排与否甚至会议接站、送站等这些再普通不过的小事，也充斥着等级化的社会特征。这些在华文文学国际学术会议中也有所体现。（《高等教育研究》2001 年第 1 期）

　　② 从流动性层面去思考华文文学国际学术会议，是尝试从跨语境传播视角去探讨学术会议的价值，当然，以常驻代表、过客、游侠对会议参与者的定位与描述，比较形象但其准确性可进一步考量。

往与传播成为常态，华文文学多元主体的交互与抗衡在会议现场就得以呈现和演绎，衍生出新的学术话题，预示着未来的学术走向。

举办者和参与者的多元结构，说明了通过华文文学国际学术会议，华文文学与时代、社会产生了持续、积极的互动。

三　华文文学共同体的两种建构逻辑

学术会议是凝结共同想象的一种运作机制，由于学术机构以组织化的力量介入学术会议的运作过程，使得学术会议变成了传播共同意识的传播机制，因而学术共同体意识在日渐制度化、常态化的会议运作中被不断强化。华文文学国际学术会议虽然类别多样、渊源各异，但均因"华文文学"之名而聚合，故相关会议的召开强化了有关华文文学共同体的想象。

在华文文学的国际学术会议中，主要通过两种想象逻辑形成有关华文文学的共同体意识——制度化和生活化的逻辑。所谓制度化想象是遵循一般学术会议的学术逻辑而形成的共同想象，生活化想象则是无形的，隐藏在与会者衣食住行环节的共同想象。

在制度化的想象中，华文文学的国际学术会议一方面遵循学术研究的逻辑，用真实历史的价值来确定学术会议的目标、过程和意义。另一方面遵循着隐性的意识形态逻辑，以国家、民族、文化等意识来建构共同感。无论是学术研究还是意识形态的逻辑，都意在引领与会者形成对华文文学的共同意识，强化有关华文文学共同体的想象，两者之间有着共同的目标，表面并无冲突，正如在有关华文文学的学术探讨中，无论是以文化诗学还是以历史诗学来建构华文文学的意义，都没有回避华文文学凸显出来的意识形态价值。而根据笔者的观察，从议题设置来看，多数华文文学国际会议恰恰遵循了文化诗学和历史诗学的学术逻辑①, 很好地协调了华文文学的学术价值和意识形态价值的关系。但问题在于, 这一想象逻辑容易让华文文学的重心移位到了意识形态层面, 文学本身被模糊, 华文文学以及相关的概念所遭遇的质疑也往往源于从中牵引出来的意识形态能量。能否适度处理好两者的关系, 构成了考察特定华文文学国际学术会议是否成功有效的重要尺度, 也是共同想象能否得以持续落地的学术保证。从会议的实施过程来看, 学术逻辑的贯彻方式与存在形态则影响了共同想象的方式和限度。按照一般的理解, 当与会者在会议中就某些共同话题进行学术对话与交流时, 就可能超越各自的语境限度形成共同意识;学术的争鸣越是深入和多元, 越是有利于真正的共同意识产生。早期的华文文学国际学术会议带有松散的聚会性质, 主讲者众多, 辩论和对话也不少, 深入的争鸣较少。从会后综述以及新闻报道来看, 往往呈现的是已有意识被形塑、被强化的一面, 争议性问题偶有提及, 也被融入学术的愿景里。此外, 一些华文文学的国际学术会议, 为照顾各个区域的平衡, 出现多达三四百人的大局面, 无法确保与会学者进行充分的学术争鸣与互动, 对于很多学者而言, 这样的会议, 见面的意义超过了学术的意义。另一值得重视的现象是, 一些华文文学的国际学术会议则因参与群体的面向过窄, 对某些学术问题的探讨难有突破性进展, 如华文文学学科体系的建设问题, 往往在专业华文文学研究者之间讨论, 缺少领域外学者的声音, 难以真正定位华文文学研究在整个人文社科体系中的位置。换言之, 如果华文文学国际学术会议过于凸显其乐融融的聚会性质, 最终形成的华文文学的共同想象也会弱化成为色

---

① 从现已收集到的会议议程与论文集来看, 文化和历史维度构成了探讨华文文学的重要维度, 对此笔者曾在《大陆"台港澳暨海外华文文学"研究中的"空间"维度》一文中有所阐释, 见《世界华文文学研究》(以书代刊), 安徽大学出版社 2007 年版。

彩鲜明却缺少学术内涵的空洞形象。如何加强华文文学国际会议的学术内涵，强化制度性逻辑的力量，已经成为会议举办方和研究者的共识。近年来，随着一批年轻学者的介入和华文文学学术规范的不断强化，华文文学国际学术会议也开始强化学术内涵，在议题设置和会议实施过程中凸显了学术争鸣意识，对相关问题的探讨更为深入，成果也更为丰硕。如 2015 年 5 月 22 日由暨南大学组织的"跨域：马华文学国际研讨会"，邀请了来自中国台湾与马来西亚的优秀中青年学者黄锦树、张锦忠等人与会，30 多人围绕马华文学的跨域想象问题进行了深入交流，取得了较好成效。总之，重视学术内涵的国际学术会议也将建构出更具有吸引力的华文文学共同体。

另一方面，国际学术会议让不同背景的人在特定时空聚会，涉及衣食住行，是一个短暂的生活过程，凸显了华文文学共同体想象的生活化逻辑。从传播方式来看，学术会议不只是一种组织传播形式，也提供了人际传播①的广阔空间，华文文学国际学术会议也是人际传播的绝好场域。从会议期间的相互交流到会后的通信来往、私人往来，国际会议成为不同区域、不同性别、不同年龄的研究者、作家和传媒人士深入交流的平台和起点，有关华文文学共同体想象的生活化想象逻辑得以存在和发挥作用，且不同时间段其具体表现略有不同。如 20 世纪 80 年代到 90 年代初，在跨文化交流平台不够便利的情况下，通过国际会议建立的传播通道非常重要。研究者通过会议期间的私下联系，获得了研究对象（华文作家）的大量资料，包括作者赠送的作品集、交流得来的创作背景与个人信息，这不仅提升了华文文学研究的质量，也拓展了华文文学创作的影响区域。当然，私下的交流毕竟具有松散性、不稳定性和随意性，无论是研

---

① 人际传播是指作为个体的人与人之间的传播，与组织传播的性质相反，它将个体放在传播的前面，但社会和文化的力量一样介入其传播过程和传播方式之中。

究者还是作家凭借这样的个人交往产生的都可能是有关华文文学的碎片化想象。从 20 世纪 90 年代中期开始,华文文学国际学术会议不再是作家作品资料的直接源头,而是研究者、创作者和传媒相互交流、分享意见的平台,故而会议就餐、住宿、学术考察等环节所产生的交往、碰撞与协调变得更有意味,一些现象既体现了区域语境和文化隔阂的问题,也留下了复杂琐碎的人性印痕。主办方与与会者如何协调不同生活习惯的人群,如何对待礼仪、食物爱好差异引发的冲击,都会在会议现场和会议之后留下痕迹,这一生活过程到底引发对华文文学的何种想象,尚难以定位。它或者是一种更好的聚合力,也许是一种尴尬的离心力。从近年来笔者亲身体验过的各类华文文学国际学术会议来看,举办方越来越重视通过舒适的生活化场景实现学术会议的聚合作用,与会者越来越享受通过轻松和谐的个人交流融入学术会议的共同愿景之中。但不可忽视的是,以区域、身份为聚合群落的现象在国际学术会议上依然存在,无论是起居还是旅行,依然是我们和你们保持着界限,明显感觉到离心力的存在。比如,学术会议上,学者们按照议题混杂坐在一起,酒桌上和旅行中却倾向于以区域群聚,学术和生活的分离与对立意味着有关华文文学的共同想象充满了歧义和不稳定性。

随着移动媒体的成熟,华文文学的国际学术会议超越实在空间转向虚拟空间,会议 QQ 群和微信群的出现,使得国际会议的时空得以延展,互动形式变得更为多元长久。从确定学术会议的参与者开始,举办方就开始通过建立移动群落及时讨论有关会议的诸多问题,从议题、出行到落地是一个阶段,会议现场的发言、晒照、咨询、讨论、戏谑、约玩是一个阶段,会议结束后的怀念、研讨、交流是另一阶段,从虚拟空间所呈现阶段性场景,可以清晰地感受到华文文学共同体意识通过学术会议得以成形、发展到成熟的过程。

当然，也不排除共同体意识从成形到衰落的过程，从虚拟空间的动态来看，一个会议结束后，短时间内还有人在移动群落上传递与会议有关的信息，也有唱和回应者；时间一长，就只有少数几人冒泡了，多数人长期潜水；紧接着，有人开始退出，到最后有些移动群落鸦雀无声，成为僵尸群。这样的现象说明，通过学术会议所构造的共同意识并不稳定，极易消失。

国际学术会议作为凝结华文文学共同想象的一种运作机制，以学术、生活、经济、政治等话语形态凝结出有关华文文学的整体意识。但如同其他场域一样，学术共同体亦是一个"汇聚了具有一种结构意味的各种力量的场，同时也是一个进行着这些力量的转变或保持的斗争的场"①。通过学术会议所能凝聚的华文文学共同体，必然存在着歧义、分立，也处在流动变化之中。事实上，任何身份都是在动态中通过话语来建构的，都具有交际的特性，华文文学国际学术会议作为一种交流机制，作为学术话语、文学话语、官方话语与生活话语等的凝聚场，至少为华文文学的创作者、研究者、传播者及相关人群提供了身份重建的可能场域。

综上，由于举办方、参与者、时间、地点等因素的差异，以华文文学为名召开的各种国际学术会议之间存在着分歧与对立，可能形成不同的话语机制和想象结果，但在重现和调整华文文学的现实版图，促成华文文学多元主体的交互与抗衡，以及建构有关华文文学的共同体意识等方面，起到了积极的作用。概之，华文文学的国际学术会议以多元化的话语运作机制，介入文学空间的想象与建构之中，成为再现、调试和修正华文文学现实的力量，成为华文文学生态的微调机制。

---

① 张斌：《仪式、象征权力与学术秩序：学术会议过程的社会学分析》，《高等教育研究》2001 年第 1 期。

第三节　传媒视野下的学术景观:王德威的
华文文学研究

　　随着传媒的全域化发展,媒介化存在成为当下人的重要生存状态,它对文学的内涵及表现形式不断产生冲击,也影响了文学研究的思维与路径,我们对文学研究者的观察和思考已经离不开对媒介网络的分析与研究。同样,我们对于华文文学研究者的定位与反思,传媒视野也变得非常重要,鉴于研究者本身也成为整个媒介网络的构成元素,对那些跨域区域语境,散播学术影响的代表性人物的分析,将有利于我们深入思考跨语境传播中学者与华文文学生态重建的关系。

　　自 20 世纪 80 年代至今,随着华文文学研究群体的不断拓展,一些具有影响力的研究者开始超越特定区域,成为华文世界公认的名家。在这一群体中,王德威是最为耀眼的一位。作为美国汉学第三代的领军人物,他在研究中国近现代文学的过程中,将不同区域的华文写作纳入"现代性"视野中进行整合性探究与反思,逐渐建构起有关华文文学的共同想象①。若从传媒视角来审视这位自称是"中文世界的世界公民"的研究者,则可发现他有着清晰的传播意识,不但善于与各类传播媒介互动对话,而且本身也作为华文文学跨语境传播的重要媒介,沟通、融合了华文文学界。他的研究经历、研究动向与传播实效,为我们深入思考全球化时代学者与传媒的关系提供了鲜活的现实经验。本节尝试立足媒介的视角,总结王德威在华文文学研究中的独特经验和普适价值,进而思考跨语境生存成为常态的情势下,华文文学研究者在华文文学生态系统中的位置。

---

　　①　王德威本人也认为华语语系文学（sinophone）可译为华文文学。参见王德威《华语语系文学:边界想像与越界建构》,《中山大学学报》（社会科学版）2006 年第 5 期。

一 媒介化存在与融汇了新闻意识的研究理路

王德威的学术生命，已经融入了各类媒介与媒介情境之中。一方面，他主编、编译了系列文学丛书，与人合办大型学术刊物，担任多种华文文学大奖的评委，自觉介入文学传媒的具体运作之中，是深谙媒介之道的行业中人。另一方面，王德威的学术印迹在各类传媒空间不断散播、衍生。从传统的纸质报刊到网络微盘、豆瓣读书等新媒体空间，都是其学术成果的发布之地；从大学讲堂现场到网络公开课、网络访谈等虚拟空间，都是其文学研究的活动场所。可以说，我们所认识的学者王德威其实是媒介化的存在，我们只能通过不同的媒介与媒介情境来把握学者王德威的内涵及形象。但需要注意的是，传媒世界所显示的王德威，并未被明星化、八卦化，而是极为常态化甚至正态化的学术形象，诸如保持未婚、交友动向等私人生活情节虽能在各类论坛博客、网络访谈的缝隙里找到些许，却远非主流①。正因此，媒介视野中所凸显的王德威学术研究理路的特性，才具有某种普适性。

那么，这种媒介化存在对于研究者将产生怎样的影响？对王德威的华文文学研究有怎样的影响呢？我认为，媒介社会所特有的瞬间意识和眼球效应对于研究的影响最为重要。由于媒介社会具有将一切变成信息进行及时传播的基本特性和运转规律，为了在海量信息中凸显传媒主体性，抓住受众的注意力、引起社会关注，传媒往往会选择最新的、最有震撼力的事件和现象进行报道，故而传媒在

---

① 一些学者因绯闻、小道消息闻名于学界，一些学者因上电视、电影，出镜率高而成为学术明星，还有一些学者则干脆来一些让人震撼的另类行为、观点以博取关注度。王德威恰恰是一个认真严肃，私生活并未被发掘消费的学者。

运作中形成了鲜明的新闻意识,表现出对时效性、轰动效应的高度重视。同样,文学研究与传媒的融合程度提升后,也出现对时效性和热点效应的追求,一些研究者故作惊人之言,以轰动效应替代对学术问题的真正思考;出版、传播机构也发布形式、宣传引导等方面求新出奇,甚至不惜以私人生活报道引发聚焦效应。王德威的某些文学论断在中国大陆学界曾引发过震撼、质疑和争议,具有一定的热点效应。虽然其热点效应的形成,并非研究者和传媒有意炒作的结果,但在我看来,王德威的研究理路中依然蕴含了清晰的新闻意识,主要表现如下。

首先是反着说、对着说的论述策略中蕴含的新闻意识。我们不难发现,王德威关键的学术论断都建立在对现有定论的反思与批判之上。1998 年前后,他"没有晚清,何来五四"的宣示,否定了人们早已认定的中国现代性起点,强调晚清之于五四的先在性和复杂性,在中国大陆学界引发了热烈回响和高度认可①。此后十多年内,他将晚清、现代和当代作家进行了具有蒙太奇思维的组合式观照与研究,形成了一个关于晚清现代性的研究谱系。2010 年前后,他在写实(史传)传统之外发掘了具有对立性的抒情传统,建构了抒情传统之于中国现代性的独特意义。通过系列论述,他将抒情阐释成具有对抗一元化的意识形态、打破写实主义的桎梏、保留作家主体性等多重意义的话语体系②,形成了他的又一研究谱系。当王德威以反着说、对着说的方式推出诸如晚清现代性、抒情现代性之类的概念时,他是有意将学术问题话题化,以引发同行热议和关注,这是极为高明的研究策略,

---

① 王德威在中国大陆出的第一本著作是 1998 年生活·读书·新知三联书店出版的《想象中国的方法:历史·小说·叙事》,而该书的第一篇,就是振聋发聩的《没有晚清,何来五四》一文。

② 参见王德威的著作《抒情传统与中国现代性》(生活·读书·新知三联书店 2010 年版),《抒情传统与中国现代性:在北大的八堂课生活》(生活·读书·新知三联书店 2018 年版)。

所谓一石激起千层浪，它实际是在引导学术论争的形成，使文学研究具有了新闻事件的传播热效应。而在华文文学研究中，王德威借用、改写史书美的华语语系文学概念，并在此基础上进行的文学批评和文学史书写实践则已是这种事件化研究思路的娴熟运用了。

2004 年，美国华裔学者史书美基于后学解构立场提出了 sinophone literature（华语语系文学）一词，该词作为华文文学共同体的统称，有意将中国大陆的汉语文学排斥在外，强调世界其他区域华语文学的自足性、在地性、混杂性和不稳定性，反对中国中心主义，引发了诸多争论。大陆学者的态度极为复杂，一些人不屑辨析其学理性的层面，简单视之为具有某种意识形态意图的妄见；一些人抱着我行我素的态度，继续沿用自己的总体性概念，根本无视这一术语的存在；还有一些人深以为然，为之摇旗呐喊。在这场海外华人学者和大陆学者有关 sinophone literature 的论争中，王德威的位置与作用极为微妙，某种意义上，他就是引发这场隔着媒介面纱进行①的论争之关键人物。正是 2006 年王德威率先将史书美的这一概念引入中国大陆②，并在较有影响的《中山大学学报》（哲学社会科学版）发表论文，表达了他对"华语语系文学"的基本看法。从这篇论文来看，王德威对史书美的术语进行了柔性改造，在保留它所具有的多元混杂等后学特性的同时，将大陆文学以"包括在外"的方式纳入其中。经过改造过的"华语语系文学"因此不再是"以往海外华文文学的翻版，它的版图始自海外却理应扩及大陆中国文学并由此

---

① 大陆学者与史书美并无正面的、直接的交锋，他们是在阅读了史书美翻译成英文的研究著作后在大陆刊物上发表了一系列的批评文章，所以说是隔着媒介的面纱的论争。

② 根据史书美在联经的《反离散：华语语系研究论》一书中的说法，sinophone 翻译为华语语系，最早应追溯到她 2004 年的《全球的文学：认可的机制》一文的翻译，该文由纪大伟译成华文时，她提供给"华语语系"这词作为 sinophone 的译文。王德威则是率先提出"华语语系文学"之说的学者。

形成对话,只有在承认华语语系欲理还乱的谱系以及中国文学播散蔓延的传统后'才能知彼知己',策略性的套用张爱玲的吊诡将那个中国'包括在外'"①。近来一些大陆学者在评述华语语系文学的谱系时,认为相对史书美的武断,王德威论述的温和调子更容易被接受,但在我看来,王德威此时此举并不是为了调和分歧,而是将有关华语语系的分歧和争端引入中国大陆学界,在引发更多人关注和思考的同时,推出一个新的华文文学研究领域。② 从 2006 年至今,随着相关探讨、论争的持续进行,华语语系文学已经成为当代文学研究中的热点术语,与此同时,一个新的研究领域也随着理论的生产逐渐形成,王德威成为这一领域的重要开拓者。从举办华语语系的专题学术会议③,从发表多篇具有辩驳性的学术论文与文学批评文章到编选华语语系读本和编撰文学史著作等,王德威华语语系文学研究谱系的建构初步实现,成为不容忽视的存在。

在事件化的研究思路之外,营造具有关注度的媒介网络、重视学术成果的发布方式等也是王德威学术研究所蕴含的新闻意识的具体体现。

从媒介网络的建构来看,王德威善于借力,常在名气的组合拳里显现自身研究位置的重要性。这套学术界的名气组合拳至少包括了知名作家、知名刊物和知名大学三大元素。我们知道,在文学研究领域,研究对象的名气也是无形的象征资本,研究文坛上的无名小辈往往费力不讨好,而对名家名作进行解构式研究更容易引发关

---

① 见王德威《中文写作的越界与回归——谈华语语系文学》,《上海文学》2006 年第 9 期。
② 在中国大陆刊物上有关华语语系文学的评述文章已达 20 多篇。
③ 2007 年 12 月由哈佛大学和耶鲁大学联合举办的 Globalizing Modern Chinese Literature: Sinophone and Diasporic Writings ("全球化的中国现代文学:华语语系与离散写作")学术研讨会,更是将流散/离散现象以及 "Si-nophone"(华语语系)的话语建构作为讨论的主题。王德威是该会议的重要组织者。

注，有一定实力的研究者往往借此迅速脱颖而出。对此，王德威是深得其中三昧。他常以已有影响的文坛名将作为研究对象①，展开对问题、概念和观点的独特演绎，得出极为新异的结论。如论文《"头"的故事：历史·身体·创伤叙事》以有关鲁迅和沈从文的对比性论述颠覆学界对两位作家的一贯认知，引来大陆知名学者王彬彬激烈的批判和否定。在学界，论文发表刊物的所谓级别和影响力也是评价学者学术成就的重要依据，为此，一些学者不得不开发各种资源以求获得在名刊发表论文的机会，从而强化了学术界所谓的名刊效应。王德威在中国大陆的学术论文多在名刊刊载，如20世纪80年代末至今，他在《读书》和《当代作家评论》上共发表论文39篇②，因缘名刊效应，这些论文在发表之后又获得了较高的引用、下载率，影响力得以形成。此外，无论是讲座、客座还是讲学，王德威结缘的高等学府都是名校，从台湾大学、哥伦比亚大学、哈佛大学到北京大学、复旦大学、南京大学、北京师范大学、南开大学、中国社会科学院等③，这些与王德威学术生涯有交集的顶尖学府与研究机构构成了有利于其学术观点快速传播的媒介环境。

从其研究成果的形成与发布方式来看，王德威的文学研究也具有

① 刘鹗、梁启超、张爱玲、鲁迅、沈从文、老舍、苏童、莫言、阎连科、朱天文、舞鹤、骆以军、黄碧云、海子等在其论文中再现率较高。

② 刊物按论文发表数量排序为：《读书》(20)；《当代作家评论》(19)；《扬子江评论》(8)；《华文文学》(6)；《文艺报》(5)；《南方文坛》(3)；《汉语言文学研究》(3)；《长江学术》(2)；《东吴学术》(2)；《文艺争鸣》(2)；《中华读书报》(2)；《江苏社会科学》(2)；《杭州师范大学学报》(2)；《中国现代文学研究丛刊》(1)；《复旦学报》(1)；《中山大学学报》(1)；《南京社会科学》(1)；《学术月刊》(1)；《社会科学报》(1)；《社会科学论坛》(1)；《世界华文文学论坛》(1)；《当代文坛》(1)；《现代中文学刊》(1)；《江苏大学学报》(1)；《中国图书评论》(1)；《中国图书商报》(1)；《书城》(1)；《名作欣赏》(1)；《探索与争鸣》(1)；《海南师范大学学报》(1)；《苏州教育学院学报》(1)。

③ 王德威在2003年开始与中国大陆名校的合作，先后在北大、复旦等学校开设讲座或上课，2006年，受聘为国家教育部第八批"长江学者奖励计划讲座教授"，聘任复旦大学中国现当代文学教学岗位。

新闻意识。从形式上来看,王德威学术论文包含了序言式论文、访谈式论述、会议式论文、讲座式论文几大类。这些都是文学研究与书籍出版、新闻采访、学术会议、学术讲座等最具有一定时效性、新闻性的文学活动融合形成的论文形式,带有较强的现场性和宣传性,新闻的性质较为凸显。王德威的一些论著也直接由讲演稿汇编而成,有意保留了此时此景的新闻性,如《现代小说十讲》《在北大的八堂课》等。同时,为即将出版的小说集写序是王德威文学批评的重要特色,①体现了他对当下文学生产的及时回应与主动投入,凸显了具有时效性和广告性的研究思路。此外,作为资深的传媒人,王德威主持或参与的系列化传播策划,如面向英语世界的中国文学翻译系列、为台北麦田出版公司策划的作家作品选系列②以及主编的各类理论、小说选本,都催生了他具有宏大视野的学术思考,一系列以序言、前言出现的学术论述与各种理论和小说选本一起面世,相互应证,从而使其文学研究在与出版策划融合生长中获得了发布仪式和新闻意识。

从表述策略来看,王德威的文学研究恰恰具有中国大陆学者所少见的形象性和情感感染力,其形象准确、充满了思辨张力又饱含深情的论述语言,读之令人余香满口,是一种美的享受和智力的提升。正如著名学者陈晓明所总结的那样,"王德威的论述有情节,有戏剧性,有悬念,有转折"③。这种挑逗阅读欲望的学术文章与重视

---

① 他在大陆发表的 106 篇论文中,引荐性文章 45 篇,占比 42%。

② 如《当代小说二十家》这一著述的形成史,王德威本人在序言里有过如此表述:1996 年春,我应邀为台北麦田出版公司策划一套书系:"当代小说家"。尽管 80 年代以来小说所曾享有的盛况不再,我个人却以为这一时期的作品精彩纷呈,较之以往只有过之而无不及。我希望推荐华人各个社群的杰作,引起对话,并借以扩充跨世纪华文文学的版图。在每位作家的作品卷首,我都写下一篇序论;不仅介绍作家个别的特色,也将其纳入文学史的脉络里,加以讨论。这一系列的文字到了 2002 年暂告一段落。承蒙三联书店的邀请,现在重新整理在大陆出版。(《当代小说二十家》,生活·读书·新知三联书店 2006 年版。)

③ 陈晓明:《重新想象中国的方法——王德威的文学批评论》,《现代文学丛刊》2016 年第 11 期。

受众阅读需求的新闻生产之间有内在理念的一致性。

王德威融汇了新闻意识的文学研究现象种种，体现了媒介化存在状态下的文学研究动向。王德威御时代之风而行，故能如鱼得水，发展壮大自身。

二　跨语境生存与回旋衍生的学术美学

王德威和他笔下的华文作家一样，堪称跨语境生存的样本。他原籍辽宁①，1954 年生于台湾，台湾大学外文系本科毕业后在美国威斯康辛大学比较文学系攻读硕士和博士学位，学成后回台湾大学执教，三年后重返美国，先后在哥伦比亚大学、哈佛大学任教，现为哈佛大学东亚系的讲座教授。同时，从 20 世纪 80 年代中后期起，他开始担任各类华文文学奖的评委，参与华文作品的译介传播活动，组织各种国际学术活动、活跃于中国台港地区以及新马华文圈。21 世纪后，他在中国大陆文学研究界也有了一定影响，在担任复旦大学、北京师范大学、南京大学等数所重点大学的兼职教授之时，开设了若干主题化的学术讲座，参与组织各类学术会议，牵引出当代文学界一系列的学术论争。王德威献身文学研究事业，行走于华文世界的各个疆域，处处留下了影响的痕迹与焦虑，他耀眼的跨语境生存之旅，足以让华文世界的游散群体心生向往效仿之情。而从学术层面去总结其跨语境生存的经验，探寻跨语境生存与其研究成效、研究思路之间的关联，或可真正窥视到开放时代学者与时代互动的机理所在。②

---

① 中国大陆境内，王德威仍有源自父系的众多亲人。

② 利用百度、知网等搜索数据稍加分析，我们可以得出的结论是，相比夏志清、李欧梵等研究中国文学的美国华裔学者，王德威的网络信息更为丰富，涉及的区域面和研究面更为广泛，在华文世界的关注度更高。

作为学者,衡量其学术存在的重要依据是学术成果,其中,著述是最为关键的指标,根据笔者的不完全统计,从 20 世纪 80 年代开始至今,王德威先生出版论著、编著共 74 本(见表 3 - 4),仅在我国大陆地区发表的论文已达 106 篇。

表 3 - 4 　　　　　　　　　　王德威著作统计 　　　　　　　　单位:本

时间	专著	编著	译著	合计	备注
1980—1990 年	2			2	
1991—2000 年	5	5	1	11	
2001—2010 年	21(1 本为合著)	18	0	39	其中,《当代小说二十家》台湾、大陆 2 版,《晚清小说新论》2 版,《历史与怪兽》美国与中国台湾 2 版,《如此繁华》香港与内地 2 版,《写实主义小说的虚构》美国、中国大陆、中国台湾 3 版
2011—2018 年	6	16	0	22	其中专著有 2 本是重版,编著有 11 本是合编
总计	34	39	1	74	

如果以攻读博士学位的 1978 年作为研究起点,那么在他 40 年的研究生涯内,平均一年出版两本著作(编著),且年岁增大,产量愈高。如 1980—1990 年十年间仅出版 2 本著作,1991—2000 年间为 11 本,论文(中国大陆地区)7 篇;2001 到 2010 年间上升为 39 本,其中专著 21 本,编著 18 本,论文(我国大陆地区)42 篇。日见丰硕的学术产出,既离不开学者本人持之以恒的积累与勤勉,也反映了我们这个时代学术成果形成规模效应的某些理路。从整体来看,王德威学术成果中最突出的现象是同一专著衍生的多个区域性版本。如他的《历史与怪兽》有美国与中国台湾两个版本,《当代小说二十家》有台湾和大陆两个版本,《如此繁华——王德威自选集》有香港和大陆两个版本,《写实主义小说的虚构》有美国、中国台湾与中国大陆三个版本。各个版本之间内容并无大异,但有所变通以适

应特定区域语境，如在字体、排版和装帧形式方面做出改变，通过重写序言、增删修饰表述细节等方式做到有的放矢、避免争议等。专著的跨语境重版，不但使王德威的学术产出总量得以提升，其学术成果的影响空间也不断拓展。其次，从单个著作的构造形式来看，王德威论著放弃了传统系统化的严谨结构，凸显非线性的结构模式，每一著作都由独立成篇的若干论文组合而成，其组合逻辑遵循的是问题引领下的论文分类组合原则。具体而言则是，先提炼出一个具有聚焦性的话题与问题统领全书，作为书的标题（主题），再通过自序对此话题与论题进行较为深入全面的概述与分析，然后以章或辑的形式将若干论文分组呈现（章或辑有时以小标题突出层次感或秩序感，有时没有）作为论著的主体，照此流程一本论著遂告完成。论著的这一结构模式，可能受到后学碎片化表述的影响，但从论文组合的层面来看，其优势在于确保了某些专题论文的重复使用率，同一篇论文稍加调整可被组合在其他的话题与论题之中，进而成为另一专著的有机构成部分；其不足在于导致了论著与论著之间重合性高，不同论著中的论文给人似曾相识的感觉。以其论著中再现率较高的张爱玲论文为例可清晰显现上述情况（见表3-5）。

表3-5　　　　王德威部分著述中有关张爱玲的论文列表　　　　单位：篇

论文名称	论文数量	著作名称	出版社	出版时间
1.《此怨绵绵无绝期——张爱玲，怨女，金锁记》；2.《记忆的城市，虚构的城市——香港的情与爱》	2	《现代小说十讲》	复旦大学	2003
1.《此"误"绵绵无绝期——从〈金锁记〉到〈怨女〉》；2.《张爱玲，再生缘——重复、回旋与衍生的叙事学》；3.《半生缘，一世情——张爱玲与海派小说传统》；	7	《落地的麦子不死：张爱玲与"张派"传人》	山东画报	2004

续表

论文名称	论文数量	著作名称	出版社	出版时间
4.《落地的麦子不死——张爱玲的文学影响力与"张派"作家的超越之路》；5.《女作家的现代"鬼"话——从张爱玲到苏伟贞》；6.《张爱玲现象——现代性、女性主义、世纪末视野的传奇》；7.《"世纪末"的福音——张爱玲与现代性》				
1.《从"海派"到"张派"——张爱玲小说的渊源与传承》；2.《张爱玲再生缘——重复、回旋与衍生的叙事学》	2	《如此繁华》	上海书店	2006
《张爱玲再生缘——重复、回旋、与衍生的美学》	1	《后遗民写作》	台湾麦田	2007
1.《半生缘，一世情——张爱玲与海派小说传统》；2.《女作家的现代"鬼"话——从张爱玲到苏伟贞》；3.《落地的麦子不死——张爱玲的文学影响力与"张派"作家的超越之路》	3	《想象中国的方法：历史·小说·叙事》	生活·读书·新知三联书店	1998
			百花文艺	2016

　　对照论文列表可知，在王德威的不同论著中，有关张的特定论文以多种面貌出现，有时是原封不动重现，有时为适应章或辑的需要在角度、标题、表述有所变动，有时被整合进入相关作家的对比性论述之中，融合性再现；因他对张的审美判断并未随时间有所改变或超越，各篇论文主旨和趣味相当一致，可谓学术意义上的重写。再次，从单篇论文的结构模式来看，王德威形成了问题加原料、佐料的论文写作模式。有时问题不变，原料已变，佐料鲜活。有时原料不变，佐料依旧，而问题转变。所谓原料，是指论文所论及的作家作品，王德威所论及的作家作品上至晚清，下至当代，看似时空跨度大，但都在特定问题的选择疆域之内，导致了部分符合个人趣味的作家如张爱玲、胡兰成、江文也、沈从文、鲁迅、李永平、董

启章、朱天文、王安忆等在论文中重复再现率高。所谓佐料，则是指王德威批评文章特有的感性特征，如知人论世、情感浓郁、语言形象等特性成为其论文可读性、感染力强的重要源泉。问题、原料与佐料的融合形成了个性鲜明又能不断开枝散叶的王式批评。王德威具有不断重写某些学术论断、概念和问题的特点，从理论根基来看，他看似纷繁多样的研究文章仍离不开现代性、历史与文学、抒情与叙事、华语语系与离散等几个关键词的牵引，尤其在华文文学研究中，离散成为其主要聚焦视野，导致了总体上的重复性。概之，一本著述的不同版本，一篇论文的不同版本，不同论文的同一结构，王德威学术成果的结构性特征似乎应证了跨语境生存与"回旋、衍生的学术美学"间的关联。所谓回旋、衍生之说原本是王德威面对张爱玲文学创作的重写现象提炼出的美学原则，他认为"相对于写实/现实主义作为中国现代文学的主流形式，张爱玲反其道而行。她穿越修辞、文类以及语言的界限，以重复书写发展出一种特殊的美学。这一美学强调'衍生'（derivation）而非'揭示'（revelation）；突出'回旋'（involution）而非'革命'（revolution）"①。王德威高度认同张爱玲在异域文化语境中的重写行为，认为这是以否定的辩证法，体现历史的复杂性，反映出中国现代性主线之外的可能面向。而王德威自己学术论著的结构性模式，再次成为他自己提出的回旋、衍生美学的例证，这是纯属偶然还是自觉的选择？尽管学术上的回旋、衍生与张爱玲重复的文学书写的价值难以定论，但其出现的契机或原因却颇值得警惕。对于跨语境生存的学者与作家而言，回旋、衍生美学的出现，与其说是偶然或自觉选择的结果，不如说是宿命性的征候，无论是学术还是文学的场域，身处中心之外的离散个体

---

① 王德威：《雷峰塔下的张爱玲：〈雷峰塔〉、〈易经〉，与"回旋"和"衍生"的美学》，王宇译，《现代中文学刊》2010 年第 6 期，总第 9 期。

都容易选择内向发展的路线，叙述力量的持续内爆①，最终导致了自我的回旋、衍生。或许，正因生存境遇与文学创作、学术研究的一体性，回旋与衍生不知不觉中成为王德威学术研究隐含的美学冲动与表现特性。

王德威的学术生涯中，比著书立说更重要的是跨语境引荐各种理论和作品。如果说张爱玲只是不自觉地引荐《海上花》等中国文学进入美国学界，他则是相当自觉和成功的跨语境传播者和翻译者。20 世纪 80 年代初，作为台湾大学外文系教授，王德威较早向台湾传播西方的后学，据他自己介绍，1981 年他率先将巴赫金介绍到台湾，后来风靡一时的"众声喧哗"一词正是他的创造。② 在言必福柯的 20 世纪 90 年代，在美国的王德威翻译了福柯最有名的著作《知识考古学》，在台湾出版③。从 1988 年起，他和哥伦比亚大学出版公司合作，协助翻译并出版了中国台湾、香港、大陆的诸多文学精品，包括陈染的《私人生活》、朱文的《我爱美元》、韩少功的《马桥词典》、叶兆言的《一九三七年的爱情》、王安忆的《长恨歌》、张爱玲的《海上花》《流言》、张大春的《野孩子》、朱天文的《荒人手记》、吴浊流的《亚细亚的孤儿》、李乔的《寒夜》等④，让当代华文创作及时进入英文世界。王德威更重要的贡献还在于，在其研究和传播实践中他试图消除华文世界的内部隔阂，倡导形成有关华文

---

① 王德威在评述张爱玲的上述文章里还提及，所谓内倾性的回旋话语（involutionary discourse）与革命话语（revolutionary discourse）不同，"回旋"的展开并不依靠新的元素的注入或运作，而是通过对思想、欲望和行为的现存模式的深化、重复、扭曲来展现前所未见的意义。但他认为这并非保守甚至颓废，而是一个保持在权力中心之外的独立姿势（第 80 页）。而所谓衍生，指的是叙述的动力并不在于（浪漫主义定义下的）原创性，而在于一种赓续接踵的能量，或是修辞意义上的代换与变形，从而颠覆一般对于"真实""发生""缘起"的诉求（第 84 页）。

② 王德威、苗绿：《中文世界的世界公民》，《长城》2012 年第 4 期。

③ ［法］福柯：《知识的考掘》，王德威译，台北麦田出版公司 1993 年版。

④ 被称为"中国文学翻译系列"。

文学的共同想象和多维想象。在研究论述中，他擅长横向对比，纵向梳理，将零散的华文创作链接在宏大视野之中，成为整体性现象；在传播实践中，他积极推动了区域华文文学的跨语境传播与接受，推动复数形式的华语语系认知体系。如 20 世纪 80 年代中期至 90 年代初期，他自觉向台湾地区引荐中国大陆的先锋文学，并成为《联合报》大陆地区小说奖的重要评委。20 世纪 90 年代中后期，他与中国大陆文学界建立了稳定联系后，又不遗余力向大陆学术界引荐中国台湾、东南亚和中国香港的华文创作，在中国大陆报刊上发表的 106 篇文章中，直接引荐中国港台与东南亚华文文学的批评文章达 45 篇，整体性论述文章有十余篇。王德威从事华文文学跨语境传播与交流的工作，其目的诚如他自己所言"我希望推荐华人各个社群的杰作，引起对话，并借以扩充跨世纪华文文学的版图"①。

但在错综复杂的华文文学谱系里，王德威从事的跨语境传播工作，既充满了对话和互动的可能性，又始终勃发着重复、回旋和衍生的复杂张力。一方面，正是冷战思维逐渐解冻的 20 世纪 80 年代及以后的全球化格局，为华文文学与华人学者的跨语境生存提供了可能；另一方面，由于华文文学的区域隔阂并未真正消失，作为跨语境传播者必须时刻面对如何跨域的问题，在这个版本和那个版本之间，此篇论文与那篇论文之间，因时因地做出调整成为必然，于是乎，有关重复、回旋和衍生的美学也渗透在学术的跨语境传播过程中。

当然，这一跨语境传播的过程，虽然渗透了重复、回旋和衍生的美学意识和方法，但也不能视为简单的重复，某种程度上也是富

---

① 《当代小说二十家》序言，生活·读书·新知三联书店 2006 年版。

有意义的创造过程。王德威的创造性在于，他在跨语境生存中，作为沟通不同华文区域的灵媒，构造了一个处处有关键的华文文学网络，身在其中的他，也由此创造出了自己的话语，建构了自己的理论体系。同时，跨语境生存的经验也内化于王德威的文学批评文本之内，从表达到思维，其文学批评都有着强烈的地理流动感，主要表现在理论表述和思维方式两大层面。一是针对跨语境现象提炼出众多富有形象性和概括力的学术词汇，如"台湾的鲁迅、南洋的张爱玲、异化的国族、错位的寓言、包括在外"等。二是思维方式上的巨大跨域性。如"从刘鹗到刘祯和，从鲁迅到刘慈欣"的时间跨度；如从江文也的礼乐中国而建构起边缘重归中心的理论大厦等，最能集中体现其跨域性的是 2017 年 3 月由哈佛大学出版社出版的《新编中国现代文学史》，从时间跨度来看，这本著作从 1635 年的明朝回溯，展望而至科幻小说中的 2066 年；从空间跨度来看，除了中国大陆外，中国港台地区文学和包括马华文学在内的南洋文学都被纳入现代中国文学的版图之内。这样的时空架构超出了现有文学史的思维框架，不无质疑之声。总之，借看似不相干的细节来反思、质疑现有研究，将个案研究融汇在宏大历史视野中的思维，体现了王德威华文文学研究特有的越界性与整合性。

三　包括在外与学术舆论场的模糊位置

媒介化、跨语境的存在状态，既影响了王德威的治学理路、学术美学的形成，也促成了其学术影响力的播散。如今，他已经成为华文世界公认的学术名家。但成为名家是一个过程，为了进一步剖析王德威在华文世界影响力的形成过程及其影响的区域差异性，我尝试引入学术舆论场和学术舆论的概念。所谓学术舆论场，主要指由各类学术传媒形成的综合语境，它会催生学术舆论，也就是对学者或学者群体、学术流派、学术问题等形成具有引导性的风靡一时的总体判断和基本定位。照此，我们可以提出以下问题：王德威作为华文世界的学术名家，这一学术舆论的空间流播路线是怎样的？其形成机制及具体内涵是什么？

学者影响力如何，可从其论文、著作等学术成果的出版、评论情况及其参与学术活动的情况等加以综合衡量，其中著作出版是一个重要的评价指标。从王德威学术著作出版地的分布情况来看（见表3-6），似乎他在台湾和大陆两地影响力相对较大。但著述的出版是否受到学术舆论的先在影响，出版社往往倾向于选择业已成名的学者的著作。而学术舆论就像某些病毒一样可以进行跨域传播，对于游学者王德威而言，其影响力的区域起点不在中国港台，而在美国。准确地说，美国大学的博士学位与教学席位构成了王德威在华文世界获得声誉的先在优势，其文学研究著述在中国台湾、大陆和香港等地的出版与流通都与之相关，这种出口转内销的传播热效应既与华人圈普遍的崇洋习气有关，也与王德威作为华人学者的特殊性有关。一方面，他作为熟谙西方后学的美国汉学家进入华文文学研究领域，具有了理论视野上的开阔性与开拓性；另一方面，他又是熟谙华文语境的回归者，能迅速融入华文世界的学术活动之中，形成自己的影响力。然而，王德威在美国的学术地位如何，难以定论，倘若是将其放置在美国汉学的谱系里，与夏志清、李欧梵等华裔学者的中国现当代文学研究合观，当处在较为边缘的位置。① 反而是将其放置在我国台湾、大陆等中国现当代文学研究重镇中时，凸显了他的重要性。

---

① 正如夏志清写作《现代文学史》的起因竟是为越战俘虏编写阅读所用的小册子，乃无心插柳之作。可见中国现代文学研究在美国学术界的边缘性、策略性。

表3-6　　　　　　　王德威学术著作在各区域出版的情况　　　　单位:篇

出版地	专著出版数	编著出版数	总计
中国台湾	15	18	33
中国大陆	12	19	31
中国香港	3，其中一本是合著	2，合编	5
美国	3	2，合编1本	5

　　王德威在台湾成长、求学，并有短暂的高校工作经历，这成为他在台湾文学研究界施展拳脚的有利条件;但恰恰是对台湾之外华文创作的持续关注和任教哈佛的西学视野，让他在20世纪80年代以来的台湾文学批评界获取了自己的位置，有关述评文章这样介绍他:"另一位善于援引西方各种文学理论用于分析中国文学作品，在批评中显露鲜明个性的新世代批评家，是现任教于哈佛大学东亚系的王德威博士。他的批评视野较为开阔，不仅观照台湾当代文学作品，也透视当代大陆文学，乃至中国古代和现代文学。这种宽阔视野，使他能溯本探源，将对象放在中、外文学史的脉络中理出其传承和创新，而敏锐聪颖的内质和丰富娴熟的西方文学理论知识，使他常能发人之所未发，或针对相沿成习的观点，提出自己截然不同的观照。"[①] 从20世纪80年代至今，王德威立足于本土以外，在台湾岛内介入文学评奖、文集策划与出版等文学活动，逐渐形成了一定影响力，并未引发太多争议，他虽然游学在外，却并未被岛内视为外人;但自21世纪初，他主动扛起华语语系文学的大旗、用心建构远离中心政治的文学大厦，岛内有关他的学术舆论却日见分化。一心要文学"台独"的人认为他太温和，离中国大陆文学太近;拥抱文学中国的人嫌他立场不稳，与西奴风的关系欲说还休。在很多针对华语语系的批评文章里树的靶子是史书美，击中的人却有王德威。如黄锦树在

---

　　① 朱双一:《八十年代以来台湾文学理论批评》,《台湾研究集刊》1993年第4期。

《华语语系可以休矣》的论述中彻底解构了史书美的华语语系立场之后，在文末以轻松玩笑的口吻对王德威进行了委婉的批评①。

从 20 世纪 90 年代末开始，王德威通过参会讲学、出版著作和参与文学评奖在香港散播其影响力。准确地说，香港既是王德威拓展自身影响的新空间，又是他了解华文创作动向的新窗口，更是他演绎固有观点的新样本。他有关香港文学的论述不多，视野开阔，例证丰富，观点和方法似曾相识。2001 年王德威接受香港岭南大学荣誉学位时做的演讲《香港：一座城市的故事》涉及香港文学史上的多位作家及其创作，立足的还是"小说中国"的方法论，强调香港文学与历史的互动。2010 年 12 月他在题为"香港：都市想象与文化记忆"会议上的演讲，选了香港文学史上的十个关键时间点展开论述，比起 2003 年在北京举行的同主题会议上的表述，多了应景的意味。2013 年 6 月 24 日王德威在香港大学主讲名为"乌托邦·恶托邦·异托邦"的讲座，与两年前在北京大学的讲座主题一致，只将副标题"从鲁迅到刘欣慈"改成"一个香港观点"。香港学者对王德威的评价，臧否有之，不见得激烈。刘绍铭撰文肯定王德威的学术成就，对其受后学影响形成的"后现代呓话"PoMo Babbles 却不无微讽，只是强调其文字的魅力："王德威文字有奇气、有识见，瑰丽、细腻、幽默之余，还征信昭昭。学术论文，堪可一读再读者不多，他的文章是个难得的例外。"② 另一香港学者黄维梁对王德威的华语语系文学之说不以为然，认为此举不过是巧立名目来宣扬并非

---

① 相关的批评文章还有赵刚：《西奴风与落花生：评史书美的"华语语系"概念》，保马公众号，2017 年 11 月 10 日；詹闵旭、徐国明：《当多种华语语系文学相遇：台湾与华语语系世界的纠葛》，《中外文学》2015 年第 3 期；邱贵芬：《新世纪台湾文学系所面临的挑战》，《台湾文学研究》2012 年第 2 期；李育霖：《台湾文学与华语语系文学的距离》，《台湾人文社通讯》2013 年第 4 期。

② 刘绍铭：《王德威：如此繁华》，http://www.douban.com/group/topic/4487961/，2018 年 10 月 27 日。

必要的意识形态诉求而已①，比朱寿桐的"汉语新文学"一词更少了包容感。虽然可与同是哈佛中国文学研究名家的李欧梵②并列，王德威在香港到底是客卿，其学术舆论的模糊性，也坐实了他作为香港学术过客的位置。

　　中国大陆对王德威的学术舆论具有两面性，自1998年至今③，一方面其理论观点和批评方法形成力量强大的学术冲击波，引发大批年轻学人对其学术范式的学习、模仿和借鉴甚至推崇；另一方面一直存在对其研究立场、方法和目的的批评之声，近几年还有愈演愈烈的倾向，两方面的力量并非相互抵牾，而是相互助力，强化了王德威的影响力，在我看来，王德威在中国大陆的学术声望应该超过了夏志清、李欧梵等美国华裔学者④，相关研究也更多。学术舆论的形成和思想、时尚的流行有相似之处，王德威在中国大陆影响力的形成，可参考《引爆点》一书的思路，从少数（关键）人物因素寻求解释⑤。王德威的引荐者和同路人包括了陈平原、陈思和、陈晓明、王晓明等现当代文学研究大家。这批20世纪50年代出生的学者崛起于20世纪80年代，进入20世纪90年代后成为现当代文学研

　　① 黄维樑:《学科正名论:"华语语系文学"与"汉语新文学"》,《福建论坛》(人文社会科学版) 2013年第1期。

　　② 2015年,李欧梵获得香港书展年度作家,与之前的刘以鬯、西西、陈冠中、也斯、董启章等人并美,可见其在香港文学界并非过客,而是有所归属。

　　③ 王晓明在他主编的《批评空间的开创——20世纪中国文学研究》(东方出版中心1998年版)中选入了王德威的两篇文章《被压抑的现代性——晚清小说重新评价》和《从头说起:鲁迅、沈从文与砍头》,同年生活·读书·新知三联书店出版了王德威的学术专著《想像中国的方法:历史·小说·叙事》。

　　④ 利用百度、知网等搜索数据稍加分析,我们可以得出的结论是,相比夏志清、李欧梵等研究中国文学的美国华裔学者,王德威的网络信息更为丰富,涉及的区域面和研究面更为广泛,在华文世界的关注度更高。

　　⑤《引爆点》关于流行之物的分析,强调了三大因素,包括少数人物、附着力和环境因素。关于王德威的学术个性与成就可称之为附着力,而环境因素则是指,如果没有20世纪80年代末后华文世界本身的敞开,没有政治经济的共通,自然不可能出现活跃在中国大陆、中国港台和东南亚的王德威。([美]马尔科姆·格拉德威尔:《引爆点》,钱清、覃爱冬译,中信出版社2009年版)

究话语权的引导者，代表了面向世界的现当代文学研究范式的前沿阵地，他们与王德威年岁相仿，见解相近，故能声气相投。王晓明在《批评空间的开创——20世纪中国文学研究》一书中首次将包括王德威在内的几位海外华人学者的研究论文收集进来，引发了大陆学界的震撼①；也正是通过陈平原、陈思和的引荐，王德威走进了中国文科一流学府北大复旦的讲坛，学术观点得以广泛传播。2003年陈平原与王德威在北大合办了一次国际学术会议，2006年王德威在北大开设了系列讲座，主讲抒情传统之说与小说中国之论。2006年，在陈思和引荐下王德威进入复旦中文系，被教育部聘为长江学者，随后两者合编文集、合办刊物，开始长期的学术合作。借助这些关键人物的引荐，王德威在中国现当代文学研究的影响力得以确立，他的学术动向也颇受大陆学界关注，如2017年，陈思和、王晓明、丁帆等知名学者就为王德威刚刚在美国出版的文学史著作《新编中国现代文学史》推出一组评论文章，对之进行引荐评介。这些大家的引荐评判引导形成的是有关王德威的正面舆论，其他的批评与研究文章则立场较为复杂，产生的效果也不一。除了少数较为激烈的批判文章外②，多数有关王德威的研究文章（包括部分硕博士论文）遵循见与不见、得与失、构建与缺失的辩证思路，看似全面，却难以形成否定舆论，反而将之嵌入谱系化的学术生产链条之中，拓展了其影响力。但近来有一种从意识形态视角将之视为西学余孽、美帝帮凶、本土敌人的批评思路，已经隐现其杀伤力，尤其是有关华

---

① 参见程光炜、孟远《海外学者冲击波——关于海外学者中国现当代文学研究的讨论》，《海南师范学院学报》（社会科学版）2004年第17卷第3期，总第17期。

② 立场较为鲜明的学理性批评有王彬彬对王德威的比较方法论的质疑和批驳（《胡搅蛮缠的比较——驳王德威〈从"头"谈起〉》，《南方文坛》2005年第2期），郜元宝对王德威著作《当代小说二十家》里的宏大构架与理论先行问题进行的质疑与批评（《重画世界华语文学版图？——评王德威的〈当代小说二十家〉》，《文艺争鸣》2007年第4期。）

语语系文学的批判之风，正在将王德威认定为意识形态的他者，这一舆论导向所产生的威力还难以估量。总体而言，尽管王德威通过讲学讲课、出版论著、组织学术活动等形式介入了中国大陆的现当代文学研究现场；尽管有关他的研究论述在数量层次上都不断攀升，但对他的基本定位不是海归学者，而是海外汉学或者美国汉学的代表人物，处在包括在外的尴尬位置。颇具意味的是，这位被包括在外的批评家，正是以现代中国的探寻者、建构者自居，其文学研究雄心勃勃，试图介入现代中国的想象工程之中，他的《新编中国现代小说史》甚至将文学中国的疆域无限拓展，构造了一个大中国的想象共同体①，这种同一策略和主流构架颇有相似之处，倘若他被放在他者批判的祭坛之上，岂不具有反讽的意味？

归根到底，在华文世界，王德威只能归类为流散型学者。他们趁时代之机，以其突出的学术才华与成就，活跃于华文世界的各个区域，但在任何华文区域，他们都被包括在外，处在游散的位置②，区域内有关他的学术舆论也因时势而变，难有定论。如此繁华又如此模糊的学者形象，是否可看成是华文文学在传媒时代的寓言式写照：它依靠新型媒介的力量获得多样化的生存机遇，却始终处在分歧、流离和模糊的认知状态。

在传媒化的生存状态中，时代的研究范式和研究思路已经发生变化，学术活动都渗透了新闻意识，那种两耳不闻窗外事的学术方式已经过时了。同样，从事华文文学的研究者既是跨语境传播的媒介，也是跨语境传播的对象。王德威以渗透新闻意识的学术研究来震撼人心，

---

①　王德威的华语语系之说，不同于史书美的对抗性立论，是具有包容性的理论设想，他试图以语言作为最小公分母来命名多元歧义的华文创作，以想象替代现实来协调、组织复杂的华文世界。这当然也是要在中国大陆的正声之外，另立余韵。

②　王德威对新马一代的华文创作也不无用心，频加点评和定位，但毕竟是蜻蜓点水，相去甚远，当下其影响力恐怕也是似有似无的不定状态。

召唤华文文学的想象共同体，以跨越时空的视野与命题来整合零散的华文文学创作，功莫大焉。然而这类招魂式的宏大研究，是否能够真正跨越意识形态的疆域，建构华文文学的大同世界呢？王德威华文文学研究的内在症结让我们开始怀疑和困惑，重建世界性的华文文学体系是否可能？也许，像王德威一样的堂·吉诃德式的文学研究者，其存在意义就在于：他没有沉默，发出了属于自己的声音。

物性媒介、组织化媒介以及富于影响力的学术人相互关联，构成了网络化的媒介体系，媒介系统的各种元素相互影响相互牵制，牵一发而动全身，影响着华文文学生态重建的过程和方式。综合以上个案，我们得出的基本认知是：第一，20 世纪 80 年代以来的跨语境传播过程，并没有完全化解中心与边缘的基本结构模式，但中心与边缘的界限在文学流动中趋向模糊；媒介对于世界性理念的认同与媒介运作的多元思路，凸显了多中心和去中心的文学生态建构路径；随着新的媒介形式的介入，中心与边缘的意识将进一步弱化，华文文学的散存结构凸显其价值。第二，鉴于多种因素的综合影响，跨语境传播对华文文学生态重建的介入方式是渐变、微变和微调，尚未产生巨变和裂变效应，具有关键意义的文学传播事件较为少见。第三，组织与有影响的个人对于华文文学生态重建的重要性凸显，这说明，跨语境传播作为意识到的社会互动过程，需更多自觉的介入与设计方可在华文文学发展中发挥其重要影响。

总体而言，如果说华文文学共同体意识的出现是跨语境传播的重要结果，那么，差异、分歧和对立的存在则意味着跨语境传播难以跨越的语境阻力，以及在其阻力之下华文文学生态重建可能出现的新问题，在求同与存异的张力之间如何求得华文文学的持续发展，需继续观察与总结。

结语　华文文学跨语境传播研究：
内容、价值与问题

一　现象的发掘与理论的提升

本书重在对华文文学跨语境传播现象进行发掘、梳理与分析，问题意识和理论意识也建立在对现象的整理分析之上。为了能够呈现近 30 年来华文文学跨语境传播现象的变化过程和关键线索，我们选择了具有关键意义的媒介作为研究通道，从媒介的三种综合性定位—作为过程、语境、网络的媒介—确立了考察华文文学跨语境传播现象的三大维度和主要线索，在搜集、整理相关传播史料的基础上，从总体的流变趋势、文学文本的深层影响和华文文学生态的重建过程三个方面把握了华文文学跨语境传播现象的复杂性，提炼出一些新的问题与命题，形成了一些值得重视的观点。

对华文文学跨语境传播流变趋势的梳理，凸显了主导媒介的变化线索，20 世纪 80 年代至今，主导媒介从受时空局限、互动性弱的纸质媒介，富于视觉冲击、越界流播的影视媒介，强化互动性、越域性的网络媒介，从立体化、全覆盖的融合媒介到即时性、生活化的移动媒介的流变过程，在不同的主导媒介中，区域华文文学的汇流方式和互动机制有所不同，由此，华文文学的跨语境传播表现出明显的阶段性。但这种阶段性，不能说只是媒介的物性力量①使然。因为媒介对文学的介入与影响，并不是媒介物性与文学作品的直接融合，而是媒介作为选择机制，投射了政治、社会、文化等多重力量的结果。在对五个传播个案的分析中，我们发现：一方面，不同媒介对华文文学的创作模式、流播模式、经典化过程和研究理念产生的影响有所差异；另一方面，媒介运作本身又受到媒介特性、媒介组织、传媒人以及区域语境的多重影响。故而跨语境传播过程成为技术、意识形态和偶然力量形成的综合驱动机制对华文文学施加影响的过程，具有复杂的面向。

从文学文本层面深入分析跨语境传播对华文文学的影响，凸显了跨域景观的线索。在对文本与主题的跨域解读、题材与跨域想象模式、区域互动与文类创新的可能、文学奖与跨域经典的形成、理论话语的旅行五个问题进行的个案研究中，提出了跨域解读、跨域想象、文类跨域、跨域经典、理论跨域等新命题，尝试从理论和诗学形态上就跨语境传播对华文文学发展的深层影响做出探索与总结。基本的发现是：对文本的跨域解读会出现主题的固化与窄化现象；跨域想象的结果是作家主体性及创作语境的综合投射；文类的跨域发展中横向移植比纵向继承要复杂；跨域经典在二元张力中形成，具有重复倾向，体现精英立场；理论跨域的过程反映了各区域华文文学的研究语境及研究存在的问题。

从文学生态重建的层面分析跨语境传播对华文文学的影响，凸显了文学共同体意识。通过分析不同传媒对世界性的差异表述，梳

---

① 这一术语是我个人对媒介技术特性的一种概括。在文学传播中，它指的是一种媒介与众不同的传播方式及可能带来的传播效应。

理国际学术会议对文学及研究生态的微调模式，探求跨语境生存对学者及学术生态的影响；我们发现，跨语境传播是一种趋同的力量，它不断催生有关华文文学的共同想象，并介入华文文学生态体系的重建过程中，但这一重建共同意识、寻求多元共生的过程，又具有变幻不定的性质。想象的共同体因时、因地、因组织而发生能指与所指的变化，新的中心意识可能替代了旧的中心意识，边缘与中心的微妙张力始终存在，使之对华文文学生态的作用方式是微调而非裂变。事实上，作为文学汇流的方式和过程，跨语境传播涉及文学生产与全球化语境的角力与依存关系，直面边缘与中心、身份政治、文化抵抗等多种权力运作形式，敞开了世界性的华文文学体系重建过程的复杂性。

概之，在对华文文学跨语境传播现象的研究中，我们发现，对华文文学的母题与主题、文类与形象、题材和诗学话语的理解，对经典化和世界性问题的探究、对文学生态和学术生态的把握，都不可能再是单一和单区域的视角，只能是复合多元的立场。更确切地说，华文文学不应该是各区域华文文学的简单相加①，而是通过文学生产和传播联结在一起的繁复结构和流散现象。因此，某种意义上，我们可以说，华文文学这一具有流散性质和繁复结构的文学景观，本身就是跨语境传播的产物，且需在跨语境传播中才能丰富发展。

二　史料积累、方法创新与理论探索

在逐渐系统化、学科化的华文文学研究中，涌现了众多新的研

---

①　不是中国大陆＋中国台湾＋中国香港＋新马的简单加法，而是经过了重重流转后形成的繁复结构。

究成果与研究思路①。其中，传媒研究也取得了一定成效。研究者或通过爬梳已往传媒文本进行区域或整体华文文学史的建构；或带着问题意识进入文学传媒的整理与重读之中，获得新的发现和观点；或探讨传媒制造对华文文学思潮、流派与诗学话语的影响。无论哪一种研究路径，无论对于传媒的理解有何差异，若能在史料、方法和理论上有所突破，研究就有了价值。本研究在以上三方面做出探索，形成了可供借鉴的一些观点。

第一，有一定的史料积累，并尝试以问题意识带动史料搜集与整理。本研究需要面对的是自 20 世纪 80 年代以来有关华文文学跨语境传播的史料，既包括物质化媒介报纸、期刊、书籍，影像化的电影电视，还包括电子化的网络与移动媒介信息，数量巨大，类型庞杂。经历数年努力，我们查找到上百万字与之相关的电子化资料，并以传媒、作家、作品和学者为线索做了粗略的分类管理。但为了从其提炼出有价值的现象、问题，我们以特定专题、主题或问题为线索对之进行进一步的细分，如以华文文学奖、国际学术会议等专题线索来重组材料，以科幻小说、南京大屠杀等主题线索组合资料，以传媒如何表征世界性、作家如何进行跨域想象、离散理论如何流播等问题来组织材料，在带着问题查找资料的同时，又在史料的整理中反观研究的立场，凸显了传播史料自身的认知价值和对理论的限定与反思功能。

第二，寻求研究理念与方法的创新，使之适应研究对象的特点。

---

① 从 20 世纪 80 年代至今，华文文学的研究大致分为三个阶段：20 世纪 80 年代为作家作品评介期，以作品鉴赏和文本批评为主，整体意识和理论意识都较为缺乏；20 世纪 90 年代为整体研究和诗学建构初期，出现不少文学史著述及有关命名合法性的论证文章，在研究方法上也有所突破，但不少论述仍失之粗糙平面；2000 年至今为方法更新和理论突围期，研究者一面深入反思以往的研究局限，一面努力吸纳新的话语资源与理论方法，以求建立稳固的学术研究根基，扩大学术影响力度，进入文学研究前沿。

华文文学研究正在从文学作品的具体阐释与批评走向整体的诗学建构，整合的视野、比较的范式成为研究不断深入的方法基础。本研究提出"华文文学跨语境传播"这一命题并进行深入研究，无疑是对上述研究动向的积极回应和践行。因为文学传播具有"网状结构"和"建构论"的面向，是一个复杂的读者、作家、文本、世界的综合建构过程，对跨语境传播现象的研究，是将华文文学的研究视野从华文（重视国家、种族、文化意识）、文学（叙事、母题、原型）转向"世界性"纬度，尝试从对象客体到结构关系、从单一区域研究向比较整合性研究的转换。

从具体方法来看，对华文文学跨语境传播现象的研究，从时间维度来看，20世纪80年代至今，已经有40年之久，从空间的维度来看，涉及中国大陆、中国台湾、中国香港和新马、北美等华文创作的重要区域。如何在复杂的时空维度中，呈现文学研究、传播与创作的复杂关系，总结区域文学互动共生的实际经验，既需占有足够的传播史料，也需在方法上有所选择。首先，为了超越单一的区域经验和视角，在对比与整合中去发掘华文文学的现象与问题，本研究选择了关键线索牵引法，围绕主导媒介的变化、跨域生成的文学现象、华文文学共同体意识的建构，对各种繁复化合的传播现象进行研究，发现了诸多新的问题与现象。其次，因研究对象跨越文学与传播两大领域但以文学为根基，为适应这一特点，在具体研究中融合了比较诗学的视野和传播学的具体方法，使得传播学的量化方法、理论意识始终在文学问题的统领之下。再次，为了避免大而化之的空论，研究特别注重"怎么样"的层面，在充分占有史料的基础上进行深入细致的个案解读和过程分析。研究理念和方法意识的更新，让华文文学跨语境传播研究变成不断打破既有边界与成见的过程。

第三，借助史料的积累和合适的研究方法，发现了一些新现象与新问题，并尝试对之进行初步的理论提升，提炼出一些命题与观点。首先，本研究发现了传播方式与华文文学存在形态与价值定位的关联性。如影视传播与影视化写作，融合媒介的传播与华文文学的多媒体化，网络传播与华文文学的交往性质，微信传播与作为次文学的华文文学等。其次，围绕跨语境传播对创作和研究的深层影响提出了一系列诗学问题，提炼了文本的跨域解读、题材的跨域想象、文类的跨域发展、经典的跨域生成、理论术语的跨域实践等命题，在个案研究的基础上，通过对上述命题进行思考，提出可供借鉴的视野或观点。如跨域解读导致了文学作品主题的固化或窄化，跨域想象中作家主体性的位置及限度，文类横向移植的痕迹弱于纵向继承，跨域经典形成的二元张力原则，理论跨域的过程反映了各区域华文文学的研究语境及研究存在的问题。再次，围绕华文文学生态的重建，尝试对跨语境传播与华文文学的内在关系进行理论总结，认为跨语境传播既是区域华文文学实现世界性影响的基本途径，也是其在交流碰撞中走向多元共生的主要方式。某种意义上，华文文学是跨语境传播的产物，是在跨语境传播中得以丰富发展。

三　存在问题与拓展方向

对华文文学跨语境传播现象的研究，在史料积累、方法求新的基础上做到了有所发现，有所总结，有所提升。但是，研究中还存在一些难以解决的问题，期待未来能做进一步拓展。

（一）如何在大数据时代进一步占有分析华文文学跨语境传播的史料

传播研究中，史料的占有与分析是第一位的，尽管我们已经搜集了上百万字的资料，但还是存在很多资料的盲区，已有资料的潜在价值也未被完全挖掘。如何搜集更多的传播史料，如何将传播史料数据化，为社会共享，对于力量单薄的研究个体或特定团队来说，都是难以在有限时空中解决的问题，只能借助新的技术（如大数据技术）和大的学术组织来完成。如果未来能够利用大数据技术搜集、整理和分析华文文学跨语境传播的史料，相信能将本研究向前推进一大步。

（二）如何处理好积累型的个案研究和问题意识的关系

个案研究是本书建构整体理论框架的细胞和基本单位。尽管对于个案研究的方法论有足够的反思，但由于本研究的个案是史料整理过程中的选择，带有一定的偶然性，个案自身的具体性和复杂性也和先在的研究设定与问题意识存在冲突，有时难以通过具体个案的分析来达成宏观问题的思考，从而使得本研究总体性的把握还是不够，有待进一步进行理论的提升。如何处理好积累型个案研究与问题意识的关系，构成了对研究者最大的挑战，为了进一步深化研究，未来我们需要对个案研究做出多维定位，不把它视为目标，而是作为问题，作为一个不断地探求新批评方法的问题，寻求更多的可能。

（三）如何处理好华文文学的内循环与外循环的关系

华文文学的跨语境传播可以分为两大层面的互动过程，如果把区域华文文学的互动为内循环，华文文学与他语种文学的互动就变成了外循环，内循环中呈现的各种问题与经验，与外循环之间必然存在着复杂的勾连、呼应与对比关系。但限于研究者的能力和精力，本研究侧重解剖内循环的规律，尚未涉及内循环与外循环的关系，也未能在外循环的视野中去深入思考华文文学跨语境传播的世界性、现代性意味。在未来的研究中，应该考虑如何打通两者的通道，充分考虑到异域政治、文化、语言在华文文学跨语境传播中的影响，以深化相关研究。

附录 海外华文文学研究中的"传媒"问题

——以中国大陆为考察中心^①

　　"海外华文文学"作为学科命名至今存在争议，但作为流散在中国之外的汉语文学的总称，其有效性的论证与呈现过程也正是其成为一种引发关注的文学现象乃至一门新兴学科的过程。从 20 世纪 80 年代至今，海外华文文学的研究大致分为三个阶段：20 世纪 80 年代为作家作品评介期，以作品鉴赏和文本批评为主，整体意识和理论意识都较为缺乏；20 世纪 90 年代为整体研究和诗学建构初期，出现不少文学史著述及有关命名合法性的论证文章，在研究方法上也有所突破，但不少论述仍失之粗糙平面；2000 年至今为方法更新和理论突围期，研究者一面深入反思以往的研究局限，一面努力吸纳新的话语资源与理论方法，以求建立稳固的学术研究根基，扩大学术影响力度，进入文学研究前沿。

　　正是在这一动向之下，世纪之交，受到国内日益兴盛的"传媒研究"的影响，海外华文文学研究领域也相应地出现了"媒介转向"（在这里媒介特指文学传媒，而非广义上的包括语言本身的媒介

---

　　① 曾发表于《海南师范大学学报》2012 年第 3 期，有一定修改。

概念）。那么在海外华文文学研究中的"传媒"研究究竟获得了怎样的新经验？从这一问题出发，我们能否以此为起点建立起一种有关海外华文文学的诗学话语与研究范式？能否找到解决当前研究与创作困境的可能途径？

一 重写文学史的可能性

正如陈平原在《大众传媒与现代文学》中指出的那样，中国学界业有的学术传统非常重视考据与材料的功夫，而熟读细寻文学传媒上承载的文学作品与文学事件，应该说是一条最基本与最重要的获取材料和考据考证的途径。通过整理、挖掘、阐释，一系列曾被遗忘或疏漏的传媒事实与文学文本被还原聚焦，最终完成建构或重写文学历史的宏大任务。因此，这种本着还原历史真实、重建文学现场的史料性研究试图将充满矛盾与断裂的传媒文本转叙成更为连贯清晰的历史事实。在海外华文文学研究领域，20世纪80年代以前的学术研究者，就是凭着这种实录精神，以文学史家的毅力和使命感，将深埋在地底下、面临毁绝的大批史料整理出来，呈现出可观可感的文学历史概貌。在这个意义上，方修所编著的《马华文学简史》及《马华新文学大系》功过千秋。这位深谙传媒之道的南洋报界老前辈，用最原始的和最辛苦的抄录方式在早期的华文报刊上成功地抢救出了新马地区的大批作家作品资料，新马地区新文学发展的历史脉络得以立此存照。同样，中国学者陈贤茂等在写作《海外华文文学史》这本作为学科确立标志的文学史著述时，也非常重视文学传媒的作用。在此书中，文学传媒不仅是作品的来源与平台，更是文学史重点梳理与研究的对象。同时，在写作文学史的过程中，为了获取足够充实的史料，陈先生等还创办了《华文文学》这一刊物，把传媒运作与文学史写作融为一体，刊物也成为海外华文文学史的潜文本。方修和陈贤茂等的研究实践，无疑正是有关海外华文文学的历史著述高度依赖传媒的鲜活例证。

应该说，资料的拓展和视野的开阔，对于海外华文文学研究来说仍是首要的和基础的，海外各国已成历史或正在运作的华文传媒正等待我们潜心整理与关注，史料性研究仍有不可取代的地位。然而，上述学者固然重视传媒，也非常清楚传媒与文学历史之间的密切联系，但对传媒的看法并没有超越媒介工具论。对于这一代学者而言，传媒始终是研究者接近文学事实的平台和桥梁，得鱼忘筌，他们所关注的焦点仍然是作家作品，并非传媒本身。但是，传播不是中介的现代传播学理念已经粉碎了这种美好的工具论。我们清楚地意识到，传播媒介与传播过程影响的不只是文学功能的维度，也建构出不同的文学存在。媒介性是文学的内在因素之一，传媒本身应该成为我们研究的目标与对象，研究传媒就是研究文学的存在方式与特性。因此，20 世纪 90 年代以来，一种新的传媒研究思维出现在海外华文文学研究场域。借鉴从传播学与社会学角度业已获取的海外华文报刊研究成果，一些文学研究者对境外华文传媒的研究初见成效。如陈嵩杰的《独立前马来西亚报章对文化与文学本土化建设的贡献》①、李志的《海外华文报刊对滥觞期海外华文文学建设的贡献》② 和《境外的新文学园地——五四时期南洋地区文艺副刊〈新国民杂志〉研究》③。其中，李志对《新国民杂志》的研究是颇有

---

① 陈嵩杰：《独立前马来西亚报章对文化与文学本土化建设的贡献》，硕士学位论文，南京大学，2004 年。

② 李志：《海外华文报刊对滥觞期海外华文文学建设的贡献》，《学术研究》2002 年第 10 期。

③ 李志：《境外的新文学园地——五四时期南洋地区文艺副刊〈新国民杂志〉研究》，《中国现代文学研究丛刊》2004 年第 4 期。

启迪意义的研究范例，他通过这一传媒文本把摸到了新马地区新文学生长的特点以及现代文学在东南亚的影响方式，可谓以大观小、深入浅出之举。因此，带着问题意识进入文学传媒的整理与重读之中，作为有关海外华文文学传媒研究的新路径，确实具有诱人的前景。

如果说李志的研究不过隐现海外华文文学与传媒这一命题的话，那么王列耀等人则在研究之始就非常自觉地确立了"传媒制造"的理论制高点。他重视传媒现场所呈现的历史细节的意义，但更关注的是传媒的具体运作，即传媒以怎样的方式介入海外华文文学生产与历史之中。如新近的网络传媒与传统的纸质传媒、影视传媒有着怎样的功能差异，具体的传媒事件怎样进入文学历史之中等都进入了其研究视野。王所在的暨大"华语传媒与海外华文文学研究中心"自2007年成立以来，已取得了一系列的研究成果，或可将"海外华文文学与传媒"的命题系统化、理论化①。

上述研究都可谓著述文学史的冲动与实践。在这里，文学传媒作为充满了暗流与偶然性的文学现场，成为文学史家自我言说的资源库。研究者们不但精心挑选也重新阐释，使文学历史和文学史观的重建成为可能。

当前已有的各种有关海外华文文学的区域或总体文学史所引发的彼此轻视与责难，不只出现在大陆学者和海外华裔学者之间，也出现在新马等地的代际话语中，除了各自把握的文学史料有所差异之外，更在于各自坚持的史料阐释原则的差异。因此，如果将来重

---

① 其指导的学生已有数篇相关的学位论文：周文萍《当今美国电影里的中国资源与中国形象》，博士学位论文，暨南大学，2009年；何华《多重视域观照下的社会文化产儿——虹影现象研究》，硕士学位论文，暨南大学，2008年；胡素珍《论少君的创作观念和他的网络文学》，硕士学位论文，暨南大学，2008年；杨柳《〈华文文学〉与台港及海外华文文学在中国大陆的传播》，硕士学位论文，暨南大学，2007年；孙雯雯《新语丝华文网络文学研究》，硕士学位论文，暨南大学，2007年。

写一部海外华文文学史或者世界华文文学史的话，应该以文学传媒作为文学历史的第一现场，考察不同地区国家华文传媒所形成的传媒场之复杂性，着力于呈现"传播与交流"的过程及结果，如分析特定作家作品跨文化传播时的意义迁移与文化影响、分析某种文学思潮在汉语文学界的旅行经历等。这可谓海外华文文学中的"媒介"研究的第一种走向，也是当前成效最大的一种研究方向。

二 研究范式更新的可能性

如果海外华文文学研究中的媒介转向止于文学史重写这一目标的话，它还不能成为一个真正的问题。因为它尚未引发海外华文文学自身及其研究特殊矛盾的显现与解决，而是停留在中国现当代乃至古代文学研究所持媒介视角的同一层面。那么，"传媒"问题如何将海外华文文学的研究引入新的场域呢？在我看来，它首先让海外华文文学研究者意识到了自己所面临的理论绝境，开始重审自身的研究前提与研究基础。传媒制造意味着我们所命名和圈定的所谓"海外华文文学"也可能是一种想象与建构，我们的研究有可能不过在传播意识形态设置的篱笆之内徘徊。如果海外华文文学这一研究对象本身就是传播媒介及其传播意识形态的产物，是我们和文学传媒共谋制造了它，那么我们怎样面对这样一种动荡不安的幻觉呢？如何理性评价我们已有的研究思路与成果呢？我们还有没有必要反复强调海外华文文学的本质特征与独特诗学话语这样的命题呢？由此，在海外华文文学研究中提出媒介问题，其实是提供了一种自我批判和反思的可能性。它将引发的是一种研究思维的突破与创新，我们不再执着于它的诗学本质，而开始思考它的建构过程、方式及意义，即从是什么到怎么样和为什么，化文学文本诗学建构为文化语境和文学生态研究。

　　海外学界对大陆学者的海外华文文学研究早有质疑之声：但来自外部围追的功效远远不如自我怀疑的威力。事实上，上述自海德格尔以来认识论的转向，已经深深影响了海外华文文学研究者，或者说，海外华文文学研究中的自我怀疑与批判之声本身就是这一转向的体现与产物。当解构与自我否定的精神成为新一代学者的主要学术思维方式时，海外华文文学研究的自省就开始了。早在 21 世纪之初，吴奕锜等青年学者借助《文学报》的威力，树起了反思的大旗，尽管他们的口号也有不当之感，但"文化的华文文学，独立自足的华文文学"① 的提出却说明他们已经清醒地意识到海外华文文学在中国大陆被建构的程度。显然，任何时空都不可能存在"独立自足的华文文学"，它总是被语境化，也就是被文化塑造的华文文学。而"文化的华文文学"这一命题本身尽管颇受争议，但从文化角度来理解海外华文文学的独特性却深入人心。正是在这一层面上，刘登翰先生从方法论的高度提出海外华文文学研究的"理论突围"问题时，就非常重视对业已辉煌的华人学知识与方法的借鉴，呼吁建立起有关海外华人的文化诗学②。

　　然而纯粹的文化转向是否可能改变海外华文文学的研究困境呢？事实上，鉴于一种海外华文文学缺乏审美性的潜在偏见，从文化角度去解读海外华文文学的研究不是少了而是太多。如东南亚华文文

　　① 吴奕锜等：《华文文学是一种独立自足的存在》，《文艺报》（华馨版）2002 年 2 月 26 日。
　　② 刘登翰等有关文化诗学的观点，可散见于以下文章：刘登翰《都是语种惹的祸》，《文艺报》2002 年 5 月 14 日；刘登翰《华文文学研究的理论突围——命名、依据和学科定位——关于华文文学研究的几点思考》，《福建论坛》（社会科学版）2002 年第 5 期；刘登翰、刘小新《关于华文文学几个概念的学术清理》，《文学评论》2004 年第 4 期；刘登翰《华文文学研究的瓶颈及多元理论的建构》，《福建论坛》（社会科学版）2004 年第 11 期；刘小新《从华文文学批评到华人文化诗学》，《福建论坛》（社会科学版）2004 年第 11 期；刘小新、刘登翰《文化诗学与华文文学批评——关于文化诗学的构想》，《江苏大学学报》（社会科学版）2005 年第 3 期；等等。

学研究的诗学话语与理论资源便高度依赖华人学，王赓武对华族整体性神话的解构可谓最时尚的理论话语，由此文学文本也往往变成演绎华族身份理论与事实的佐证材料。但是，如果文学文本仅仅作为同类问题的有效例证，这种研究的意义又在哪里？也就是说，如果海外华文文学研究仅仅反刍已经形成的有关海外华人文化的历史社会结论，这种研究就是重复无效的。此外，在汹涌而来的文化研究潮流中，海外华文文学的文化转向也可能是迷失自我的表征与选择。传媒时代信息传播的广度与速度，使一向唯我独尊的学术空间也变成了一场时尚秀，不断变化的研究方法与理论话语使业有的研究范式不断被质疑与刷新，海外华文文学研究与当下学术走向的一致性虽在情理之中，但令人担忧的是，我们往往忙于追随也止于追随，从离散、空间诗学到传媒研究，直接挪用并未产生新的智慧，我们的研究瓶颈并未得以突破。

或许，饶芃子先生对跨文化与海外华文诗学的建构与探索以及朱崇科近来提出的华文比较文学之概念，应是解决海外华文文学研究困境的有益构想。饶先生早在 20 世纪 90 年代中期便倡导将"跨文化和比较方法"作为海外华文文学研究的基本方法①，这是符合海外华文文学生产的实际情况的，但如何落实和具体运作却仍需要有更多成功的研究实践。朱的华语比较文学概念无疑是王德威的整体观、王润华的跨界整合等理论资源的具体化，但他在强调新马华文文学本土性前提之下对汉语文学内部差异性与权力关系的解剖，可谓另类的研究思路。

上述理论尝试不妨将之定位为走向比较文化诗学（跨文化诗学）

① 散见饶芃子先生《九十年代海外华文文学研究的思考》见《香港文学》1994 年第 2 期，《海外华文文学与比较文学》，《东南学术》1999 年第 6 期；《拓展海外华文文学的诗学研究》，《文学评论》2003 年第 1 期以及 2008 年第 3 期的《华文文学》的《海外华文文学在中国学界的兴起及意义》。

范式的探索之路。尽管各自的理论设想与研究尝试并不完美，却是新研究范式出现的强有力的前奏。因为其理论基点都已从理论预想回到文学现场，强调海外华文文学彼时彼刻、此时此刻的具体性和复杂性。这一研究思路应意味着海外华文文学研究的真正起始。正是在这一思路之下，传媒问题的意义显现出来。首先，文学传媒作为文学与社会交汇的一个动态场所，它本身就构成了复杂流变的文学现场，保留了更多富有阐释意义的历史细节，为我们把握文学的内部肌理提供了可能。其次，在全球文化交流中，传媒空间作为呈现精神冲突和文化对话的接触地带，可以呈现不同文化背景下的华文文学的差异性及其根源，为比较搭建了平台。由此传媒研究的意义不但可以在重建海外华文文学研究范式的认识高度上得以确认，也可以在如何将研究范式具体化的操作性可行性层面确认。具体做法如不仅在文学文本研究中建立起行之可素的诗学话语，更着重考察诗学话语在不同语境下建构与传播的原因、变异及影响。如此，诸如中国性与世界性、华文后殖民文学、离散叙事、边缘与中心、父子冲突与家园主题等诗学话语就有了重新探究的可能性。

三 创作的意义清理与突围

提出海外华文文学中的传媒问题，其意义归根到底应该与创作有关。

海外华文文学的存在意义，应该在于其所表现的与主流汉语文学抗衡的异质性，而不是共通的汉语美学。就算它只是小写的汉语文学与美学传统，若可不断流淌出清新另类的文学乳汁，其价值就是不可替代的。这样，海外华文文学的存在将不仅有利于汉语文学多样性的保持，更将对世界文学做出重要贡献。这种异质性自然是由作家创造和保持的。无疑，20世纪70年代到80年代的海外华文文学具有独特性，在有关故乡情结、异国情调、文化冲突以及财富幻象的书写中，海外华文文学构筑了一种与主流汉语文学迥异的美学风景。然而20世纪90年代之后，海外华文文学独特性神话已遭遇挑战，随着地球村的时代来临，本土与离散、文化冲突与异国风情难以引发美学震撼，若作家仍执着于书写旧的题材与主题，则必定被快速刷新的传媒时代所遗忘。因而海外华文作家如何保持独创性的个人问题正是海外华文文学存在合法性的普遍问题。在此，传媒的重要性再次凸显出来，因为作家独创性的保持实际上是作家在个性书写与社会要求之间如何取得平衡的问题。作为一个读者与作者交流接触沟通的公共领域，作为作家作品最终自我实现和物质转化的重要链条，传媒的重要性正在于协调作家的个性书写与社会要求之间的矛盾，实现文学生产的运转。由于传媒意志对创作走向有着重要的规范与引导作用，作家与传媒的博弈过程与方式也将决定文学的意义走向及生产方式。

对于海外华文文学创作而言，市场与读者问题从来都是一个至关重要的问题。在东南亚地区，华文创作由于得不到政府强有力的支持，其生存空间极为狭窄，"出口"往往是其拓展影响的重要途径。欧美等地的汉语写作更是清晰流向汉语阅读密集的中国内地。鉴此，本文主要以海外华文创作与中国大陆传媒的关系为例来探讨"媒介问题与创作"的关系。

纵向来看，从20世纪70年代末到90年代初，传媒主要代表国家意志和主流意识形态实现对创作的引导规范，其中隐含统战思路的专业性刊物发挥着重要作用。海外华文文学进入大陆实经受了定位为"桥梁或窗口"的刊物之过滤；如《海峡》《台港文学选刊》

到《四海》—《世界华文文学》① 等正是通过删选稿件、栏目设置
到征文评奖等一系列编辑手段建构出意识形态所能认同的海外华文
文学。以《四海》的征文评奖活动为例可见一斑。该刊处在中国文
联管辖之下，资源丰富，自 1986 年以丛刊形式面世以来，曾参与或
举办过数次全球性的征文评奖活动，在世界范围内产生了广泛影响，
有力地促进了海外华文文学的发展。但其征文评奖活动有鲜明和雷
同的主题倾向，那就是"中国意识"。如 1989 年丛刊参与的"龙年
征文比赛"主题为"我心目中的中国"；1996 年举办的"四海华文
笔汇"征文明确要求"以文学笔法反映当代华人的事业、追求和思
想感情、眷念故土情怀和民族传统精神以及中国大陆的山光水色、
民俗民情和建设开发"②；1998 年承办了由中国文联举办的面向世界
华人的"爱我中华"征文比赛；2000 年主办的盘房杯世界华文小说
奖以"弘扬中华文化"为出发点③；此外，期刊参与的由中央人民广
播电台对台部与有关单位合办的第一至九届"海峡情"有奖征文也强
调"民族团结、国家统一和文化亲缘"的主题。显然，《四海》—
《世界华文文学》中的海外华文文学除具有地域分布上的世界性之外，
还具有作为文化凝聚力的"中国性"特征。

　　如果说以往传媒代表国家意志而使得海外华文文学的意识形态
意义得以凸显，作家个体往往表现出拒绝或合作两种态度的话；那
么到了 20 世纪 90 年代中期后，由于市场与利润的介入，作家与传
媒的关系变得更为复杂，有意与无意难辨，顺从与合谋兼有；从虹
影、张翎与严歌苓等著名海外华文作家的个案中，我们不难看出传

———————————

① 《四海》与《世界华文文学》是同一刊物的先后两个名称，故视为一体。
② 《四海》编辑部：《"四海华文笔汇"征文》，《四海》1996 年第 3 期。
③ 正如评奖活动的主要评委与组织者之一邓友梅先生所言："如今世界几乎是有居民处
就是华人，有华人处就有中华文化，其重要组成部分之一就是华文文学"，见《世界华文文
学》2000 年第 1 期。

媒力量对创作影响的深广度。

虹影具有自我炒作意识与技法。她喜欢在镜头前"说话"：从报刊出版社到网络传媒①；从积极参与文学官司②、接受专访并发表惊人言论③到戏剧化自我④；她毫不避讳地迎合读者和媒体口味，以非常主动的方式与媒体形成了"共谋"与互动。而虹影文本逐渐凸显的故事性与可读性也使其大受传媒青睐。她早期的《玄机之桥》《脏手指·瓶盖子》《女子有行》等表现出晦涩、非常规、陌生化、玄秘性等先锋特质，不利于大众阅读，后来的《绿袖子》《上海王》《上海之死》《上海魔术师》等颇受欢迎的小说则手法比较老实，文字简练澄净、结构紧凑自然，故事模式从单一到多重、从情节淡化到传奇加爱情，可读性大大增强。这无疑可看作是她靠拢、迎合市场和读者口味之举。总之，作家本人的戏剧化表演加之富含极强故事性与宗教、政治、情爱等刺激性元素的文学文本，使虹影及其文学作品被传媒打造成为具备娱乐性与炒作性的文学商品，最终作家和传媒都获得了丰厚回报，此类海外华文作品的娱乐与商业价值也

① 网络为展现自我建构了广阔空间。虹影在新浪网和人民网上都开设博客，在中华读书网拥有主页"虹影世纪"；她还经常上网更新博客，在博客上贴出一些未能出版的图片或文字，发表一些对社会现象及批评的见解，带有明显的炒作性。

② 从《饥饿的女儿》官司到轰轰烈烈的《K》，再到沸沸扬扬的《绿袖子》，虹影始终积极应对，这显示出她维权到底的姿态，更有宣传文本的商业目的。

③ 虹影接受的各大报社、网站等媒体的访谈录达20多篇，在采访中，她敢于大胆发表自己的见解，回应他人的批评，如别人说她是"美女作家"时，她说："我觉得我自己虽然年纪大了一点儿，但还是挺美的。据说，现在流行什么美女作家，如果要说美的话，在镜头面前我觉得我是中国女作家里最美的，在美丽这一点上我是决不让人的。"（《虹影：我是中国最美的女作家》，《网易社区》2003年3月3日。）

④ 所谓戏剧化自我是指"作家将个人生活故事化、戏剧化，打造出自身极具传奇色彩的个人故事，强调自己小说的自传性等行为"。多数人认识虹影从一部《饥饿的女儿》开始，这部作品出版时在封面上打上"长篇自传体小说"的字样，当被问及是宣传还是实情，虹影回答说："这是我18岁以前经历的事。包括事件发生的顺序、时间、地点，都是当年的真人真事。"（虹影崔卫平访谈《将一种幽暗带到光亮之中》，收入《饥饿的女儿》，漓江出版社2001年版，第260页）出版新书《上海王》时，她在一次读者见面会上谈到作品，直截了当地表示自己是一个"私生女"，并说《上海王》是她的虚拟自传。（《我为爱写作》，《K》，花山文艺出版社2002年版，第4页）

超越了其审美价值。

　　虹影代表着深谙传媒之道主动出击的作家类型，但另一类作家是不自觉地进入了传媒意志的笼罩之中，其文学创作受到某种文学潮流的无形影响与规范。近几年间，加拿大华裔作家张翎在内地文学评奖和主流刊物的认可中崛起，被称为闯入当代中国文坛上的一匹黑马。其小说常出现在《收获》《十月》《钟山》《清明》《上海文学》等主流文学刊物之上，又多次被《小说月报》《作家文摘》《中篇小说选刊》等重要选刊文摘转载，并连续获得内地多项文学奖项与荣誉①。但某种意义上来说，张翎的成功与荣誉正是中国大陆传媒所要求与塑造的。她的小说细腻深情，以女性和个人化叙事代替了男性、大我的宏大叙事，显现出了肉质鲜活的人生与人性的深度，可谓雅俗共赏之作。作品的这种美学特质与自 20 世纪 80 年代以来渐成主流的海派文学风格颇为一致，正是通过日常生活的、情感的、个人的、新历史主义话语的认可与建构，海派文学引领了汉语文学的时尚与方向。张翎小说的主要市场与读者均在中国大陆，她崛起之时（20 世纪 90 年代末到 21 世纪初）又正是海派风格由先锋、小众走向主流、大众之时，故作家可能不知不觉地进入了潮流之中。但传媒对张翎的无意识牵引，还是与其对创作的自我定位有关。她曾强调自己的作品是"地地道道的中国小说"②，甚至有意避免了海外华人固有的叙事基调③。这种内在向心力是海外华文作家与中国大

---

　　①　如《女人四十》获得第七届"十月文学奖"，《尘世》被《新民晚报》列为 2002 年十大文学现象之首，《羊》跃居"2003 年度中国小说排行榜"前十名，中篇小说《雁过藻溪》登上中国小说学会 2005 年度小说排行榜，中篇小说《空巢》获得 2006 年度"茅台杯"《人民文学》优秀中篇小说奖。

　　②　万沐：《开花结果在彼岸——〈北美时报〉记者对加拿大华裔女作家张翎的采访》，《世界华文文学论坛》2005 年第 2 期。

　　③　张翎小说对中西二元对立主题进行了有意化解与否定，对海外华人生存中的政治、种族、社会问题的处理方式倾向轻柔温情。

陆传媒不自觉合谋的危险所在，若作品意义只能在中国文学之内得以确认，又怎能奢谈海外华文文学？

严歌苓已被称为海外华文文学中的擎天大树，她的创作总是树立起一个个路标，让人惊喜和追随。这样的光芒不可能离开传媒的聚焦，她实际上也不是与传媒隔绝的人，频频接受各种报刊影视的专访，与出版社影视制作等传媒持续合作等恐怕也是其创作生活的一部分。但相对虹影的热和张翎的无意识，严歌苓显得冷静和理性，她明了传媒的威力，但又似乎与传媒保持适当的心理距离，给人的印象是安静的甚至是有些孤寂的。她说："我不是一个当众有话说的人。我的长处就是写作。"① 这种内在的沉静其实在于对艺术信念的执着坚守。严歌苓评价自己说："我所处的这种位置使我不大容易随着一种潮流去走。中国和美国的文学里都有写一些东西时兴、好卖，也有时髦的思潮。而我会保持一种很冷静的、侧目而视的姿态和眼光，不大可能去追逐文学的'时尚'。"② "写小说要有一定的责任感和使命感，在动笔之前要想好是不是在每天出版的那么多书中，自己的书一定是必不可少的。如果不是，那无非就是一纸垃圾。"③ 正因为不是有意无意迎合文学潮流，而是着力创造独特的文学叙事与风格，凸显文本的艺术性，此类作家作品反而有可能成为文学的立法者，传媒的追宠也随之而来。

作家与传媒的博弈过程与方式的多样化正显现了海外华文文学产生意义的过程与方式的复杂性。但要警惕的是，传媒有着无情多变的脸孔，从来都是作家作品被传媒遗忘，而不是相反。因此，创作的突围与海外华文文学独特性的保持，需要作家与传媒保持一种

---

① 严歌苓：《"寄居"在文学深处》，中国新闻网，www.chinanews.com，2009 年 4 月 9 日。
② 严歌苓：《给好莱坞编剧的中国女人》，www.sina.com.cn，2006 年 3 月 27 日。
③ 同上。

相对疏离的状态与心态。

结　语

　　传媒对海外华文文学的塑造贯穿了海外华文文学近百年的发展里程。从副刊、影视到网络，从幕后、前台到中心，从本土、本土以外到全球，从封闭、对话到开放，从单一、多元到整合，传媒类型、位置及其运作方式的变化，使得海外华文文学出现不同的发展阶段并在其发生、发展和转型时期呈现不同的特点与问题。传媒"把传播与文化凝聚成一个动力学过程，将每一个人裹挟其中"，在这样一种互相交织的动力学过程中，海外华文文学的创作者和批评者们，都必须树立反思意识，重建传媒与自身的关系，以促成文学创作、传播和研究的良性发展。

　　对大多数作家来说，拒绝大众文化传媒带来的现实诱惑是很艰难的，借助作品研讨会、书展、获奖、讲坛等包装、推销、炒作成为常态；但是，作家如何在与传媒的合作中保持良好的创作心态，创作出真正的好作品，将成为海外华文文学继续发展的基本前提。对于研究者而言，改变印刷媒介时代专家批评的姿势与思维，深入理解新的媒介条件文学思维与创作模式发生的巨大变化，才能使其研究真正成为推动海外华文文学发展的积极力量。

　　在这个信息获取日益成为第一需要的时代，海外华文文学研究中的传媒问题之所以成为一个问题，不仅因为展现了通过梳理某些文学传媒而重写海外华文文学史的可能性，而是提醒研究者和创作者正视信息壁垒的存在，以更为理性的态度实现创作和研究的双重突围。对于研究者而言，应重视传播与流通环节中文学意义的增删过程，尽可能地拓展信息来源，加强与作者、编者等的多元对话，突破研究误区和研究瓶颈。对于创作者而言，应该充分注意到"评奖、征文、专栏开设"等传媒运作形式对创作的直接影响，警惕人缘、地缘和亲缘等传播语境因素对创作的潜在引导，力求在传媒意志与个人独创性之间保持张力状态。

参考文献

一 论著

［澳］阿什克洛夫、加雷斯·格里菲斯、海伦·蒂芬：《逆写帝国：
　　后殖民文学的理论与实践》，任一鸣译，北京大学出版社 2014
　　年版。

［美］爱德华·W. 赛义德：《赛义德自选集》，谢少波、韩刚等译，
　　中国社会科学出版社 1999 年版。

［美］保罗·莱文森：《莱文森精粹》，何道宽译，中国人民大学出
　　版社 2007 年版。

［荷兰］佛克马：《文学研究与文化参与》，俞国强译，北京大学出
　　版社 1996 年版。

黄锦树：《马华文学与中国性》，（台北）元尊文化出版社 1998 年版。

［法］吉尔·德勒兹、费利克斯·瓜塔里：《游牧思想：吉尔·德勒兹
　　与费利克斯·瓜塔里读本》，陈永国编译，吉林人民出版社 2003
　　年版。

［美］李怀印：《重构近代中国——中国历史写作中的想象与真实》，

中华书局 2013 年版。

李有成：《离散》，（台北）允晨文化实业股份有限公司 2013 年版。

廖炳惠编著：《关键词 200：文学批评研究的通用词汇编》，台北麦田出版公司 2003 年版。

刘登翰：《跨域与越界》，人民出版社 2016 年版。

刘俊：《复合互渗的世界华文文学：刘俊选集》，花城出版社 2014 年版。

罗钢、刘象愚编：《文化研究读本》，中国社会科学出版社 2000 年版。

［美］马尔科姆·格拉德威尔：《引爆点》，钱清、覃爱冬译，中信出版社 2009 年。

［加］马歇尔·麦克卢汉：《理解媒介》，何道宽译，商务印书馆 2000 年版。

［美］麦克莱：《传媒社会学》，曾静平译，中国传媒大学出版社 2005 年版。

［美］尼葛洛庞帝：《数字化生存》，胡泳、范海燕译，海南出版社 1997 年版。

［法］皮埃尔·布尔迪厄：《艺术的法则——文学场的生成与结构》，刘晖译，中央编译出版社 2011 年版。

史书美：《视觉与认同：跨太平洋华语语系表述·呈现》，（台湾）联经出版事业股份有限公司 2013 年版。

唐君毅：《说中华民族之花果飘零》，（台北）三民书局 1977 年版。

王德威：《抒情传统与中国现代性》，生活·读书·新知三联书店 2010 年版。

王德威：《想象中国的方法》，生活·读书·新知三联书店 1998 年版。

王赓武著，姚楠编：《东南亚与华人：王赓武教授论文自选集》，中国友谊出版公司 1986 年版。

王列耀等：《寻找新的学术空间——汉语传媒与海外华文文学研究》，中国社会科学出版社 2016 年版。

王列耀：《20 世纪 90 年代马来西亚华文报纸副刊与 "新生代文学"》，中国社会科学出版社 2015 年版。

王润华：《华裔汉学家周策纵的汉学研究》，学苑出版社 2011 年版。

王润华：《越界跨国文学解读》，（台北）万卷楼图书股份有限公司 2004 年版。

王晓明主编：《批评空间的开创——20 世纪中国文学研究》，东方出版中心 1998 年版。

徐颖果：《离散族裔文学批评读本——理论研究与文本分析》，南开大学出版社 2012 年版。

杨匡汉：《中华文化母题与海外华文文学》，长江文艺出版社 2008 年版。

袁勇麟：《华文文学的言说疆域：袁勇麟选集》，花城出版社 2014 年版。

［美］约书亚·梅罗维茨：《消失的地域：电子媒介对人类行为的影响》，肖志军译，清华大学出版社 2002 年版。

张俐璇：《两大报文学奖与台湾文学生态之形构》，（台湾）台南市立图书馆 2010 年版。

赵稀方：《历史与理论：赵稀方选集》，花城出版社 2014 年版。

朱崇科：《华语比较文学：问题意识及批评实践》，上海三联书店 2012 年版。

朱立立：《阅读华文离散叙事》，人民出版社 2015 年版。

二　论文

A　期刊论文

白依璇：《李散文民国性的文学史范本：论夏志清〈中国现代小说史〉》，

（台湾）《汉学研究通讯》2015 年总第 136 期。

蔡桐：《访余光中》，（马来西亚）《蕉风》1982 年第 7 期，总第
  351 期。

陈思和：《跨区域华文文学之我思》，《江苏社会科学》2004 年第 4 期。

陈贤茂：《海外华文文学的前世、今生与来世》，《华文文学》2017
  年第 2 期。

程光炜、孟远：《海外学者冲击波——关于海外学者中国现当代文学
  研究的讨论》，《海南师范学院学报》（社会科学版）2004 年第
  17 卷第 3 期，总第 17 期。

郜元宝：《重画世界华语文学版图？——评王德威的〈当代小说二十
  家〉》，《文艺争鸣》2007 年第 4 期。

龚鹏程：《世界华文文学新世界》，《华文文学》2010 年第 1 期。

黄锦树：《作为离散论述的抒情传统：读王德威的〈现代抒情四论〉》，
  （台湾）《中外文学》2012 年第 41 卷第 3 期。

黄维梁：《学科正名论："华语语系文学"与"汉语新文学"》，《福
  建论坛》（人文社会科学版）2013 年第 1 期。

黄维梁：《余光中〈乡愁〉的故事》，《大学时代》2006 年第 9 期。

计红芳：《从大陆性到香港性——香港文学理论批评的发展演变》，
  《第二师范学院学报》2007 年第 1 期。

赖俊雄：《当代离散：差异政治与共群伦理》，（台湾）《中外文学》
  2014 年第 43 卷第 2 期。

李欧梵：《〈色·戒〉：从小说到电影》，《书城》2007 年第 12 期。

李伟、许燕转：《华文离散诗学的审美共性》，《赤峰学院学报》（哲
  学社会科学版）2017 年第 38 卷第 3 期。

李玉平：《新世纪文学经典的生成与"文化熟知化"》，《文艺评论》
  2010 年第 7 期。

李元洛：《海外游子的恋歌——读余光中的〈乡愁〉与〈乡愁四韵〉》，《名作欣赏》1982 年第 6 期，总第 15 期。

李元洛：《一阕动人的乡愁变奏曲——读洛夫〈边界望乡〉》，《名作欣赏》1986 年第 5 期，总第 38 期。

廖炳惠：《全球离散之下的亚美文学研究》，（台湾）《英美文学评论》2006 年第 9 期。

林建国：《盖一座房子》，（台湾）《中外文学》2002 年第 30 卷第 10 期。

刘大先：《总体性、例外动态与情动现实——刘慈欣的思想试验与集体性召唤》，《小说评论》2018 年第 1 期。

刘舸、李云：《从西方解读偏好看中国科幻作品的海外传播——以刘慈欣〈三体〉在美国的接受为例》，《中国比较文学》2018 年第 2 期，总第 111 期。

刘俊：《华语语系文学的生成、变异、发展与批判——以史书美和王德威的论述为中心》，《文艺研究》2015 年第 11 期。

刘小新：《乡愁、华语文学与中华性》，《福建论坛》（人文社会科学版）2016 年第 12 期。

卢晖临、李雪：《如何走出个案：从个案研究到扩展个案研究》，《中国社会科学》2007 年第 1 期。

路金戈：《倪匡："我是汉字写得最多的人"》，《名人传记》2012 年第 8 期。

［马来西亚］许文荣：《华文流散文学的本体性：兼及海外华文文学研究的再思》，《华文文学》2014 年第 2 期。

孟伟哉：《白先勇〈永远的尹雪艳〉刊出始末——关于〈当代〉答博士生颜敏问》，《出版史料》2007 年第 4 期。

米文军：《离谱的"配器"：电视剧〈北京人在纽约〉应尊重原著》，

《电影评介》1990 年第 1 期。

钱超英：《流散文学与身份研究——兼论海外华人华文文学阐释空间的拓展》，《中国比较文学》2006 年第 1 期，总第 63 期。

邱汉平：《单子、褶曲与全球化：人文科学再造的省思》，（台湾）《中外文学》2003 年第 32 卷第 6 期。

饶芃子：《海外华文文学与比较文学》，《东南学术》1999 年第 6 期。

饶芃子：《海外华文文学在中国学界的兴起及意义》，《华文文学》2008 年第 3 期。

饶芃子：《九十年代海外华文文学研究的思考》，《香港文学》1994 年第 2 期。

饶芃子、蒲若茜：《从"本土"到"离散"——近三十年华裔美国文学批评理论评述》，《暨南学报》2005 年第 27 卷第 1 期。

饶芃子：《拓展海外华文文学的诗学研究》，《文学评论》2003 年第 1 期。

任贵祥：《中国改革开放以来海外华文报刊研究》，《中共福建省委党校学报》2009 年第 8 期。

史书美：《反离散：华语语系作为文化生产的场域》，《华文文学》2011 年第 6 期。

唐本予：《个案研究法》，《中国社会科学报》2013 年 8 月 30 日，第 B02 版。

陶然：《"中间状态"的香港短篇小说》，《香港文学》2012 年总第 325 期。

童明：《飞散》，《外国文学》2004 年第 4 期。

王安忆：《大陆台湾小说语言比较》，《上海文学》1990 年第 3 期。

王彬彬：《胡搅蛮缠的比较——驳王德威〈从"头"谈起〉》，《南方文坛》2005 年第 2 期。

王德威：《"根"的政治，"势"的诗学——华语论述与中国文学》，《扬子江评论》2014 年第 1 期。

王德威：《国家不幸书家幸：台静农的书法与文学》，（台湾）《台大中文学报》2009 年第 31 期。

王德威：《华夷风起：马来西亚与华语语系文学》，（台湾）《中山人文学报》2015 年第 1 期。

王德威：《华语语系的人文视野与新加坡经验：十大关键词》，《华文文学》2014 年第 3 期。

王德威：《华语语系文学：边界想象与越界建构》，《中山大学学报》2006 年第 5 期。

王德威：《雷峰塔下的张爱玲：〈雷峰塔〉、〈易经〉，与"回旋"和"衍生"的美学》，王宇译，《现代中文学刊》2010 年第 6 期，总第 9 期。

王德威、苗绿：《中文世界的世界公民》，《长城》2012 年第 4 期。

王富仁：《新国学·文化的华文文学·汉语新文学》，《学术研究》2010 年第 8 期。

王赓武：《单一的华人散居者?》，赵红英译，《华侨华人历史研究》1999 年第 3 期。

王宁：《流散写作与中华文化的全球化特征》，《中国比较文学》2004 年第 4 期，总第 57 期。

王润华：《文化属性与文化认同：诠释世界华文文学的新模式》，《深圳大学学报》2006 年第 2 期。

魏文平：《〈谪仙记〉的误读：评影片〈最后的贵族〉》，《电影评介》1990 年第 4 期。

吴福辉：《作为文学（商品）生产的海派期刊》，《中国现代文学研究丛刊》1994 年第 1 期。

吴毅：《何以个案　为何叙述——对经典农村研究方法质疑的反思》，
《探索与争鸣》2007 年第 4 期。

许燕转：《跨文化视野下的聂华苓后期离散写作研究》，《当代作家
评论》2014 年第 5 期。

许燕转：《离散美学研究——重论聂华苓的〈桑青与桃红〉》，《广西
社会科学》2016 年第 9 期，总第 255 期。

许燕转：《离散主体的精神诗学——重论聂华苓〈桑青与桃红〉》，《华
文文学》2017 年第 1 期，总第 138 期。

颜敏：《"离散"的意义"流散"——兼论我国内地海外华文文学研
究的独特理论话语》，《汕头大学学报》（人文社会科学版）2007
年第 2 期。

杨俊蕾：《"中心—边缘"双梦记：海外华语语系文学研究中的流散/
离散叙述》，《中国比较文学》2010 年第 4 期。

张春敏、龚建平、张跃军：《迂回的诗学：新解美国亚裔离散诗歌》，
《学术论坛》2011 年第 10 期，总第 249 期。

［新加坡］张松建：《"尤利西斯"的归来：张错的离散书写》，《中
国现代文学研究丛刊》2017 年第 12 期。

张颐武：《全球化的文化挑战》，《文学评论》2002 年第 2 期。

朱崇科：《再论华语语系（文学）话语》，《扬子江评论》2014 年第
1 期。

朱崇科：《重读〈色·戒〉》，《中国现代文学研究丛刊》2011 年第 2 期。

朱寿桐：《汉语新文学：概念建构的理论意义与实践价值》，《学术研
究》2009 年第 1 期。

朱寿桐：《汉语新文学：作为一种概念的学术优势》，《暨南学报》2009
年第 1 期。

朱双一：《八十年代以来台湾文学理论批评》，《台湾研究集刊》1993

年第 4 期。

庄园：《乡愁的泛滥与消解：简论华文作家的三种离散心态》，《华文文学》2014 年第 5 期

B　硕博士论文

蔡颖华：《沈从文文学经典化研究》，博士学位论文，福建师范大学，2011 年。

张晓惠：《解严以来三大报文学奖短篇小说奖之文学意涵研究》，硕士学位论文，淡江大学中国文学系，2010 年。

后记　遥远的航程

　　学术路上，寻寻觅觅，悲观过，彷徨过，放弃过，可现在，还是觉得此生不能没有学术灯塔的照耀，只有坚持走下去。或许，这遥远的学术航程，永远到达不了彼岸，未必有鲜花和荣耀，但希望与跋涉，本身就是人生的意义。

　　遥想为学的路程，更多的时候是独学、自学。记得在小县城工作的八年，读书成为我唯一的嗜好。一个人泡在简陋的县城图书馆里，也不管古今中外，一本本的细读；几年后，连发黄了的小人书、连环画也被我看完了。地摊上那些错漏百出的盗版书也看了不少，无论言情武侠还是明星传记，尽入囊中。总之遇到什么就是什么，所获知识自然零碎杂乱，不成体系。后来有幸考上研究生，接触到诸多学术名家，也是以东西南北地乱看书为主，没有意识到系统的学术训练之必要，写起论文来总有旁枝逸出的感觉。想来也是有趣，硕士一年级的时候，我糊里糊涂接到了权威刊物的用稿通知，惹来不少同学屡屡请教我的门路招数，久而久之，便自觉是有学术潜能的人了；硕士博士毕业时，因发了不少论文拿到了优秀研究生的证书，还在国际学术会议上发表了主题演说，竟被认为是学术新秀了。想起来，如果那时有学术前辈对我大喝一声："停歇吧，你不是这

— 280 —

料"，恐怕也是好事。但这些年，听到的都是鼓励的话："好好做，你会成为一个好学者的。"就这样跌跌撞撞、半明半暗地走了过来。几年前，在拿到省社科基金、教育部项目后，又拿到了国家社科基金青年项目。这些在地方院校，都是颇有显示度的事情。可我内心深处仍是惶惑不已，总担心辜负了来自祖国各部门的支援基金，担心辜负了前辈老师们的关爱之心。

地方院校的科研，几乎是一个人的事。除了几个尚需指导的本科学生帮忙找点书籍，编写参考文献之外，剩下的事情，都是自己在一点一滴地忙碌着。在兢兢业业地完成了省基金、教育部基金之后，再进入国家社科基金的研究中，真有精疲力竭之感。但是，我根本不敢有丝毫懈怠之心，只能全心投入。这几年来，除了看书、查找资料、写论文，我似乎不知道人世间还有其他的乐趣，偶尔上街买点东西、停下脚步跟人多聊几句，都觉得有犯罪感。慢慢地，电脑里存放了上百万字的资料；接着，零碎的材料提炼为一篇篇的论文；最后一篇篇论文融入了专著的体系。在专著完稿之时，有喜悦，也有遗憾。研究之路上的点滴发现，都让我欣喜自在；而遗憾的是，感觉并没有做到完美，不免有粗疏之处。敬请各位学术前辈和同道们多多包涵、不吝指正。

在此，对几位参与本项目研究的本科学生裴齐容、陈一思、何利娴表示感谢，书中有关跨域想象和科幻小说的部分章节（第二章第二、三节的部分内容），有你们的心血在内，也相信在老师指导下你们对为学之道有所领略。感谢惠州学院的领导、同事对本研究的支持，感谢我的几位导师和学术同道，感谢为本书部分内容慷慨提供发表机会的编辑老师们①，感谢我美丽而才华超群的师姑郭晓鸿先

---

① 具体发表及收入时的修改情况已在书的相应章节列出。

生，作为本书的责任编辑，为玉成此书她付出了诸多努力，对我的尽心指导不敢相忘。最后我要感谢一直默默支持我的家人——年岁已高的父母、活泼可爱的儿女、无私奉献的丈夫。谢谢你们，是你们，让我的学术苦旅有了真正的意义。

人已中年，想到未来，我仍不无迷茫。但若有人问："如果可以重新选择，你还会选择做一个努力却并不耀眼的学人吗？"我想我会做出同样的选择。